R.L.Stine
Fear Street · Schule der Albträume

Alle *Fear Street*-Taschenbücher:

Ferien des Schreckens
Freundschaft des Bösen
Geheimnis des Grauens
Nacht der Schreie
Rache des Bösen
Schule der Albträume
Spiel des Schreckens
Stadt des Grauens
Straße der Albträume
Straße des Schreckens

FEAR STREET®

R.L.Stine

Schule der Albträume

Der Umwelt zuliebe ist dieses Buch
auf chlorfrei gebleichtem Papier gedruckt.

ISBN 978-3-7855-5972-7
2. Auflage 2007

Erschienen unter den Originaltiteln
Final Grade (© 1995 Parachute Press, Inc.)
und *The Cheater* (© 1993 Parachute Press, Inc.)

Bereits unter den Einzeltiteln *Schulschluss* (© 2002 Loewe Verlag GmbH, Bindlach)
und *Prüfungsangst* (© 1998 Loewe Verlag GmbH, Bindlach) erschienen.
Aus dem Amerikanischen übersetzt von Johanna Ellsworth und Dagmar Weischer.
Umschlagillustration: Silvia Christoph
Printed in Germany (007)

www.loewe-verlag.de

Schulschluss

Diese Klasse wird deine letzte sein

1

Lily Bancroft strich sich das dichte schwarze Haar zurück und zwang sich, tief Luft zu holen. „Wenn du dich nicht beruhigst", sagte sie sich, „erreichst du gar nichts."

Sie starrte über den Tisch hinweg ihren Sozialkundelehrer an. „Wie kann ich ihn bloß überzeugen?", fragte sie sich. „Was kann ich sagen, um ihn umzustimmen?"

„Ach bitte, Mr Reiner", begann sie so höflich wie möglich, „hätten Sie vielleicht einen Augenblick Zeit für mich?"

Der gut aussehende junge Lehrer nahm seine Nickelbrille ab und richtete seine blaugrauen Augen auf sie. Die Neonlampe an der Decke flackerte und warf ein gespenstisches grünes Licht auf ihn.

„Also gut, Lily", sagte er mit dem Anflug eines Lächelns. „Ich höre."

Lily legte ihr Testheft auf seinen Schreibtisch und zeigte auf den oberen Rand der Seite, wo der Lehrer eine große rote Zwei eingetragen hatte.

„Ich – ich verstehe meine Note einfach nicht. Ich hab den ganzen Test durchgesehen", sagte sie zu Mr Reiner. „Die ersten zehn Multiple-Choice-Fragen sind alle richtig."

„Das stimmt", sagte der Lehrer ruhig.

„Und bei den anderen fünf Fragen – den Aufsatzfragen – habe ich alles beantwortet, wonach Sie gefragt haben. Sie haben nirgendwo markiert, dass ich etwas falsch beantwortet hätte."

„Auch das stimmt", sagte Mr Reiner mit ausdruckslo-ser Miene.

„Aber wenn nichts falsch war, warum haben Sie mir dann nur eine Zwei gegeben?"

„Du hast recht damit, dass du die Aufsatzfragen nicht *falsch* beantwortet hast", gab Mr Reiner zurück. „Und deine Lösungen sind gut – eine Zwei. Aber du hast dir nicht die Mühe gemacht, *besonders* gut zu sein. Du hast keine *sehr guten* Antworten gebracht – Antworten, die eine Spitzennote verdient hätten."

Lily runzelte die Stirn. Die meisten der anderen Mädchen in der zwölften Klasse der Shadyside Highschool waren in den gut aussehenden jungen Lehrer verknallt. Aber Lily nicht. Sie fand ihn eingebildet und arrogant.

Und schwierig! Bevor sie in Mr Reiners Klasse übergewechselt war, hatte sie noch nie mit einem Lehrer Probleme gehabt.

Frustriert starrte sie auf die geschwungene rote Zahl in ihrem Heft. „In Ihrem anderen Kurs hat Alana Patterson fast das Gleiche geschrieben wie ich, und der haben Sie eine Eins gegeben."

„Aber du, Lily, hast dich im Gegensatz zu Alana in meinen Leistungskurs eingetragen", betonte er. „Ich habe der ganzen Klasse am Anfang des Schuljahrs gesagt, dass dieser Kurs anspruchsvoller als die meisten anderen sein wird. Für meine Leistungskurse setze ich ein höheres Niveau an. Ich erwarte mehr von meinen Schülern und benote ihre Leistungen entsprechend."

„Aber das ist nicht fair!", protestierte Lily mit schriller Stimme.

Mr Reiner zuckte die Schultern. „Wer hat behauptet, das Leben sei fair?"

„Mr Reiner", sagte Lily bittend, „ich habe das ganze Jahr über hart für diesen Kurs gearbeitet. Das wissen Sie genau. Ich habe fast die ganze Nacht über auf diesen Test gebüffelt. Und wenn … wenn es bei einer Zwei bleibt, kriege ich in diesem Kurs auf keinen Fall mehr eine Eins."

„Wird das jetzt die Mitleidstour?", fragte er. „Du tust ja gerade so, als sei das das Ende der Welt für dich!"

Das Licht über ihren Köpfen flackerte und summte.

Mr Reiner verzog das Gesicht. „Die Lampe geht schon wieder kaputt", murmelte er. Dann stand er auf, um die Neonlampe genauer in Augenschein zu nehmen.

„Wen kümmert schon eine doofe Lampe?", dachte Lily wütend. „Was ist los mit ihm? Das Wichtigste ist jetzt meine Note – und er hört mir noch nicht mal zu!"

Am liebsten hätte sie den Tacker auf Mr Reiners Schreibtisch genommen und nach der Deckenlampe geschmissen. Dann hätte sie sicher seine ganze Aufmerksamkeit gehabt!

„Es muss doch irgendwas geben, was ich tun kann", fuhr Lily fort und versuchte vergeblich, gelassen zu klingen. „Irgendwas, damit ich eine bessere Note kriege."

Mr Reiner rückte seine Brille zurecht und sah sie mit eisigem Blick an. „Der Sinn und Zweck eines Leistungskurses liegt schon in seinem Namen. Es wird erwartet, dass ihr mehr Leistung bringt als Durchschnittsschüler. Es tut mir leid, aber dein Testergebnis" – er klopfte mit dem Zeigefinger auf ihr Heft – „reicht einfach nicht aus für eine Eins."

Die Lampe fing wieder an zu summen. Mr Reiner warf einen genervten Blick an die Decke. „Ich habe dem Hausmeister schon vor drei Tagen Bescheid gesagt", klagte er. „Wenn er nicht bald kommt, hole ich eine Leiter und repariere das dämliche Ding selber.“

„Bitte, Mr Reiner“, flehte Lily wieder. „Können Sie mir nicht wenigstens eine Eins minus geben? Dann käme mein Notendurchschnitt gerade noch auf eine Eins in Ihrem Kurs.“

„Ich *gebe* keine Einser, Lily“, sagte er kühl. „Ich *verleihe* sie nur – wenn sie verdient sind.“

Wütend starrte sie ihn an und schluckte den Kloß in ihrem Hals hinunter. „Was für ein gemeiner Kerl“, dachte sie. „Wie kann er so herzlos sein? Er will mir unbedingt das Leben schwer machen.“

„Ist das Ihr letztes Wort?“, fragte sie.

„So ist es“, gab Mr Reiner lächelnd zurück.

Er lächelte sogar! Für ihn war das Ganze nur ein guter Witz.

Lily kniff die Augen zu und unterdrückte die Tränen, die in ihr hochstiegen. Aber dann gewann ein anderes Gefühl die Oberhand – Hass.

„Ich kann nicht zulassen, dass er mir das antut“, dachte sie. „Das kann er nicht mit mir machen, nicht mit mir!“

Sie stürzte sich quer über den Schreibtisch auf ihn.

„Hey – was ist –?“, stieß der Lehrer überrascht aus und hob abwehrend die Hände.

„Das war Ihre letzte Chance!“, schrie Lily schrill. Sie stieß seine Arme weg und legte ihre Hände auf seine Kehle.

Wutentbrannt drückte sie zu, so fest sie nur konnte. Immer fester und fester ...

Der Lehrer griff nach ihren Händen und versuchte, sich zu befreien.

Es war zwecklos.

Seine Augen quollen aus den Höhlen, sein verzerrtes Gesicht lief dunkelrot an. Aus seiner Kehle kamen erstickte, heisere Laute.

„Sie hätten meine Note ändern sollen!“, schrie Lily.

Sie ließ erst los, als Mr Reiner mit dem Oberkörper vornüber auf den Schreibtisch sackte. Tot.

2

„Ist noch was?“

„Wie bitte?“

„Lily, du stehst regungslos vor mir und starrst mich an. Willst du noch irgendwas fragen?“

Lily riss die Augen auf. Mr Reiner saß an seinem Schreibtisch und sah sie selbstzufrieden an.

Sie schüttelte sich, um wieder einen klaren Kopf zu bekommen, und wich ein paar Schritte zurück.

„Ich kann einfach nicht glauben, dass ich zu so was fähig bin. Ich habe mir tatsächlich vorgestellt, dass ich ihn erwürge!“, dachte sie.

Der Lehrer starrte Lily an und wartete auf eine Antwort. Doch sie brachte kein Wort heraus. Sie griff nach ihrem Testheft und rannte aus dem Klassenzimmer.

Sie wollte weg, weg von Mr Reiners stechenden Augen.

Ahnte er, was in ihr vorgegangen war?

Als sie über den überfüllten Flur rannte, rief jemand ihren Namen: „Lily! Hey, Lily!“

Sie drehte sich um. Ihre beste Freundin Julie Prince kam auf sie zu. In ihren braunen Augen lag Besorgnis. „Alles in Ordnung, Lily? Du siehst schrecklich aus.“

Lily schüttelte den Kopf. „Ich ... ich hätte ihn am liebsten umgebracht.“

„Sag so was nicht!“, rief Julie. Dann senkte sie die Stimme. „Wen hättest du am liebsten umgebracht?“

Zu spät fiel Lily ein, dass diese Worte für Julie nicht nur den Charakter einer Floskel hatten. Vor vier Jahren war Julies großer Bruder bei einem Raubüberfall auf den Lebensmittelladen, in dem er gearbeitet hatte, getötet worden.

Julie redete dauernd über ihn. Sie konnte die Erinnerung an seinen grauenhaften Tod nicht loswerden.

„Es tut mir leid“, entschuldigte Lily sich und drückte die Hand der Freundin. „Du weißt doch, dass ich so was nicht ernst meine. Ich bin einfach so verdammt sauer auf Mr Reiner.“

Julies Gesichtsausdruck wurde weicher. „Was ist denn passiert?“

„Er hat mir eine Zwei im Sozialkundetest gegeben. Kannst du dir das vorstellen? Es ist kein einziger Fehler drin, aber er hat mir trotzdem bloß eine Zwei gegeben.“

Julie zuckte mit den Schultern. „Es ist doch nur ein Test, Lil.“

„Du hast leicht reden“, erwiderte Lily verbittert. „Wenn ich ihn nicht dazu bringe, meine Note zu ändern, kriege ich wahrscheinlich eine Zwei in diesem Semester, und dann kann ich das Stipendium fürs College vergessen.“

„Auch ohne eine Eins in Sozialkunde hast du super Noten“, erinnerte Julie sie. „Wahrscheinlich werden dir sowieso jede Menge Stipendien angeboten. Deine Eltern werden immer noch stolz auf dich sein.“

Lily schüttelte den Kopf. „Es gibt nur ein Stipendium, das meinen Eltern und mir wirklich etwas bedeutet: das Ehrenstipendium von Shadyside. Aber das wird nur an den Klassenbesten vergeben.“

„Ach, das Halbjahr ist doch noch lange nicht vorbei“, tröstete Julie sie. „Du kannst immer noch eine Eins schaffen. Komm, begleite mich zur Bücherei.“

Lily folgte ihrer Freundin durch den langen, menschenleeren Gang zur Schulbücherei. Sie gingen schweigend nebeneinander her, ihre Schritte hallten auf dem harten Boden. Lily konnte an nichts anderes als an Mr Reiner und die schreckliche Fantasie denken, die sie in seinem Klassenzimmer gehabt hatte.

Sie hätte sich gern weniger den Kopf über ihre Noten zerbrochen, aber sie konnte es einfach nicht. Sie wollte unbedingt Klassenbeste werden und das Shadyside-Stipendium bekommen. Es war ihre einzige Hoffnung, nach dem Schulabschluss auf ein wirklich gutes College gehen zu können.

Ihre beiden älteren Schwestern, Becky und Melinda, waren auf der Shadyside Highschool gewesen – und beide waren als Klassenbeste abgegangen. Als Nummer eins. An der Spitze der Klasse.

Genau das wollte Lily auch erreichen.

Der Druck war enorm! Ihre Eltern erwarteten es von ihr – und sie selbst auch. Jetzt war sie im zweiten Halbjahr der Abschlussklasse. Und bisher hatte sie in allen Kursen glatte Einser bekommen.

Warum verstand Mr Reiner nicht, dass er ihr mit dem Zweier ihr ganzes Leben ruinieren konnte? Warum konnte er sich nicht sein blödes Grinsen verkneifen und ihr einfach eine bessere Note geben?

„Es dauert bloß eine Minute“, unterbrach Julie ihre Gedanken, als sie die Bücherei erreicht hatten. „Ich muss diese Krimis zurückgeben. Sie sind längst fällig.“

Trotz ihrer schlechten Laune musste Lily lächeln. Julie trug einen Riesenstapel Bücher unter dem Arm. Seit ihr Bruder tot war, verschlang sie alle Kriminalromane, die sie in die Finger bekam. Während andere Jugendliche MTV anschauten, fraß Julie sich durch Detektivgeschichten, als seien es Popcorntüten.

„Ich warte hier“, sagte Lily. Missmutig betrachtete sie ihr Spiegelbild im Schaufenster neben dem Eingang zur Bücherei.

Normalerweise gefiel sie sich ganz gut, doch heute war das anders. Unter ihren dunklen Haaren wirkte ihr Gesicht blass, und sie hatte Ringe unter den blauen Augen.

„Ich hab so auf den Sozialkundetest gebüffelt“, dachte sie verbittert. „Und trotzdem bloß eine Zwei gekriegt.“

Lily fuhr zusammen, als eine Hand sie am Nacken packte.

„Alex!“, stieß sie schrill aus.

Ihr Freund Alex Crofts grinste sie an. „Hab ich dich endlich!“ Er schüttelte sich eine dunkle Locke aus der Stirn und zuckte mit den Schultern. „Ich konnte einfach nicht widerstehen, Lil. Du warst so in Gedanken versunken.“

Sein Gesicht wurde ernst, als er Lilys düstere Miene bemerkte. „Hey, was ist los? Bist du sauer auf mich, oder was?“

„Quatsch.“ Lily wurde ruhiger und zwang sich zu einem Lächeln. „Aber auf Mr Reiner. Ich kann ihn nicht dazu überreden, die Testnote zu ändern, von der ich dir erzählt habe.“

„Mist“, murmelte Alex.

„Ja, das kann man wohl sagen“, erwiderte Lily. „Ich habe mit ihm geredet. Es war – es war, als würde es ihm Spaß machen, mir eine schlechte Note zu geben.“

„Jetzt bleib mal auf dem Teppich“, ermahnte Alex sie. „Reiner ist zwar streng, aber gerecht.“

Lily starrte Alex einen Augenblick lang an. War sie etwa die Einzige in ihrer Klasse, die Mr Reiner für ein echtes Schwein hielt?

„Ich kann es nicht erklären“, sagte sie schließlich. „Ich hab bei ihm so ein komisches Gefühl ...“

„Ich habe ein paar neue Krimis gefunden“, unterbrach sie Julie. Sie tauchte mit einem Arm voller Bücher auf. Ihre fröhliche Miene veränderte sich schlagartig. „Ach, hallo Alex.“

Lily runzelte die Stirn. Im letzten Jahr waren Julie und Alex ein paar Wochen lang miteinander gegangen. Beide sagten, es sei nichts Ernstes gewesen, bloß ein paar Dates. Und vor sechs Monaten, als Alex und Lily anfingen, sich zu treffen, hatte Julie gesagt, sie würde sich für die beiden freuen.

„Warum verhält Julie sich dann plötzlich so komisch?“, fragte Lily sich verwundert.

Sie fühlte sich befangen und hasste dieses Gefühl.

„Da seid ihr ja!“, dröhnte Scott Morris’ laute, fröhliche Stimme durch den Flur. Scott war der Herausgeber der literarischen Schulzeitung *Forum*. „Fast meine versammelte Mannschaft. Warum seid ihr nicht im Büro? Wir haben übermorgen Abgabetermin.“

„Wir sind schon auf dem Weg“, sagte Alex.

„Hey, Scott“, warf Julie ein. „Ich habe eine super Idee für eine Buchkritik. Ich hab letzte Woche einen echt coolen Krimi gelesen.“

„Einen *Krimi*?“, fragte Scott und gab vor, geschockt zu sein. „Kannst du zur Abwechslung nicht mal was Normales lesen, Julie? Also komm schon, dann reden wir darüber.“

Er bog um die Ecke in Richtung Büro der Schulzeitung. Dann warf er einen Blick zurück, und seine grünen Augen sahen Lily an. „Kommst du mit?"

„Ach, nein." Lily zögerte und wandte den Blick ab. Sie mochte Scott sehr gern, aber er konnte manchmal so ernst sein. Das machte sie ganz nervös. „Ich muss heute Nachmittag arbeiten."

„Ich dachte, du hast mittwochs frei", protestierte Alex.

„Eigentlich schon. Aber Agnes ist krank, und ich habe versprochen, für sie einzuspringen."

„Was ist mit dem Aufsatz, den du für die nächste Ausgabe schreiben wolltest?", fragte Scott.

„Er ist fast fertig. Ich verspreche dir, dass ich ihn rechtzeitig abliefere. Also bis später."

Sie winkte, als ihre Freunde um die Ecke bogen. Seufzend ging sie in die entgegengesetzte Richtung zum Schulausgang.

Das Letzte, was Lily heute wollte, war, im Geschäft ihres Onkels zu arbeiten. Aber sie konnte unmöglich einen Tag fehlen. Sie arbeitete dort seit zwei Jahren, seit dem Schlaganfall ihrer Mutter.

Weil ihre Mutter krank und damit arbeitsunfähig war, musste Lily das Geld fürs College selbst verdienen. Auch falls sie das Ehrenstipendium von Shadyside bekommen sollte, brauchte sie Geld für solche Dinge wie Bücher und Klamotten.

Als Lily die Straße erreicht hatte, verließ der Bus nach North Shadyside gerade die Haltestelle vor der Schule. Sie fing an zu rennen, doch der Bus fuhr ihr vor der Nase davon.

„Verflucht!", stöhnte sie. Lief heute denn alles schief?

Sie blieb einen Augenblick stehen und überlegte, ob sie auf den nächsten Bus warten oder die zwei Meilen zum Laden laufen sollte. In jedem Fall würde sie sich verspäten.

„Lily!"

Sie drehte sich um und erblickte Graham Prince, der am Steuer des meergrünen Porsches seines Vaters saß.

„Hey – was liegt an?" Er zeigte sein bestes Graham-Prince-Lächeln: blendend weiße Zähne und strahlend blaue Augen. „Soll ich dich mitnehmen?"

Gewöhnlich ging Lily Graham aus dem Weg. Sie kannte ihn schon seit der Grundschule, doch sie hatten sich nie besonders gemocht. Graham sah super aus und war sehr intelligent – und das wusste er ganz genau. Doch er war auch Julies Cousin, deswegen musste sie sich manchmal mit ihm abgeben.

Heute war sie beinahe froh, ihn zu sehen. Sie brauchte ihn als Chauffeur. „Danke." Sie machte die Beifahrertür auf und setzte sich auf den Sportsitz aus weißem Leder. „Das kann ich jetzt gebrauchen."

„Wohin soll's gehen?", fragte Graham.

„Bobs Drugstore. In der Altstadt", sagte sie.

„Der Laden deines Onkels, stimmt's?" Graham gab Gas und fädelte sich geschickt in den Verkehr ein. „Der gute alte Onkel Bob. Alle nennen ihn Onkel Bob, was? Ich hab früher immer gedacht, Onkel sei sein Vorname."

„Haha", gab Lily trocken zurück.

„Also, was gibt's? Wie läuft die Schule? Was macht das Leben?"

„Alles okay", sagte Lily.

Ihre Gedanken wanderten zu der Zwei zurück, die sie im Sozialkundetest bekommen hatte. Davon würde sie Graham nichts erzählen.

Schließlich war er ihr Hauptkonkurrent um die Position des Klassenbesten. Eigentlich wetteiferte sie schon seit der sechsten Klasse mit ihm um die besten Noten.

„Bloß *okay*?“ Graham zog eine Grimasse. „Mann, du bist heute aber gesprächig!“

Lily versuchte, das Thema zu wechseln. „Und wie geht’s dir?“, fragte sie und betrachtete im Vorbeifahren die Vorgärten. „Was machen deine Kurse?“

„Überall Topnoten“, erwiderte er mit einer lässigen Handbewegung. „In Geschichte, Mathe, Bio – lauter Einser. Ich nehme an, wir haben immer noch Gleichstand.“

„Ich glaube schon“, murmelte Lily. „Hast du dich schon auf den Wissenswettbewerb vorbereitet?“

In der folgenden Woche fand an der Schule die erste Runde eines Wissenswettbewerbs statt. Der Gewinner würde gegen andere Schüler aus der Gegend und später vielleicht sogar auf bundesstaatlicher Ebene antreten.

Der endgültige Gewinner würde einen Preis von fünfhundert Dollar bekommen.

Lily hoffte, den Wettkampf zu gewinnen. Sie konnte das Geld dringend fürs College gebrauchen.

„Bei Trivial Pursuit verliere ich nie“, prahlte Graham. „Ich habe diesen Wettbewerb schon so gut wie in der Tasche.“

Sie schaltete auf Durchzug, als er damit fortfuhr, was für ein Superspieler er in Trivial Pursuit war.

Ein paar Minuten später drosselte Graham die Geschwindigkeit und hielt auf einem Parkplatz vor dem Laden ihres Onkels an. Lily seufzte vor Erleichterung.

„Hey – danke fürs Mitnehmen“, sagte sie und stieg aus.

„Jederzeit", erwiderte Graham. Beim Wegfahren hupte er noch zwei Mal.

„Was für ein Mega-Idiot", dachte Lily. Sie konnte die Vorstellung nicht ertragen, dass Graham Klassenbester wurde – oder den Wettbewerb gewann. Er war so selbstsicher. Und so verdammt eingebildet.

Hatte er denn nie Probleme?

„Er darf nicht die Nummer eins werden", dachte Lily fest entschlossen. „Das kann ich auf keinen Fall zulassen."

„Bitte sehr", sagte Lily lächelnd. Die alte Frau dankte ihr und ging auf unsicheren Beinen aus dem Laden.

Lily schloss die Kasse und setzte sich wieder auf ihren Hocker hinter dem Kassentisch. Sie versuchte, sich auf ihre Mathehausaufgabe zu konzentrieren. Mathe war gewöhnlich ihr stärkstes Fach, aber heute Abend war in der Drogerie so viel los, dass sie sich nicht auf ihre Schulaufgaben konzentrieren konnte.

Sie warf einen Blick auf ihre Uhr. Noch neunzig Minuten bis Ladenschluss. Sie hielt es kaum mehr aus. Onkel Bob war im Hinterzimmer und stellte Medikamente zusammen. Sobald er damit fertig war, konnte sie langsam zusammenpacken und nach Hause gehen.

Sie blätterte eine Seite im Schulbuch um und fing mit einer neuen Aufgabe an. Als die Türglocke ertönte, verzog sie den Mund automatisch zu einem Lächeln und hob den Kopf, um den Kunden zu begrüßen.

Ein junger Mann stand im Eingang. Er trug eine abgeschabte Jeansjacke und sah sie mit einem bedrohlichen Gesichtsausdruck an.

„Kann ich Ihnen behilflich sein?“, fragte Lily ihn.

„Klar kannst du das“, erwiderte der junge Mann. Sein Blick huschte nervös hin und her.

Dann zog er eine kleine silberne Pistole aus der Jackentasche.

Lily fuhr erschrocken zusammen.

Der Mann sprang an den Kassentisch und hielt Lily die Waffe unter die Nase. „Das Geld. Her damit. Mach schon!“

3

„Nein!“, dachte Lily. „Das ist nicht wahr! Das kann unmöglich mir passieren!“

Sie warf einen Blick über ihre Schulter auf den hinteren Teil des Ladens.

Wo blieb Onkel Bob? War er immer noch im Hinterzimmer?

„Was soll ich nur machen?“, fragte sie sich. „Schreien? Mich unter den Tisch kauern? Ihm das Geld geben?“

„Beeil dich“, drängte der Mann und fuchtelte mit der glänzenden Pistole. „Mach die Kasse auf.“

Lily drückte auf die Taste der Kasse. Mit zitternden Händen fing sie an, Geldbündel herauszuholen.

„Hey!“, donnerte endlich die tiefe Stimme ihres Onkels aus dem hinteren Teil des Ladens. „Was ist hier los?“

Der Räuber drehte sich mit gezückter Pistole auf den Fersen um. „Keine Bewegung!“, befahl er Lilys Onkel.

Gehorsam blieb Onkel Bob mitten im Gang stehen. Er wurde leichenblass, als er sah, was los war.

„Und jetzt ganz langsam da rüber!“ Der Räuber zeigte mit der Waffe auf den Kassentisch, an dem Lily stand. „So ist es gut. Ganz langsam, dann passiert niemandem was.“

Ohne die Augen von dem Räuber zu nehmen, näherte Onkel Bob sich dem Kassentisch. Lily wich zu den Regalen zurück, um ihm Platz zu machen. Ihr Herz hämmerte wild.

Der Räuber hatte einen dunklen, irren Blick, aus dem Angst, vermischt mit Hass, sprach.

„Er wird uns beide umbringen“, dachte sie. Ihr fiel Julies Bruder ein.

„Ja. Er wird uns umbringen. Ich spüre es.“

„Macht die Kasse leer. Los, schnell!“ Die Pistole war auf Onkel Bobs Brust gerichtet.

Lily machte wieder einen Schritt auf die Kasse zu, doch ihr Onkel stoppte sie. „Lass mich das machen“, flüsterte er.

Mit einer Hand drückte er auf die Geldschublade. Mit der anderen öffnete er rasch eine kleine Schublade, die darunter war.

„Beeil dich!“, zischte der Räuber. „Ich hab nicht den ganzen Abend Zeit!“

Zitternd stand Lily hinter ihrem Onkel. Sie sah, wie seine Hand ganz in der Schublade verschwand. Und dann beobachtete sie, wie er eine kleine graue Pistole herauszog.

„Los, schneller! Mach voran!“

„Vergiss es!“, rief Onkel Bob wütend. Er zog die Pistole und stieß den Lauf in den Brustkorb des jungen Manns. „Und jetzt lass die Waffe fallen.“

Lily hielt den Atem an.

Keiner rührte sich.

Die große Uhr tickte laut hinter ihrem Rücken.

Der Räuber wich vor Onkel Bobs Pistole zurück. Doch er machte keine Anstalten, die Waffe runterzunehmen. „Ich bringe euch beide um“, stieß er stattdessen hervor.

4

„Ich will nicht sterben“, dachte Lily. „Ich will nicht so wie Julies Bruder sterben.“

„Lass sie fallen“, beharrte Onkel Bob, seine Pistole fest in der Hand. „Ich weiß, wie man mit diesem Ding umgeht. Lass sie fallen!“

Der junge Mann zögerte. Sein Blick huschte wild hin und her.

Lily sah, dass er verzweifelt überlegte, was er tun sollte.

„Bitte lass sie fallen!“, drängte sie ihn im Stillen.

„Bitte höre auf Onkel Bob. Bitte lass die Waffe fallen.“

Sie atmete erleichtert auf, als er langsam die Pistole senkte.

Jetzt sah sie nur noch Angst in seinen Augen.

„Keine Bewegung!“, befahl Onkel Bob ihm. „Lily, ruf die Polizei.“

Lily erstarrte. Sie zitterte am ganzen Körper.

„Lily – die Polizei“, wiederholte ihr Onkel ruhig, aber bestimmt. Er hatte seine Pistole immer noch auf den jungen Mann gerichtet. „Hol tief Luft. Und dann geh zum Telefon, und ruf sie an.“

Bevor sie sich auch nur rühren konnte, drehte der Räuber sich um und rannte blitzschnell zur Tür. „Ich hau ab!“, rief er.

Im gleichen Augenblick trat ein großer rothaariger Junge ein.

Der Räuber rammte den Jungen mit seiner Schulter und stürzte auf die Straße.

„Rick! Pass auf!“, rief Onkel Bob.

Der Junge warf erst einen Blick auf Lilys verschrecktes Gesicht und dann auf die Waffe in Bobs Hand. Ohne ein Wort zu sagen, drehte er sich auf den Fersen um und rannte dem Räuber hinterher.

„Ruf die Polizei, Lily!“, rief ihr Onkel wieder. „Mach schnell.“

Lily folgte seinen Anweisungen und wählte die 911. Sie meldete einem Polizeibeamten den Überfall, und der versprach, eine Streife vorbeizuschicken.

Mit zitternden Knien drehte Lily sich zu ihrem Onkel um. „Ich kann es einfach nicht glauben!“, stieß sie aus. „Er hat direkt auf mein Gesicht gezielt!“

Onkel Bob legte seine Waffe wieder in die Schublade zurück. Dann nahm er Lily fest in seine Arme. Obwohl er sie festhielt, konnte sie nicht aufhören zu zittern.

„Tut mir leid, dass du so was miterleben musstest, Schätzchen“, sagte er. „Ich bin so froh, dass dir nichts passiert ist.“ Dann ging er zur Eingangstür. „Siehst du irgendwo Rick Campbell? Er ist mein neuer Lieferjunge. Warum ist er hinausgerannt? Hoffentlich jagt er dem Kerl nicht hinterher!“

Lily starrte durch das Schaufenster. „Ich kann ihn nirgendwo entdecken.“ Dann ließ sie sich erschöpft auf einen Hocker sinken. „Ich wusste gar nicht, dass du hier drin eine Waffe hast“, sagte sie.

„Ich habe sie mir vor ungefähr fünf Jahren angeschafft, als die Verbrechen in dieser Gegend immer mehr geworden sind“, erklärte Onkel Bob. „Gott sei Dank ist es das erste Mal, dass ich sie aus der Schublade holen musste.“

Einen Augenblick später stürmte Rick keuchend und mit gerötetem Gesicht in den Laden. „Ich habe ihn in der Allee aus den Augen verloren“, berichtete er. „Alles klar bei euch?“

„Uns geht es gut“, erwiderte Onkel Bob. „Aber du solltest vorsichtiger sein, Rick, und keine Verfolgungsjagd auf bewaffnete Räuber machen. Du könntest dabei getötet werden.“

Rick zuckte cool mit den Schultern.

Onkel Bob wandte sich wieder an Lily. „Fühlst du dich besser?“

„Ich bin immer noch etwas durcheinander“, antwortete sie. „Ständig habe ich die glänzende Pistole vor Augen. Ich muss dauernd an ... an Julies Bruder denken.“

Eine laute Polizeisirene ertönte. Lily sah einen roten Lichtschein auf der Straße flackern, als der Streifenwagen mit quietschenden Bremsen auf dem Bürgersteig hielt.

Zwei Polizisten in dunkler Uniform rannten in den Laden. „Ich bin Officer Peyton“, sagte der größere der beiden. „Sie haben einen Überfall gemeldet?“

Während Lily und ihr Onkel den Polizeibeamten erzählten, was geschehen war, sah Lily immer wieder Rick an. Er lehnte am Parfümstand und beobachtete die anderen aufmerksam mit stechend blauen Augen. Lily hielt seinem Blick zweimal stand, dann musste sie sich abwenden.

„Lily, bitte geh nach Hause. Du weißt doch, dass du nicht dableiben musst“, sagte Onkel Bob.

„Danke, aber es macht mir nichts aus – ehrlich“, gab Lily lächelnd zurück.

„Er kommt mir so bekannt vor“, dachte sie. „Habe ich den Typ schon mal irgendwo gesehen?“

„Dies ist diese Woche schon der dritte versuchte Raubüberfall in dieser Straße“, sagte Peyton und machte sich eifrig Notizen. „Die Beschreibung passt immer auf denselben Mann. Sie sollten lieber ganz besonders vorsichtig sein, bis wir ihn geschnappt haben.“

Dann marschierten die beiden Polizisten aus dem Laden. Drei Kunden traten ein. Lily ging hinter den Kassentisch, um sie zu bedienen.

Onkel Bob ging ins Hinterzimmer zurück. Lily bemühte sich, so zu tun, als sei nichts geschehen, doch sie fühlte sich immer noch unsicher und ängstlich.

Die Kunden verließen den Drugstore. Lily blickte auf und sah Rick, der vor den elektrischen Geräten stand und sie immer noch intensiv anschaute.

Sie lächelte unsicher. „Ich habe noch nie einen Raubüberfall miterlebt“, sagte sie. „Es – es war echt beängstigend.“

Er nickte. „Ich wünschte, ich hätte den Kerl erwischt. Die Polizei wird ihn nie zu fassen kriegen.“

„Ich bin bloß froh, dass niemand verletzt wurde“, erwiderte Lily leise.

Rick zuckte die Schultern. „Für mich hat es so ausgesehen, als hätte dein Onkel alles im Griff.“

„Onkel Bob war klasse“, stimmte sie ihm zu. „Er hat dem Typ richtig Angst eingejagt. Hoffentlich kommt er nie wieder.“

Sie schauderte und griff nach ihrem Mathebuch, entschlossen, ihre Gedanken auf etwas Normales zu lenken.

Ein paar Minuten später kam Rick zu ihr an den Kassentisch. „Was ist das – Algebra oder so was?“ Er beugte sich über die Kasse.

„Bruchrechnen.“ Lily wich ein Stück zurück.

„Gehst du auf die Shadyside High?“

Lily nickte und hielt den Blick auf das Buch gerichtet.

„Ich habe gehört, das soll eine ziemlich gute Schule sein“, sagte Rick. „Meine Schule fand ich nicht so toll.“

Lily hob den Kopf und lächelte höflich. Dann zeigte sie auf ihr Buch. „Ich muss die Aufgaben fertig machen.“

„Hast du nach der Arbeit schon was vor?“, fragte Rick. „Hast du Lust, was essen zu gehen?“

„Nein, danke“, sagte sie. „Ich muss nach Hause.“

„Hast du einen Freund?“, fragte Rick beharrlich.

„Ja – eigentlich schon.“ Ungeduldig runzelte sie die Stirn. Merkte der Typ denn nicht, dass sie nicht auf ihn ansprang?

„Der kann sich glücklich schätzen“, murmelte Rick. Er trat vom Kassentisch zurück. „Na ja, hey – dann können wir doch Freunde werden. Okay?“

Lily spürte, dass ihr Zorn verrauchte. Rick schien zwar ein bisschen schwer von Begriff zu sein, aber er hatte ein nettes Lächeln. „Klar, Freunde“, stimmte sie zu. „Aber wenn du ein echter Freund bist, lässt du mich jetzt meine Hausaufgaben machen.“

„Kein Problem“, erwiderte Rick. Er stellte sich vor einen Ständer, auf dem Schmerzmittel aufgebaut waren, und nahm ein Aspirinfläschchen in die Hand. Dann stellte er es wieder hin. „Ach, äh, Lily?“

„Was denn?“, fragte sie genervt.

„Lernst du eigentlich *gern*?“

„Na ja ... eigentlich schon“, erwiderte sie, erstaunt über die Frage. „Wenigstens manchmal.“

„Hey, das ist echt cool“, sagte Rick. „Ich nicht. Das war auch mein Problem an der Mattewan Highschool.“

„Hast du dort den Abschluss gemacht?“

„Nein. Ich habe die Schule abgebrochen. Ich hatte in vielen Fächern Schwierigkeiten, du weißt schon. Na ja, vielleicht weißt du ja auch *nicht*, wie es ist, in einem Fach Probleme zu haben.“

Lily sah Rick einen Augenblick lang nachdenklich an. „Klar habe ich auch Probleme“, sagte sie dann. „Die hat doch jeder.“ Sie erzählte kurz, was am Nachmittag mit Mr Reiner geschehen war.

„Wow“, sagte Rick und schüttelte den Kopf. „Manchmal sind gerade die jungen Lehrer die schlimmsten. Sie glauben, cool zu wirken, wenn sie die Schüler fertigmachen.“

„Wahrscheinlich“, stimmte Lily ihm zu. „Er versteht einfach nicht, wie wichtig die Note für mich ist.“

„Klingt so, als hätte *er* das Problem. Eigentlich –“ Rick unterbrach sich, als Onkel Bob aus dem Hinterraum kam.

„Rick, die Lieferungen sind fertig“, sagte Lilys Onkel.

„Also, ich muss jetzt gehen“, sagte Rick. „Bist du sicher, dass du nachher nicht noch irgendwohin gehen willst?“

Lily schüttelte den Kopf. „Ich habe echt noch viel zu tun.“

„Wie wär’s, wenn ich dich heimfahre?“

„Nein, danke.“ Sie winkte ihm zum Abschied und wandte sich wieder ihrer Matheaufgabe zu.

Als Lily später den Drugstore absperrte, war Rick immer noch nicht zurück. Sie war erleichtert. Er war zwar ganz nett, aber irgendwie ging er ihr auch auf die Nerven. Und sie hatte keine Zeit, sich mit ihm zu unterhalten. Sie brauchte jede freie Minute, um ihre Hausaufgaben zu erledigen.

Sie verabschiedete sich von ihrem Onkel und eilte zur Bushaltestelle an der Ecke. Die Tage wurden zwar wieder wärmer, doch die Nächte waren immer noch recht kühl. Der Halbmond hing träge über den Baumspitzen, die leicht hin und her schwankten.

Ungefähr nach zehn Minuten kam der Bus. Lily stieg ein und setzte sich in den hinteren Teil. Sie klappte ihr Mathebuch wieder auf, beugte sich darüber und befasste sich mit den Aufgaben.

Ein paar Augenblicke später seufzte sie frustriert. Der Bus holperte zu stark. Sie musste die Aufgaben zu Hause fertig machen – auch wenn das die ganze Nacht dauern würde.

Der Busfahrer hielt an der Ecke Old Mill Road/Fear Street. Lily packte ihre Schulbücher ein und stieg aus. Die Straßenlaterne an der Ecke brannte nicht, und die Schatten wirkten noch düsterer und bedrohlicher als sonst.

„Warum repariert keiner diese Lampe?“, fragte sie sich. Ängstlich blickte sie sich um und trat dann den Heimweg an. Sie hatte wieder das Bild des Mannes vor Augen, der die Pistole auf sie gerichtet hatte. Ein Schauer lief ihr über den Rücken.

„Was mache ich, wenn er hier draußen ist? Wenn er mir auflauert?“

Verrückte Gedanken.

Warum sollte er ihr nach Hause folgen?

Der Wind wurde stärker, und sie zog ihren Pullover enger um die Schultern.

Im nächsten Block waren zwei weitere Laternen dunkel.

„Was ist bloß los?", wunderte sie sich. „Warum sind denn so viele Straßenlampen in der Fear Street kaputt?"

Durch den Wind und die kaputten Lampen schienen an jeder Ecke Schatten lebendig geworden zu sein. Eine hohe, dünne Zypresse gegenüber krümmte sich wie ein riesengroßes Gespenst.

„Hör auf, Lily", ermahnte sie sich. „Du hattest einen schlimmen Abend. Aber hör auf, dir selber noch mehr Angst einzujagen!"

Sie war nur noch zwei Blocks von ihrem Haus entfernt. Es wurde immer dunkler, je näher sie kam. Die Bäume und Büsche zitterten und schwankten bedrohlich im Wind.

Als Lily die Straßenseite überquerte, hörte sie ein Rascheln. Etwas – oder jemand – schlich durch die Büsche.

Der Räuber!

War er es?

„Ist er mir wirklich nach Hause gefolgt?"

Panik schnürte ihr die Kehle zu.

Sie drehte sich um.

Niemand war zu sehen. Kein Mensch.

„Das ist bloß der Wind", sagte sie sich. „Das ist bloß das Rascheln der Blätter."

Sie fing an zu joggen, und dann rannte sie.

Sie war schon fast an der Ecke. Nur noch ein halber Block.

„Ich schaffe es. Gleich bin ich da.“

Sie keuchte vor Schreck, als jemand aus den Büschen trat und ihr den Weg verstellte.

Sie saß in der Falle.

„Jetzt hat er mich.“

5

Lilys Angstschrei übertönte das Rauschen des Windes.

Sie blieb wie erstarrt stehen, ihr Herz klopfte wild.

Eine hochgewachsene Gestalt trat aus der Dunkelheit.

„Lily – ich bin's!"

Lily blinzelte in das vertraute Gesicht. „Alex?"

„Ich wollte dich nicht erschrecken. Bist du okay?"

„Ja, ich glaube schon", sagte sie. Dann atmete sie hörbar auf und ließ sich in seine Arme fallen.

„Was ist los mit dir?", flüsterte er. Seine Lippen streiften ihr Haar. „Hast du mich denn nicht erkannt?"

„Es tut mir leid. Es – es ist so dunkel. Wir sind überfallen worden. Im Laden. Ich – ich hab solche Angst gehabt."

Alex trat einen Schritt zurück und sah ihr prüfend ins Gesicht. „Was? Wovon redest du?"

„Im Laden", wiederholte Lily atemlos. „Ein Mann hat uns mit einer Pistole bedroht." Sie verbarg ihr Gesicht an seiner Brust. „Es war so schrecklich."

„Lily, bist du wirklich okay? Ist jemand verletzt worden?"

Lily schüttelte den Kopf. „Mein Onkel … mein Onkel ist aus dem Hinterzimmer gekommen, als ich dem Typ gerade das Geld aus der Kasse geben wollte. Onkel Bob hat eine Waffe herausgeholt, und da ist der Räuber abgehauen." Wieder lief ihr ein Schauer über den Rücken. „Wenn er nicht reingekommen wäre ..."

„Pssst." Alex umarmte sie fest, während sie in Tränen

ausbrach. „Es ist alles gut, Lily. Jetzt bist du in Sicherheit.“

Sie schluchzte ein paar Minuten leise, dann holte sie tief Luft, um sich wieder zu fassen. Als sie sich umschaute, stellte sie fest, dass sie vor Alex’ Haus standen – weniger als einen Block von ihrem eigenen Zuhause entfernt.

„Hast du auf mich gewartet?“, fragte sie erstaunt.

„Ja“, antwortete er. „Ich habe versucht zu lernen, aber ich konnte mich nicht konzentrieren. Ich habe mir Sorgen um dich gemacht. Du warst so aufgebracht wegen Mr Reiner.“

Lily seufzte. „Ach, Alex, ich bin wieder okay.“ Es rührte sie, dass Alex so besorgt um sie war. „Ich bin echt okay“, wiederholte sie und hob lächelnd den Kopf. „Ehrlich.“

„Bist du sicher?“

„Ganz sicher. Begleitest du mich nach Hause?“

„Das hatte ich eigentlich vor“, sagte Alex. Er nahm ihre Hand und lief eng neben ihr her. Lily fühlte sich wieder wärmer und sicherer. Jetzt, da Alex neben ihr ging, schien der Wind sanfter zu wehen, und die zuckenden Schatten wirkten weniger bedrohlich.

Sie blieben vor dem Aufgang zu Lilys Haus stehen. „Danke“, sagte sie und sah in seine ruhigen grauen Augen.

„Ich bringe dich bis zur Haustür“, meinte Alex. Sie stiegen die Verandastufen gemeinsam hoch.

Lily wollte die Tür aufschließen, doch Alex nahm ihre Hand und zog sie sanft zurück. „Geh noch nicht rein“, flüsterte er. „Lass uns hier eine Weile sitzen und reden.“

Lily warf einen sehnsüchtigen Blick auf die kleine

Korbbank auf der Terrasse. Es wäre so schön gewesen, noch eine Weile mit Alex zusammen zu sein und sich mit ihm zu unterhalten. Aber ...

„Das würde ich unheimlich gern", sagte sie und schüttelte den Kopf, „aber ich muss noch lernen."

Sein Gesicht verdüsterte sich. „Du musst doch immer lernen oder arbeiten. Ich kriege dich kaum zu sehen, Lily."

„Ich weiß", sagte sie leise. „Es tut mir leid. Aber ich muss meine Bruchaufgaben fertig machen. Und mein Aufsatz für die Zeitung ist überfällig. Der Spanischtest steht auch an. Außerdem muss ich auf den Wissenswettbewerb büffeln. Ich möchte unbedingt die fünfhundert Dollar gewinnen."

„Schon gut, schon gut." Er zog unsanft seine Hand weg. Doch als er weitersprach, klang seine Stimme wieder sanfter. „Es ist *wirklich* okay. Ich weiß ja, wie wichtig die Schule dir ist. Aber ich wünschte, du wärst nicht ständig so beschäftigt."

„Ich werde versuchen, mir mehr Zeit für dich zu nehmen, Alex", sagte sie. „Versprochen." Sie hob ihr Gesicht und spürte seine Lippen auf ihrem Mund. Sie küssten sich, und dann hielt er sie so fest, als wollte er sie nie wieder loslassen.

Sie umarmte ihn und trat dann zurück. Er drehte sich rasch um und stieg mit großen Schritten von der Veranda.

„Ich habe solches Glück", dachte Lily und sah ihm nach, während er nach Hause ging. „Alex ist total lieb zu mir."

Sie steckte den Schlüssel ins Schloss und stieß die Tür auf. „Hallo, ich bin wieder da", rief sie. Sie ließ ihren

Rucksack und die Bücher am Treppenabsatz fallen und eilte in die Küche.

Dort saß ihr Vater am Esstisch und las Zeitung. Besorgt hob er den Kopf, als sie den Raum betrat. „Lily! Ich bin so froh, dich zu sehen.“ Er stand auf und umarmte sie.

Sie hatte ihren Vater mit seinem dichten grau melierten Haar, der breiten Stirn und den strahlenden blauen Augen immer gut aussehend gefunden. Doch nach dem Schlaganfall ihrer Mutter war er rasch gealtert. Er war mittlerweile fast völlig ergraut, und tiefe Sorgenfalten durchzogen seine Stirn.

„Bob hat angerufen und uns von dem Überfall erzählt. Wie fühlst du dich, Liebling?“

„Mir geht es gut“, sagte Lily rasch. Das Letzte, was ihr Vater jetzt brauchen konnte – bei seinen vielen anderen Sorgen –, war, zu hören, dass jemand sie mit einer Pistole bedroht hatte. „Es war unheimlich – das ist alles.“

„Bob hat gesagt, dass du dich ganz richtig verhalten hast.“

Sie zuckte mit den Schultern. „Er war es, der die Situation gerettet hat.“ Sie lächelte fröhlich und wechselte das Thema. „Was gibt's zum Abendessen? Ich sterbe vor Hunger.“

„Deine Mutter schläft zwar, aber sie hat dir ein Sandwich gemacht. Es ist im Kühlschrank.“

„Mmm.“ Lily schenkte sich ein Glas Milch ein und entdeckte das Brot auf dem obersten Kühlschrankregal. Dann setzte sie sich neben ihren Vater.

„Hast du heute noch viel zu tun?“, erkundigte er sich.

„Massenweise“, erwiderte Lily und seufzte. „Ich werde bis spät in die Nacht daran sitzen.“

„Wir sind so stolz auf dich, Lily." Er strahlte sie an. „Deine Mutter und ich sind sicher, dass du Klassenbeste werden wirst – genau wie deine Schwestern. Und jetzt, wo deine Mutter krank und elend ist, kann sie sich wenigstens darauf freuen."

„Danke, Dad", dachte Lily trocken. „Danke für den Druck. Was ist, wenn ich nicht die Nummer eins werde? Wie enttäuscht wird Mom dann sein?"

„Was machen deine Kurse?", fragte Mr Bancroft. „Mathematik?"

„Das ist mein bestes Fach", erwiderte Lily. „Ich habe bisher lauter Einser geschrieben."

„Das freut mich für dich!", sagte ihr Vater. „Und wie steht es mit deinen anderen Fächern?"

„Ach, in den meisten bin ich ganz gut", antwortete Lily vage.

„Soll das heißen, dass du in ein paar Fächern *nicht* so gut bist?"

„Na ja, in Sozialkunde habe ich einen Test geschrieben", sagte Lily, „und darin habe ich ... äh ... eine Zwei gekriegt."

Ihr Vater schwieg einen Augenblick lang. Sie brauchte sich nicht umzudrehen, um sich sein besorgtes Gesicht vorstellen zu können.

„Ich bin sicher, dass du die Note noch verbessern kannst", sagte er schließlich. „Ich will dir keinen Druck machen. Es ist bloß, dass wir so stolz auf dich und deine Schwestern sind", fügte er hinzu. „Wir wollen einfach nicht, dass du weniger leistest, als du kannst."

„Nein, du machst mir überhaupt keinen Druck", dachte Lily mit einem Anflug von Sarkasmus. Sie stellte ihr Milchglas hin und zwang sich zu einem Lächeln. „Ja klar, Dad. Ich sollte mich jetzt lieber an meine Bücher setzen."

Sie warf den Rest des Sandwiches gedankenverloren in den Mülleimer, sammelte ihre Schulbücher ein und ging mit ihnen unterm Arm nach oben. „Wenn Dad wüsste, wie nahe ich dran bin, meine Chance zu verpatzen, Klassenbeste zu werden", dachte sie unglücklich.

Der Gedanke ließ ihre Wut auf Mr Reiner wieder wachsen. Warum konnte er ihre Note nicht einfach ändern? Warum nicht?

Sie knipste ihre Schreibtischlampe an und setzte sich an den Tisch. Die Matheaufgaben waren schnell erledigt. Danach kam ihre Hausaufgabe für Spanisch.

Als sie anfing, den Aufsatz für die Literaturzeitung durchzulesen, unterdrückte sie ein Gähnen. Es war eine Abhandlung über die Geschichte der Shadyside Highschool.

Sie sah auf ihre Armbanduhr. Fast Mitternacht. Wenn sie nicht so müde wäre, würde es ihr richtig Spaß machen, an dem Aufsatz zu arbeiten.

Lily war mit dem Überarbeiten fast fertig, als das Telefon läutete. Sie zuckte zusammen. Wer würde so spät noch anrufen?

Sie riss den Hörer vor dem zweiten Klingelton von der Gabel und hoffte, dass ihre Eltern nicht aufgewacht waren. „Hallo?"

„Lily", flüsterte eine gedämpfte Stimme atemlos. „Lily."

„Ja? Wer ist da?"

Keine Antwort. Nur ein langsames, angestrengtes Atmen.

„Hallo?“, wiederholte Lily und bemühte sich, ihre aufkommende Panik zu unterdrücken. „Wer ist da?“

„Ich bin's“, sagte eine männliche Stimme.

„Wer denn? *Wer*?“

„Jemand, der dich kennt, Lily. Jemand, der alles über dich weiß. Jemand, der dich die ganze Zeit über beobachtet.“

Sie überlegte verzweifelt. Ihre Kehle war plötzlich ganz trocken. Sie nahm den Hörer in die andere Hand.

„Wer *ist* da?“, fragte sie heiser. „Wer?“

Sie hörte ein Klicken in der Leitung.

Dann war alles still.

6

Als der Morgenbus von der Haltestelle Fear Street losfuhr, unterdrückte Lily ein Gähnen.

„Hey, Schlafmütze!“, rief Alex. „Zeit zum Aufwachen!“

„Entschuldigung“, erwiderte sie, unfähig, das Gähnen zurückzuhalten. „Ich bin gestern Abend spät ins Bett, und dann konnte ich nicht einschlafen.“

„Warum nicht?“

Sie zögerte. Aus irgendeinem Grund wollte sie Alex nichts von dem seltsamen Anruf erzählen. Sie kam sich ein bisschen lächerlich vor und wollte nicht zugeben, dass sie sich die ganze Nacht im Bett hin und her gewälzt und sich den Kopf zerbrochen hatte, wer hinter diesem blöden anonymen Anruf steckte.

„Ich musste dauernd an Mr Reiner denken“, sagte sie schließlich. Das war zwar nicht die ganze Wahrheit, doch zumindest war es auch keine Lüge. „Irgendwie muss ich ihn dazu bringen, meine Note zu ändern.“

„Vergiss es, Lily“, sagte Alex. „Jeder weiß doch, dass Mr Reiner seine Noten nie ändert.“

„Ich glaube, diesmal wird er eine Ausnahme machen“, meinte sie. „Als ich heute Morgen aufgewacht bin, hatte ich eine super Idee. Ich habe dir doch gesagt, dass er an seine Leistungskursschüler besonders hohe Anforderungen stellt, oder?“

„Na und?“

„Das ist die Lösung. Ich werde ihm anbieten, irgendeine Extraaufgabe zu machen.“

„Hey, das könnte tatsächlich funktionieren“, stimmte Alex ihr zu. „Aber rechne lieber nicht damit. Reiner ist ziemlich streng, wenn es um seine Noten geht.“

„Ich habe mir alles genau überlegt. Ich werde eine zusätzliche Hausarbeit oder ein Referat machen, etwas, das ihm zeigt, dass es mir nichts ausmacht, mehr für Sozialkunde zu tun. Dann wird es ihm auch nichts mehr ausmachen, mir statt der Zwei eine Eins zu geben.“

„Na, viel Glück“, gab Alex zurück und schüttelte aufmunternd ihre Hand.

Sie lachte.

„Alex ist so süß“, dachte sie. „Er bringt mich immer zum Lachen. Sogar wenn ich so gestresst bin wie jetzt.“

„Ich darf meine Eltern nicht enttäuschen“, sagte sie. Sie hatte wieder das stolze Gesicht ihres Vaters vor Augen. „Du weißt doch, sie rechnen fest damit, dass ich Klassenbeste werde. Wenn Reiner meine Note nicht verbessert, dann bin ich – dann bin ich erledigt.“

Vor der Schule stiegen sie aus dem Bus. Alex winkte ihr zum Abschied zu und lief dann zu einer Gruppe von Freunden, die in der Nähe des Basketballfelds stand.

Lily eilte zur Treppe vor dem Schuleingang. Sie wollte Mr Reiner unbedingt vor Schulbeginn sprechen. „Ich habe mir überlegt, was Sie gesagt haben, Mr Reiner“, wiederholte sie im Stillen. „Und es stimmt, dass ich bisher keine Sonderleistungen erbracht habe. Deswegen möchte ich eine Zusatzhausaufgabe, um das wettzumachen.“

Sie blieb vor ihrem Schließfach stehen, um die Bücher für den Nachmittagsunterricht einzusperren. Zwei Schülerinnen aus der Unterstufe standen an der Ecke des Flurs und unterhielten sich im Flüsterton. Ihre gedämpften Stimmen erinnerten Lily an den merkwürdigen Anruf.

Wer hatte sie mitten in der Nacht angerufen? Wurde sie wirklich von jemandem beobachtet?

„Hör auf, dir darüber den Kopf zu zerbrechen“, ermahnte sie sich. „Der Anruf war bloß ein dummer Streich. Irgendein Idiot aus der Schule, der nichts Besseres zu tun hat.“

Sie schlug die Tür ihres Schließfachs zu, atmete tief ein und ging zielstrebig den Flur entlang zu Mr Reiners Zimmer.

Die Tür war zwar zu, doch sie wusste, dass er drin war. Es war bekannt, dass er morgens schon sehr früh kam und nach dem Unterricht auch länger als die meisten anderen Lehrer blieb.

„Hey, Lily!“

Lily drehte sich um. Hinter ihr stand Lisa Blume, die Herausgeberin der Schülerzeitung. „Was gibt's Neues?“

„Nicht viel“, sagte Lily achselzuckend. Sie wollte nicht allzu freundlich klingen. Lisa wollte immer über den neuesten Klatsch reden. Wer gerade mit wem ging, wer sich stritt und wer mit wem Schluss gemacht hatte.

Und das war im Moment das Letzte, wonach Lily zumute war. Sie wollte sich allein darauf konzentrieren, wie sie ihr Gespräch mit Mr Reiner über die Bühne brachte.

„Warum bist du schon so früh hier?“, wollte Lisa wissen.

„Ich muss etwas mit Mr Reiner besprechen“, antwortete Lily.

Lisa nickte wissend. „Ich habe von deinen Problemen mit ihm gehört. Er will dir keine Eins geben, stimmt's?“

Lily stöhnte innerlich. Wenn Lisa von ihren Schwierigkeiten mit dem Lehrer wusste, dann wusste es die ganze Schule.

„Bedeutet das, dass Graham Klassenbester wird?“, bohrte Lisa. „Ich meine, du brauchst doch eine Eins in Reiners Kurs, oder?“

„Irgendwie werde ich meine Eins schon kriegen“, gab Lily bissig zurück.

Gleich darauf bereute sie ihre scharfen Worte. Doch es war schon zu spät.

„Jetzt wird Lisa überall herumerzählen, dass ich mich wegen meiner Noten wie eine verzweifelte Irre benehme“, dachte Lily unglücklich.

Lisa streckte beide Daumen in die Höhe als Zeichen, dass Lily es schon schaffen würde, und lief ein paar Schritte weiter. „Also viel Glück“, rief sie ihr zu.

Seufzend wandte Lily sich wieder zu Mr Reiners Tür um und klopfte. Ohne auf eine Antwort zu warten, drehte sie am Türknopf und stieß die Tür auf.

Das Erste, was sie sah, war eine Leiter unter der kaputten Neonlampe. Sie richtete ihren Blick auf die Decke und bemerkte, dass die Neonröhre entfernt worden war.

Hatte Mr Reiner beschlossen, die Lampe selbst zu reparieren?

„Wahrscheinlich ist er zum Hausmeister gegangen, um eine neue Röhre zu holen“, dachte sie. „Ich werde warten, bis er zurückkommt.“

Sie legte ihren Rucksack auf einen Tisch und ging zur Leiter, die hinter Mr Reiners Schreibtisch stand.

Als sie das hellrote Blut entdeckte, das von dem Schreibtisch des Lehrers tropfte, zuckte sie zusammen.

Mit den Augen verfolgte sie die Blutspur. Und fand einen Körper.

„Mr Reiner?“, brachte sie mühsam heraus.

Der gut aussehende junge Lehrer lag neben seinem Schreibtisch mit offenem Mund auf dem Rücken. Sein Haar war blutverschmiert. Seine Augen starrten Lily mit leerem Blick an.

„Nein!“, schrie Lily. „Nein – bitte nicht!“

Als sie den Blick senkte, bemerkte sie, dass sie in einer Blutlache stand. Die Seiten ihrer weißen Turnschuhe waren blutverschmiert.

Diesmal war es nicht nur ihre Fantasie. Erschrocken schlug sie die Hände vors Gesicht.

Es war keine Einbildung!

Dieses Mal war er wirklich tot.

7

Am Tag nach Mr Reiners Beerdigung ging Lily, ohne sich umzusehen, geradewegs zu ihrem Platz.

Sie hatte sich noch nicht von der Beerdigung erholt. Während der ganzen Trauerfeier hatte kaum jemand ein Wort mit ihr gewechselt. Immer wenn sie den Kopf hob, erhielt sie vorwurfsvolle Blicke – als hätte sie etwas mit Mr Reiners Unfall zu tun gehabt.

Sogar Alex benahm sich ihr gegenüber etwas distanziert.

„Du bist ja total verrückt“, ermahnte Lily sich. „Niemand denkt, du seist schuld daran. Alle wissen, dass es ein Unfall war. Sie wissen bloß nicht, was sie zu dir sagen sollen.“

Aber warum fühlte sie sich dann so schuldig?

Es stimmte, dass sie Mr Reiner nicht gemocht hatte. Und es stimmte auch, dass sie fast alles getan hätte, um ihre Note zu verbessern.

Doch sie hatte nie gewollt, dass ihm etwas Schlimmes zustieß.

Die Erinnerung an das, was sie am Nachmittag zuvor zu Julie gesagt hatte, verfolgte sie jetzt. „Am liebsten würde ich ihn umbringen.“ Das hatte sie Julie gegenüber geäußert.

Und Lisa Blume hatte bestimmt der ganzen Schule erzählt, wie wütend und gefrustet Lily an jenem Morgen geklungen hatte, bevor sie den Lehrer gefunden hatte.

„Glauben die etwa echt, dass ich ihn von der Leiter gestoßen habe, oder was?“, fragte Lily sich. „Meine

Freunde können so was doch nicht *wirklich* von mir denken – oder doch?"

Mr Reiners Klassenzimmer war still, unheimlich still. Nur ein paar Schüler tuschelten miteinander. Keiner redete laut.

Mit gesenktem Blick kramte Lily in ihrem Rucksack nach ihrem Heft. Sie hörte der neuen Lehrerin aufmerksam zu, als diese den Kursplan für den Rest des Semesters besprach.

Doch hier in diesem Klassenzimmer erinnerte sich Lily immer wieder daran, wie sie Mr Reiners Leiche gefunden hatte. Wie sie seinen Körper auf dem Boden entdeckt hatte, sein blasses Gesicht, der offene Mund, die leeren, leblosen Augen.

„Wir werden noch zwei Tests und eine Abschlussprüfung schreiben." Mrs Burris' Worte unterbrachen Lilys Gedanken. Sie beugte sich vor, um zuzuhören.

„Noch zwei Tests und eine Abschlussprüfung?", dachte sie.

Bei so vielen Tests und Hausarbeiten hatte sie definitiv eine Chance, ihre Durchschnittsnote in Sozialkunde zu verbessern.

Eine zweite Chance!

„Ja!", dachte sie und fühlte sich zum ersten Mal seit Tagen wieder etwas besser. „Vielleicht kann ich Graham doch noch schlagen!"

„0:40!", rief Scott von der anderen Seite des Netzes. „Macht schon, ihr Schwächlinge!"

Lily schloss kurz die Augen und konzentrierte sich, so gut sie konnte. Sie warf den Ball in die Luft, schwang ihren Tennisschläger – und schlug den Ball ins Netz.

„Mist!“, rief sie, holte tief Luft und bereitete sich auf den nächsten Aufschlag vor. Auch der war ein Flop.

„Doppelfehler!“, rief Scott schadenfroh. „Aus und vorbei.“

Lily musste lachen. „Tut mir leid“, sagte sie zu Alex. „Ich weiß gar nicht, wie mir das passieren konnte!“

„Ich kann nicht glauben, dass du den Punkt vermasselt hast!“, sagte Alex.

„Hey, macht doch nichts“, sagte Lily und gab ihm einen liebevollen Schubs. „Das nächste Mal kriegen wir sie.“

„Das müssen wir auch“, murmelte Alex. Es war Lilys erster freier Sonntagmorgen seit einem Monat. Sie hatte sich so auf das Tennisdoppel mit Julie, Scott und Alex gefreut.

Mit einem Handtuch wischte sie sich die Stirn ab und ging in den Schatten neben dem Platz. Julie goss Grapefruitlimonade aus einer Thermoskanne in Becher.

„Tut mir leid, ihr beiden“, sagte Lily. „Heute habe ich meinen Aufschlag einfach nicht im Griff.“

„Ich verstehe es einfach nicht“, sagte Scott. „Sonst hast du doch einen tollen Aufschlag. Was ist los?“

Sie zuckte mit den Schultern. „Keine Ahnung. Ich glaube, ich werde langsam alt.“

Scott schüttelte den Kopf. „Komisch“, meinte er. „In der Schule bist du so ehrgeizig. Aber hier draußen ist es dir anscheinend egal, ob du gewinnst oder verlierst.“

„Wahrscheinlich ist es mir wirklich egal“, sagte Lily. „Für mich bedeutet Tennis bloß Spaß.“

„Für mich auch“, stimmte Julie ihr zu. „Aber dazu gehört auch, dass ich gewinne.“

„Ja, genau“, sagte Alex und goss sich noch einen Becher Limonade ein. „Gewinnen ist nicht alles ... aber wenn man nicht wenigstens *versucht* zu gewinnen, was ist dann überhaupt der Sinn des Spiels?“

„Okay, okay!“, sagte Lily lachend. „Das nächste Mal setze ich meinen Killerinstinkt ein.“

Sobald sie dieses Wort ausgesprochen hatte, bereute sie es – vor allem, als sie den Blick sah, den Julie mit Scott austauschte.

Glücklicherweise kam Alex ihr rasch zu Hilfe. „Komm“, sagte er und stellte den Becher mit einem Knall hin. „Jetzt schlagen wir sie.“

Lily und Alex gewannen die nächsten beiden Runden und verloren die letzten drei nur knapp.

„Das Wetter ist heute so toll. Hat einer von euch Lust, ein bisschen Rad zu fahren?“, fragte Scott, während er die Thermoskanne auf seinem Gepäckständer verstaute.

„Ich kann nicht“, sagte Julie. „Ich besuche heute Nachmittag mit meiner Familie meine Großmutter.“

„Ich muss lernen“, sagte Lily.

„Ach, komm“, protestierte Alex. „Es ist doch noch nicht spät. Du hast noch den ganzen Tag Zeit.“

„Die brauche ich auch“, erwiderte sie. „Das Schuljahr ist bald vorbei. Das kann ich mir nicht leisten.“

Alex zog eine Grimasse und zuckte dann mit den Schultern. „Wie du meinst“, sagte er. „Ich wünschte bloß, du würdest lernen, dich auch mal zu entspannen.“

„Das habe ich den ganzen Vormittag getan“, gab Lily zurück. Sie winkte den anderen zu und machte sich auf den Heimweg.

Als sie die Ecke der Old Mill Road erreicht hatte, hörte sie hinter sich ein Hupen. Ein Motor heulte auf, und dann hielt neben ihr ein Auto.

„Hey, soll ich dich mitnehmen?“

Sie wandte sich um und erblickte Graham Prince in seinem Porsche. „Nein, danke. Ich bin gleich zu Hause.“

„Komm schon, steig ein“, beharrte er. „Bei der Hitze kannst du doch nicht so weit laufen.“

„So weit? Es sind doch nur zwei Blocks!“ Sie ging weiter, doch Graham ließ nicht locker.

„Hey, Lily.“ Er grinste spöttisch. „Sicher fühlst du dich jetzt richtig gut, was?“

„Wie bitte? Was meinst du damit?“, fragte sie.

„Na ja, jetzt, wo Mr Reiner ins Gras gebissen hat, kriegst du ja vielleicht doch noch ’ne Eins in Sozialkunde.“ Graham lachte schrill.

„Wie kannst du so etwas sagen?“, stieß Lily wütend aus.

„Hey, sorry“, sagte Graham und hörte abrupt auf zu lachen. „Nimm es nicht so ernst, Lily. War bloß ein Witz, mehr nicht.“ Er setzte seine Brille auf.

„Das war nicht witzig! Wie kannst du über so was Witze reißen?“, fragte Lily aufgebracht.

„Alle wissen doch, wie sauer du über die Zwei warst, die du in dem Test bekommen hast“, erwiderte Graham. „Lisa Blume hat mir erzählt, du hättest fast Galle gespuckt, als du in Mr Reiners Zimmer gegangen bist – kurz bevor du ... bevor du ... ihn gefunden hast.“

„Lass mich in Ruhe, Graham!“, rief Lily. „Was du denkst, gefällt mir nicht. Ich würde nie jemanden umbringen, um eine Eins zu kriegen!“

„Ist ja gut, ist ja gut.“

„Das ist mein Ernst!“, schrie sie. „Mr Reiner hatte einen Unfall. Einen schrecklichen Unfall! Wenn du glaubst –"

„Ich habe doch gesagt, dass ich es nicht ernst meine", rief Graham und hob beide Hände, als würde er sich ergeben. „Reg dich ab, Lily."

„Lass mich in Ruhe", murmelte sie.

„Kein Problem", gab er kühl zurück. Dann legte er den Gang ein und raste wie ein Verrückter die Straße hinunter.

Lily blieb einen Augenblick lang stehen und sah ihm hinterher. Ihre Knie zitterten. Wie konnte Graham so was Gemeines zu ihr sagen? Für was für ein Monster hielt er sie eigentlich?

Glaubten etwa alle in der Schule, sie hätte Mr Reiner umgebracht?

Als Lily an diesem Abend ihre Schreibtischlampe ausmachte, war es kurz vor Mitternacht. Sie hätte eigentlich noch auf den Wissenswettbewerb lernen sollen, doch sie war zu müde.

„Morgen büffle ich noch härter", nahm sie sich vor.

Sie schlüpfte in ihren Schlafanzug und stieg ins Bett. Als sie die Augen zumachte und sich auf den Schlaf freute, klingelte ihr Telefon.

Erschrocken griff sie nach dem Hörer. „Hallo?"

„Lily?"

Plötzlich war sie hellwach. Wieder dieselbe Stimme. Das unheimliche Flüstern.

„Wer ist da?", fragte sie.

„Ich weiß alles über dich, Lily", flüsterte die Stimme. „Und ich weiß auch, dass du bekommen hast, was du wolltest. Stimmt's?"

Lily schwieg einen Augenblick. Sie konzentrierte sich auf die Stimme. Sie klang so vertraut. So verdammt vertraut ...

„Jetzt weiß ich, wer du bist!", stieß sie aus. „Warum rufst du mich an? Sag es mir! Warum tust du mir das an? Warum, Graham? Warum?"

Klick.

8

„Hey, Lily!“, sagte Scott und winkte, als sie in das Büro des *Forum* stürmte. „Auf die Minute pünktlich.“

„Ich bin nach dem Unterricht gleich hergekommen“, keuchte Lily atemlos. „Ich kann aber nicht lange bleiben. Du hast gesagt, die Besprechung sei wichtig.“

„Es ist unsere letzte Gelegenheit, das Material für die nächste Ausgabe durchzugehen“, sagte er und nickte. „Wo sind die anderen?“

„Ich habe Julie vor der Bücherei getroffen“, berichtete Lily. „Sie hat gesagt, sie kommt in ein paar Minuten nach.“

„Dein Aufsatz ist ausgezeichnet“, sagte Scott und tippte mit dem Zeigefinger auf das Deckblatt von Lilys Beitrag zum *Forum*. „Du hast echt tolles Material über die Anfangszeit der Schule ausgegraben.“

„Danke, Scott“, sagte Lily und spürte, dass sie rot wurde. Manchmal fiel es ihr nicht leicht, ein Kompliment anzunehmen.

Es hatte ihr Spaß gemacht, den Aufsatz zu schreiben, auch wenn er Zeit gekostet hatte, die sie eigentlich für ihre Hausaufgaben und den Wettbewerb gebraucht hätte.

„Heute Abend drucken wir die Ausgabe“, sagte Scott. „Hast du Lust, hinunter in die Druckerei zu kommen und zuzusehen, wie sie aus der Druckermaschine rollt?“

Glücklicherweise besaß Grahams Vater eine Druckerei. Einen Abend im Monat ließ er die Schüler ihre Literaturzeitschrift praktisch umsonst drucken. Meistens gingen ein paar der Mitarbeiter hin und schauten zu.

„Klar. Ich war noch nie in der Druckerei", sagte Lily.

„Dann solltest du hingehen", sagte Scott entschieden. „Es ist wirklich interessant. Das Papier ist auf riesige Rollen gewickelt, die zwischen Zylindern hindurchlaufen. Die Zylinder bedrucken die Vorder- und Rückseite der Papierbögen. Nach dem Drucken wird das Papier in einzelne Blätter geschnitten und gebunden. Und all das auf einer einzigen großen Druckermaschine."

„Klingt echt cool", bemerkte Lily. „Ich werde wohl für ein paar Minuten vorbeischauen können, bevor ich mich an meine Hausaufgaben setze. Ist neun Uhr zu spät? Ich muss so lang arbeiten."

„Ja, komm um neun", erwiderte Scott. „Da fangen wir meistens an."

Er seufzte. „Als Erstes müssen wir das Titelfoto aussuchen." Er hob einen braunen Umschlag hoch und zog einen Kontaktbogen heraus. „Sieh dir die an, und sag mir, was du davon hältst."

Lily beugte sich über den Tisch und betrachtete die Fotos. Es waren alles Fotos, die die Schule nachts zeigten. Der Mond schien auf das Schuldach.

„Ich finde das hier am besten." Scott zeigte auf ein Bild in der Ecke. „Was meinst du?"

„Das ist gut", stimmte Lily zu und beugte sich näher darüber, um es besser sehen zu können. „Aber ich glaube, mir gefällt das hier am besten – hier ist der Mond mit drauf." Sie nahm den Kontaktbogen hoch, um die Aufnahme genauer betrachten zu können.

„Hmm“, meinte Scott und sah das Foto prüfend an. „Ich verstehe, was du meinst. Du hast gute Augen, Lily.“

Lily hörte ein Geräusch und schaute zur Tür. Dort stand Alex mit wütender, grimmiger Miene.

„Alex!“ Automatisch rückte sie von Scott ab. „Komm, und sieh dir die Fotos an.“

„Nein danke“, gab Alex bissig zurück. „Ihr beide scheint mich dafür nicht zu brauchen.“

„Wir suchen gerade das Titelbild für die nächste Ausgabe aus“, erklärte Scott. „Willst du dir die Bilder nicht ansehen?“

„Nee, nicht unbedingt“, knurrte Alex. „Ich bin sicher, du wirst das nehmen, was Lily gefällt.“

„Huch!“, dachte Lily und starrte Alex verwundert an. „Ist er etwa eifersüchtig auf Scott?“

„Also, hier sind sie, falls du deine Meinung ändern solltest“, sagte Scott und warf den braunen Umschlag auf den Tisch. Er schien Alex’ Wut nicht zu bemerken.

„Ich bringe ein paar Fahnen zu Mr Henderson“, verkündete Scott. Er hob einen Stapel Papier auf und trug ihn in das benachbarte Büro des Beraters der Schulzeitung.

„Alex, was hast du plötzlich?“, fragte Lily, sobald sie allein waren.

„Hä? Wie bitte?“, erwiderte Alex verdrossen.

„Du benimmst dich, als seist du eifersüchtig auf Scott!“, sagte sie. „Ich glaub es einfach nicht.“

„Und warum nicht?“, schoss Alex zurück. „Ich weiß, dass er scharf auf dich ist!“

„Sei kein Idiot!“, schnappte Lily.

„Ach, Lily! Du hast gute Augen, Lily!“, machte Alex Scott nach.

„Alex, hör auf damit. Ich habe kein Interesse an Scott. Wir sind bloß Freunde, und das weißt du ganz genau.“ Sie sprang auf und schlang die Arme um seine Schultern. „Komm schon, Alex. Reg dich ab“, schmeichelte sie und gab ihm einen Kuss auf die Wange.

Widerstrebend lächelte Alex sie an. „Also welches der Bilder hast du ausgesucht?“

Das Meeting war erst um halb sieben zu Ende. Lily kam gerade noch rechtzeitig zum Geschäft ihres Onkels.

Im Laden wimmelte es vor Kunden. Onkel Bob erzählte ihr, dass am Nachmittag besonders viel los gewesen sei und dass er wahrscheinlich den ganzen Abend Rezepte ausfüllen würde.

Lily ging an ihren Platz hinter der Kasse. Seit dem Raubüberfall war sie nervös, wenn sie allein im Laden war. Doch heute Abend war so viel Betrieb, dass sie nicht viel Zeit hatte, Angst zu haben.

Rick tauchte um acht auf. In der Zwischenzeit war es etwas ruhiger geworden, und Lily hatte angefangen, ihre Hausaufgaben zu machen.

„Hallo, Lily.“ Rick schlenderte zum Kassentisch hinüber. „Wie geht's?“

„Danke, gut“, sagte sie und bemühte sich, nicht unwirsch zu klingen.

„Was ist los mit dir?“ Er legte die Ellbogen auf den Kassentisch und versuchte, in das Buch zu schauen, das aufgeklappt auf ihrem Schoß lag.

„Ich lerne gerade“, sagte sie. „Und ich habe noch

ziemlich viel zu tun – wenn es dir also nichts ausmacht ...“

„Was lernst du?“, bohrte Rick.

„Zufällig Spanisch“, sagte sie. „Also, Rick – würdest du mich jetzt bitte in Ruhe lassen ...“

„Ist das das Fach, in dem du die schlechte Note bekommen hast?“, fragte Rick. „Die Zwei?“

„Nein, das war ein anderes Fach“, sagte Lily. „Rick, ich muss wirklich –“

„Weißt du, ich habe das mit dem Lehrer in der Zeitung gelesen. Das mit diesem Mr Meiner ...“

„Reiner“, verbesserte Lily ihn.

„Genau. Reiner. Der Typ, über den du geklagt hast. Der hat dir keine Chance gegeben, stimmt's?“

Als Lily schwieg, senkte Rick seine Stimme und fuhr flüsternd fort: „Was hast du denn gemacht, Lily? Hast du ihm einen kleinen Schubs gegeben? Du weißt schon: sozusagen als Sonderleistung?“

„Das ist ja widerlich!“, schrie Lily und richtete sich auf. Das Spanischbuch rutschte von ihrem Schoß auf den Boden, und sie bückte sich, um es aufzuheben.

„Hey, ist ja okay. Bleib cool“, sagte Rick. „Ich habe bloß einen Scherz gemacht. Dich nur ein bisschen aufgezogen. Ich habe es nicht ernst –“

„Hör zu, Rick, ich bin beschäftigt“, unterbrach Lily ihn in scharfem Ton.

„Wann bist du das nicht?“ Rick lehnte sich weiter an den Kassentisch. Er sah ihr in die Augen und beugte sich vor, um Lilys Haar zu berühren. „Warum vergisst du nicht einfach deine ollen Hausaufgaben und gehst heute Abend mit mir aus? Wir können hingehen, wo immer du willst.“

„Ich habe dir schon mal gesagt, dass ich einen festen Freund habe“, sagte Lily und stieß seine Hand zurück. „Und außerdem habe ich sowieso keine Zeit zum Ausgehen.“

Sie öffnete das Schulbuch auf ihrem Schoß und starrte auf die Seiten.

Er packte ihre Hand.

„Hey, du bist aber ganz schön eingebildet!“, raunte er heiser. „Ich will dich bloß ein bisschen näher kennenlernen.“

„Lass mich in Ruhe!“, schrie sie wütend. Sie sprang vom Hocker und versuchte, sich loszureißen.

Rick wich vom Kassentisch zurück und streckte beide Hände hoch. „Okay, okay. Reg dich nicht gleich auf. Ich habe es nicht so gemeint.“ Er trat einen weiteren Schritt zurück.

„Verschwinde einfach“, schnappte Lily.

„Keine Angst“, sagte Rick. „Entschuldige. Ich war wohl ein bisschen zu aufdringlich. Sag deinem Onkel nichts davon, okay? Ich brauche den Job.“

Lily wollte gerade antworten, als die Tür zum Hinterzimmer aufging und Onkel Bob auftauchte. „Ist alles in Ordnung?“, fragte er. „Wer hat denn hier geschrien?“

Rick sah Lily flehend an.

„Es ist alles okay, Onkel Bob“, sagte sie nach einem Augenblick. „Rick und ich haben bloß ein bisschen herumgealbert.“

Um neun eilte Lily zur Druckerei, um dort ihre Freunde zu treffen. Die Szene mit Rick beunruhigte sie immer noch.

„Er hat irgendwas Unheimliches“, dachte sie. Gestern Abend war sie sicher gewesen, dass Graham hinter den anonymen Anrufen steckte. Doch jetzt war sie nicht mehr so sicher.

War es vielleicht Rick gewesen?

Die Druckerei befand sich mitten im Industriegebiet von Shadyside. Sie war in einem großen Fabrikgebäude in einem Block, in dem noch mehrere andere Firmen waren, untergebracht. Alle bis auf die Druckerei waren dunkel und verschlossen.

Eine einsame Straßenlaterne warf ein kaltes gelbes Licht zwischen die dunklen Schatten. Lily hörte, wie der Wind irgendwo auf der menschenleeren Straße Müll umherwirbelte.

Sie überquerte die Straße zur Druckerei. Die große Eingangstür stand einen Spalt weit offen, und von irgendwo weiter hinten fiel ein schwacher Lichtschein ein.

Lily drückte die Tür auf. In dem dunklen, verlassenen Vorraum roch es nach Druckerschwärze. Sie hörte leise Geräusche, die aus dem hinteren Teil des Gebäudes kamen, und folgte ihnen durch einen kurzen Flur in einen großen Raum.

Im hellen Deckenlicht sah sie die riesengroße Druckermaschine, die fast so lang wie das Gebäude war. An einem Ende hing eine riesige Papierrolle.

Lily blinzelte ins grelle Licht und sah sich suchend nach ihren Freunden um.

„Hey – wo seid ihr alle?“, fragte sie laut.

Plötzlich hörte sie ein rumpelndes Geräusch.

Aus dem Rumpeln wurde ein Dröhnen.

Ein Erdrutsch? Eine Schneelawine?

Lily erstarrte, als eine Stimme hinter ihr warnend schrie: „Lily – pass auf!“

Blitzschnell drehte sie sich um und sah gerade noch rechtzeitig, dass sich ein Berg riesengroßer Papierrollen auf sie zubewegte. Gerade noch rechtzeitig, um zu erfassen, in welcher Gefahr sie sich befand.

9

Die massiven Rollen krachten donnernd auf den Boden.

Lily stieß einen schrillen Schrei aus.

Sie versuchte, sich mit einem Hechtsprung auf die Seite zu retten.

Ein lähmender Schmerz schoss durch ihren Körper, als eine der schweren Rollen ihr Bein streifte und sie auf den Boden schleuderte.

„Neeeeiiiin!“ Lily heulte in Todesangst auf. Sie ignorierte den Schmerz und kroch voller Panik über den Betonboden.

Verzweifelt warf sie sich hinter einen Eisenpfeiler. Sie drehte sich um. Und sah, wie die schweren Papierrollen an ihr vorbeiholperten und -rollten.

„Sind Sie okay, Miss?“ Ein bärtiger Mann mittleren Alters rannte herbei. „Sie sind doch nicht getroffen worden, oder?“

Prüfend bewegte Lily ihr Bein. Es tat zwar weh, aber es war nicht gebrochen. „Ich – ich bin okay“, antwortete sie mit zittriger Stimme. Ihr Herz klopfte bis zum Hals, sodass sie kaum atmen konnte. Sie holte tief Luft, um sich zu beruhigen, und ließ sich von dem Mann auf die Beine helfen. „Was ist passiert?“

Der Mann kratzte sich am Kopf. „Die Rollen waren falsch aufeinandergestapelt. Ich verstehe das einfach nicht.“

„Lily, ist dir was passiert?“

„Was ist geschehen?“

„Bist du verletzt?“

Scott, Alex und Julie umringten sie und stellten besorgte Fragen.

„Mir ist nichts passiert“, sagte sie und fühlte sich langsam wieder besser. „Ehrlich.“

„Bist du sicher, dass du dir nicht wehgetan hast?“, hörte Lily eine andere Stimme fragen. Sie drehte sich um und sah Graham auf sich zukommen. Ganz kurz erkannte sie ein leichtes Lächeln in seinem Gesicht.

Freute er sich womöglich, dass sie beinahe zerquetscht worden wäre?

Nein. Sie schüttelte den Kopf, um den Gedanken zu verscheuchen. Natürlich nicht. Warum dachte sie bloß solche Sachen?

„Ich bin okay. Wirklich“, beruhigte Lily die anderen. Sie strich ihr schwarzes Haar aus der schweißnassen Stirn.

„Das ist Mr Jacobson, der Vormann meines Vaters für die Nachtschicht“, sagte Graham zu ihr und zeigte auf den bärtigen Mann. „Er hat uns geholfen, alles für den Druck heute Abend vorzubereiten.“

„Das müssen wir jetzt leider verschieben, bis ich das Chaos aufgeräumt habe“, stöhnte der Vormann und schüttelte den Kopf.

„Das macht nichts“, meinte Scott. „Wann können wir wiederkommen?“

„Morgen ist wieder alles für euch bereit“, sagte Mr Jacobson. „Aber ich muss euch warnen, Kids. Eine Druckerei ist kein Vergnügungspark. Wie ihr gerade gesehen habt, kann es hier ganz schön gefährlich sein.“

„Das ist klar, Mr Jacobson“, stimmte Scott ihm zu. „Also vielen Dank und bis morgen.“

„Ich kann nicht glauben, dass das wirklich passiert

ist“, stieß Julie aus, als sie vor das Gebäude gingen. „Du hättest tot sein können, Lily.“

„Mir fehlt nichts“, versicherte Lily ihr. „Ich bin bloß enttäuscht, dass wir nicht zusehen konnten, wie unsere Zeitung gedruckt wird.“

„Eigentlich war es von Anfang an nicht sicher, ob wir heute Abend drucken können, auch ohne den Zwischenfall“, sagte Alex zu Lily. „Wir hatten Probleme mit der großen Maschine. Mr Jacobson hat zwar gesagt, er könne sie reparieren, aber sie ist dauernd stecken geblieben.“

„Er hat keine Ahnung von der Maschine“, sagte Graham, der sie auf dem Weg zur Straße eingeholt hatte. „Manchmal dauert es nämlich eine Weile, bis sie läuft.“

Lily warf ihm einen verärgerten Blick zu. Warum war Graham immer so von sich überzeugt?

„Kommt“, sagte Scott. „Lasst uns zu Pete's Pizzeria gehen. Ich habe einen Mordshunger.“

Lily dachte an ihre Hausaufgaben und zögerte. Dann dachte sie: „Mensch, ich wäre heute Abend beinahe verunglückt!“

„Super Idee! Gehen wir Pizza essen!“, rief sie.

Als Lily endlich zu Hause ankam, war es schon fast elf. Sie war viel zu erschöpft, um noch ein Buch aufschlagen zu können.

Am nächsten Tag fand der Wissenswettbewerb statt. Lily wusste, dass sie ihre Notizen noch einmal durchsehen sollte. Doch sie konnte den Gedanken, noch ein einziges Wort zu lesen, nicht ertragen.

Sie streckte sich auf ihrem Bett aus. „Was für ein Tag“, dachte sie seufzend. Jetzt spürte sie einen pochenden Schmerz in ihrem Bein. Sicher würde sie morgen einen riesigen blauen Fleck haben. „Wenigstens kann heute Nacht nichts Schlimmes mehr passieren“, dachte sie beim Eindösen.

Dann klingelte das Telefon.

„Oh nein“, murmelte sie. „Was kommt jetzt?“ Mit klopfendem Herzen nahm sie den Hörer ab. „Hallo?“

Es war die Flüsterstimme. „Lily? Bist du das?“

„Wer bist du? Was willst du?“, fragte sie wütend.

„Ich will dasselbe wie du“, sagte die gedämpfte Stimme. „Und ich werde dir helfen, wenn du mich lässt. Bitte, lass mich dir helfen, Lily.“

Lily schmiss den Hörer auf die Gabel und riss das Telefonkabel aus der Steckdose. So. Jetzt konnte er nicht mehr anrufen. Sie würde sich von diesem Mistkerl – wer immer es war – nicht noch einmal Angst einjagen lassen.

Doch noch lange, nachdem sie den Stecker des Telefons gezogen hatte, hallte die unheimliche Stimme in ihrem Ohr.

„Wer kann das sein?“, zerbrach sie sich den Kopf. „Wer?“

Als Lily am nächsten Nachmittag die Aula betrat, in der der Wettbewerb stattfand, fühlte sie sich sicher und gelassen.

„Viel Glück“, flüsterte Alex und gab ihr einen flüchtigen Kuss auf die Wange.

„Danke.“ Lily kletterte auf die Bühne und setzte sich zu dem halben Dutzend der anderen Kandidaten, die es bis zur Endrunde geschafft hatten.

Wie sie erwartet hatte, war der erste Teil des Wettbewerbs leicht. Doch nach einer Stunde waren nur noch drei Kandidaten übrig: Lily, Graham und Susie Dawson, eine Austauschschülerin.

Mr Spencer, der Konrektor, machte den Quizmaster. „Wie hieß der erste Bürgermeister von Shadyside?“, fragte er Susie und begann damit die nächste Quizrunde, in der es um Lokalgeschichte ging.

Susie überlegte ein paar Sekunden lang. Schließlich zuckte sie mit den Schultern. „Ich weiß nicht“, sagte sie seufzend.

„Es tut mir leid“, sagte Mr Spencer. Kopfschüttelnd trat Susie von der Bühne und setzte sich in den Zuschauerraum.

Dann wandte der Quizmaster sich an Graham. „Kannst du mir den Namen des ersten Bürgermeisters von Shadyside sagen?“

„Robert Briggs“, antwortete Graham rasch.

„Das ist richtig“, sagte Mr Spencer. „Ich gratuliere, Graham. Ich gratuliere euch beiden. Wir kommen zur nächsten Runde.“

Lily zwang sich, sich auf die Fragen zu konzentrieren. Warum musste Graham in die Endrunde eines jeden Wettbewerbs kommen, an dem sie teilnahm? Konnte er denn nicht einmal einen Fehler machen?

Sie warf wieder einen Blick in die Zuschauermenge. Die meisten ihrer Freunde, einschließlich das gesamte Team des *Forum*, waren immer noch da.

Ihr Blick ruhte auf Alex, der ihr zuzwinkerte. Neben ihm saß Julie und daneben Scott. An ihren Gesichtern konnte sie ablesen, dass sie alle auf ihrer Seite waren. Es fühlte sich toll an, so viel Unterstützung zu bekommen – vor allem, da sie sich nach Mr Reiners Tod ihrer Freunde nicht mehr sicher gewesen war.

Mr Spencer machte eine Pause, um mit einem anderen Lehrer eine Quizfrage zu besprechen. Graham wandte sich an Lily. „Es macht Spaß, findest du nicht auch?", flüsterte er. „Besser, als im Klassenzimmer zu hocken."

„Ja, irgendwie schon", erwiderte Lily. Was konnte sie sonst sagen?

Mr Spencer räusperte sich und fuhr mit der Runde fort. „Lily", sagte er. „Die ersten Siedler haben zwei Brücken über den *Cononconka River* gebaut, die heute noch stehen. Wie heißen sie?"

„Die Flussstraßenbrücke", nannte Lily die erste Brücke, die ihr einfiel. „Und die ... die ..."

Sie musste einen Augenblick überlegen. Es wäre so viel leichter gewesen nachzudenken, wenn Graham nicht so dicht neben ihr gesessen hätte. Sie spürte, wie Panik in ihr hochstieg, als ihr der Name nicht einfiel. „Ich weiß, wie sie heißt, ich weiß es ganz sicher", sagte sie. „Mir fällt sie bloß ..."

„Lass dir Zeit", sagte Mr Spencer ruhig.

„Ja, lass dir Zeit, Lily", flüsterte Graham sarkastisch. „Schließlich können wir den ganzen Tag hier herumsitzen."

Das machte Lily so wütend, dass sie Graham am liebsten von der Bühne heruntergestoßen hätte. Doch sie bekam dadurch wieder einen klaren Kopf. „Die *Mill Bridge*!", stieß sie hervor.

„Richtig!" Mr Spencer wandte sich wieder an Graham. „Also, die nächste Frage an dich ..."

Lily hörte nicht mehr hin und versuchte, sich zu beruhigen. „Wenn du den Wettbewerb gewinnen willst, musst du Graham ignorieren", sagte sie sich.

Ihre beiden Schwestern hatten in ihrem letzten Schuljahr den Wissenswettbewerb der Schule gewonnen. Becky hatte es sogar bis auf die bundesstaatliche Ebene geschafft. Lily wusste, sie konnte es genauso schaffen – wenn sie sich darauf konzentrierte.

„Stimmt!“ Mr Spencer gratulierte Graham gerade für eine weitere richtige Antwort. „Ihr schlagt euch beide sehr gut. Lasst mich die nächste Runde Fragen herausholen.“ Er kramte in einem braunen Umschlag.

„Ach, übrigens, Lily“, flüsterte Graham. „Ich habe heute Vormittag auf dem Sekretariat meinen Notendurchschnitt fürs Halbjahr erfahren. Rate mal, was ich habe!“

„Psst!“, sagte Lily und versuchte, nicht hinzuhören. Merkte Mr Spencer denn nicht, was Graham tat? Konnte er nicht sehen, dass er sie ablenken wollte?

Doch der Moderator war damit beschäftigt, den Umschlag nach der nächsten Runde Fragen zu durchstöbern.

„Bin ich nicht genial?“, zischte Graham leise. „Ich habe bisher lauter Einser gemacht – glatte Einser, nicht Eins minus oder Zwei plus.“

„Wie schön für dich, Graham!“, erwiderte Lily sarkastisch. Sie spürte, wie ihre Kehle sich vor Angst zuschnürte.

Glatte Einser bedeuteten, dass Graham sie in diesem Halbjahr bisher überrundet hatte. Selbst wenn sie ihre Note in Sozialkunde noch verbessern konnte, würde sie vielleicht nur eine Eins minus herausholen.

„Und was ist mit dir?“, bohrte Graham. „Hast du irgendwo ein Minus oder Plus?“

„Führst du etwa eine Liste?“, fragte Lily bissig.

„Nein, nur eine Unterhaltung mit dir“, gab Graham grinsend zurück und ließ seine Zähne blitzen.

Wieder spürte Lily, wie die Wut in ihr hochstieg. Für Graham war das alles bloß ein Spiel, wie ihr klar wurde. Er brauchte das Geld nicht. Er wollte nur deshalb Klassenerster werden, um sie zu schlagen. Es hätte ihr nicht ganz so viel ausgemacht, wenn sie gewusst hätte, dass es ihm etwas bedeutete.

Sie holte tief Luft und wartete auf ihre nächste Frage. „Was für einen Beruf übten die Gründer von Shadyside aus?"

Die Gründer? Lily wollte spontan „Farmer" sagen. Doch das schien zu einfach. Vielleicht war es eine Trickfrage. Warum sollten sie ausgerechnet in der Endrunde eine so leichte Frage bringen?

Graham zappelte auf seinem Stuhl neben ihr.

Vielleicht bezog die Frage sich auf die ersten Menschen, die sich in Shadyside niedergelassen hatten, *nachdem* es gegründet worden war – und nicht auf die frühen Siedler, dachte Lily.

„Sie waren Eisenbahner", antwortete sie schließlich.

„Tut mir leid." Mr Spencer schüttelte den Kopf. „Das stimmt leider nicht. Wenn Graham die Frage richtig beantworten kann, ist er der Gewinner, der Shadyside auf bundesstaatlicher Ebene vertreten wird."

Lilys Magen krampfte sich zusammen. „Ich hab's verschissen!", dachte sie unglücklich.

„Das ist doch leicht", sagte Graham höhnisch. „Sie waren Farmer."

„Richtig!", rief Mr Spencer aus. „Gratuliere, Graham, du bist der Champion des Shadyside-Highschool-Wissenswettbewerbs!"

Graham strahlte vor Stolz. Die Zuschauer klatschten. Er winkte ihnen zu. Dann wandte er sich mit seinem

Siegerlächeln an Lily. „Hey, vielleicht hast du das nächste Mal mehr Glück."

„Ich gratuliere", murmelte Lily. Sie konnte sein selbstzufriedenes Grinsen nicht länger ertragen und sprang auf. Hastig drehte sie sich um, eilte die Stufen hinunter und stürmte aus der Aula.

Sie hörte, dass Alex und Julie ihren Namen riefen. Doch sie wollte niemanden sehen. Sie musste dringend allein sein.

„Vielleicht hast du das nächste Mal mehr Glück." Wie konnte Graham nur so gemein sein?

„Ich werde zu Fuß nach Hause gehen", beschloss sie. „Das gibt mir Zeit, mich abzuregen."

Während sie sich von der Schule entfernte, hallte die letzte Quizfrage in ihrem Kopf wider. Wie konnte sie so bescheuert sein? Die Antwort – Farmer – war so offensichtlich gewesen!

Mit einem Seufzer betrat Lily eine Gasse, die hinter einer Häuserreihe lag. Es war eine Abkürzung, die an einem großen, unbebauten Grundstück vorbeiführte.

Lily hatte das Grundstück schon halb hinter sich gelassen, als sie Schritte hinter sich hörte. Sie drehte sich um und sah Rick, der auf sie zugerannt kam.

„Lily! Warte auf mich!", rief er keuchend.

Sie lehnte sich an den Kettenzaun, der an der Gasse entlangführte, und wartete auf ihn. „Rick, bist du mir etwa gefolgt?", fragte sie.

„Nein, Quatsch", antwortete er außer Atem. „Ich nehme diese Abkürzung immer, wenn ich in dieser Gegend bin. Ich sollte hier etwas abliefern – und da habe ich dich wiedererkannt."

Sie ging weiter. Er lief hinter ihr her.

„Ich sehe gar keine Päckchen", sagte sie misstrauisch.

„Ich habe meine letzte Lieferung schon erledigt", erwiderte er. „Es macht dir doch nichts aus, wenn ich dich begleite, oder?"

Sie zögerte, immer noch unsicher, ob sie ihm trauen konnte. „Okay", sagte sie dann, „aber ich habe nicht viel Zeit. Ich muss nach Hause."

Rick grinste. „Das ist ja ganz was Neues", sagte er sarkastisch. „Sonst hast du doch auch immer *viel* Zeit für mich."

Sie zwang sich zu einem Lachen. „Vielleicht ist Rick gar nicht so übel", dachte sie.

Während sie weitergingen, redete er über die Arbeit im Drugstore. „Ich arbeite gern für deinen Onkel Bob. Er zahlt zwar nicht viel, aber er behandelt mich sehr gut." Er warf ihr einen Blick von der Seite zu. „Und was macht die Schule?"

Was kümmerte ihn das? Er ging noch nicht mal zur Schule. „Warum fragst du?", wollte sie wissen.

„Ich weiß nicht", sagte Rick und zuckte mit den Schultern. „Ich dachte, ich kann dir vielleicht irgendwie helfen."

Bei diesen Worten erstarrte Lily. Genau dasselbe hatte der anonyme Anrufer auch geflüstert.

Blitzschnell wandte sie sich zu ihm um und sah ihn forschend an. „Warst du es, der mich spätabends angerufen hat?"

„Ja", antwortete er, ohne zu zögern.

10

„*Du* warst das also! Ich habe es doch gewusst!“, schrie Lily. „Du hast mich angerufen und aufgelegt, stimmt’s?“

„Ja“, gab Rick zu. „Ich lege immer auf, bevor du den Hörer abnimmst. Ich traue mich einfach nicht, mit dir zu reden.“

„Lüg mich nicht an, Rick!“

„Ich lüge nicht“, erwiderte er in scharfem Ton. „Ich hab dich zweimal angerufen. Jedes Mal habe ich es ein paar Mal klingeln lassen und dann aufgelegt. Ich schwöre es.“

Sie blieb stehen und starrte ihn an. „Ich glaube dir nicht“, sagte sie mit kalter Stimme. „Von jetzt an lass mich einfach in Ruhe, okay?“

Mit diesen Worten rannte Lily los und hörte erst auf zu laufen, als sie sicher war, dass sie Rick weit hinter sich gelassen hatte.

Als Lily an diesem Abend in ihrem Zimmer lernte, wartete sie darauf, dass das Telefon wie jeden Tag läuten würde. Doch diesmal bekam sie keinen Flüsteranruf.

Als sie ins Bett ging, war sie sicherer als je zuvor, dass Rick der Anrufer gewesen war. „Ich bin froh, dass ich es ihm auf den Kopf zu gesagt habe“, dachte sie. „Jetzt wird er mich in Ruhe lassen.“

Am nächsten Tag in der Schule hatte sich eine kleine Gruppe von Schülern vor dem großen Schwarzen Brett neben dem Sekretariat versammelt.

Lily zwängte sich bis zum Brett vor, auf dem eine Liste mit den Notendurchschnitten des Schulhalbjahrs hing. Wie Graham vorausgesagt hatte, war er Klassenbester – und Lily war auf Platz zwei.

„Verflucht!“, stöhnte sie leise. Immer wieder las sie die Noten durch, als würde das etwas daran ändern.

Mrs Burris hatte ihr zuletzt eine Eins minus gegeben. Doch das reichte nicht aus, um Graham zu überholen.

„Das ist nicht fair!“, dachte sie, während sie in ihre erste Unterrichtsstunde eilte. In jedem Schulhalbjahr belegte sie anspruchsvollere Kurse als Graham. Doch für die Notendurchschnitte machte das keinen Unterschied.

Den Rest des Tages versuchte Lily, die Ergebnisse zu verdrängen. Doch nachmittags bei dem Meeting des Schülerzeitungs-Teams konnte sie an nichts anderes denken.

Bei ihrer Ankunft reichte Alex ihr ein paar Blätter. Lily hatte schon beinahe wieder vergessen, dass Scott heute Abend noch mal versuchen würde, die Zeitschrift drucken zu lassen. Alle Mitglieder des Teams sollten die Fahnen noch einmal durchgehen, für den Fall, dass in letzter Minute noch etwas geändert werden sollte.

„Ich glaube, ich habe in deinem Aufsatz einen Fehler gefunden, Lily“, sagte Alex. „Im zweiten Absatz fehlt, glaube ich, eine Zeile. Was meinst du?“

Hastig überflog sie die Seite. Ihr fiel nichts auf. „Sieht doch okay aus“, bellte sie.

Alex wich zurück, als hätte sie ihn gebissen. „Ich will dir doch bloß helfen. Was ist los mit dir?“

„Tut mir leid, Alex“, sagte Lily. Plötzlich hätte sie am

liebsten losgeheult. Mit Mühe unterdrückte sie die Tränen. „Ich will keine Zicke sein. Es sind bloß die Notendurchschnitte."

Sie wandte sich ab. Sie wollte nicht, dass die anderen die Tränen sahen, die ihr in die Augen schossen. „Wie soll ich meinen Eltern erklären, dass Graham Klassenbester geworden ist? Sie werden so verdammt enttäuscht sein."

Scott kam an den Schreibtisch herüber. „Du hast bis Ende des Schuljahrs noch genügend Zeit, Lily", sagte er sanft. „Alles kann sich noch ändern."

Lily schüttelte grimmig den Kopf. „Das Thema ist gegessen. Graham wird unser Klassenprimus – es sei denn, er fliegt plötzlich durch oder stürzt von einem Felsen oder so was."

„Zweite zu sein ist doch auch nicht zu verachten", mischte Julie sich ein. „Deinen Freunden macht das überhaupt nichts aus. Ich glaube nicht, dass deine Eltern sich so aufregen werden, wie du denkst. Ehrlich nicht."

„Das verstehst du nicht, Julie!", stieß Lily schrill aus. „Das versteht keiner!" Sie stürzte aus dem Zimmer und rannte den Flur hinunter zur Damentoilette.

„Wie soll ich meinen Eltern diese schlechte Nachricht beibringen?", zerbrach sie sich den Kopf. Sie beugte sich über ein Waschbecken und starrte sich im Spiegel an.

„Wie soll ich es ihnen bloß sagen?"

An diesem Abend war der Drugstore nur spärlich besucht. Deswegen ließ Onkel Bob Lily ein bisschen früher gehen.

Als sie ihre Bücher und ihre anderen Sachen zusammengepackt hatte, beschloss sie, in die Druckerei zu gehen.

Wegen ihres Wutausbruchs bei der Besprechung schämte sie sich ziemlich, ihren Freunden unter die Augen zu treten. Doch jetzt konnte sie sich wenigstens bei ihnen entschuldigen.

Von außen wirkte das Gebäude dunkel und verlassen. An der Tür hing ein handgeschriebener Zettel, auf dem stand: „Bin um 21:30 Uhr wieder zurück, Jacobson."

Lily sah auf ihre Armbanduhr. Es war zwanzig vor neun. „Ich bin wohl doch ein bisschen zu früh dran", dachte sie.

Sie drehte am Türknopf, und die Tür ging auf.

„Seltsam", dachte sie. „Warum hat Mr Jacobson nicht abgeschlossen, als er wegging?"

Sie trat ein und knipste eine kleine Lampe an, die auf einem Tisch in der Empfangshalle stand. Sie beschloss, sich hinzusetzen und noch ein paar Hausaufgaben zu erledigen.

Während Lily ihren Rucksack auf den Tisch legte, hörte sie ein eintöniges Surren im Gebäude. Sie schaute sich um. Das musste die Druckermaschine sein. Vielleicht hatten sie doch schon mit dem Druck der Zeitschrift begonnen.

Im hinteren Teil des Gebäudes sah sie einen schwachen Lichtschein.

„Mr Jacobson?", rief sie.

Keine Antwort.

Sie betrat die riesige Halle, in der die große Druckermaschine stand.

Kein Mensch war zu sehen. Lily näherte sich vorsichtig der Maschine. Der Lärm schwoll zu einem Rattern an, wurde ohrenbetäubend. Lily beugte sich vor, um hinter die Maschine zu sehen. Mit einem Aufschrei wich sie zurück.

11

„Neiiiin!“

Lily kreischte vor Entsetzen, als sie den leblosen Körper hinter der Maschine entdeckte. Der Kopf stand in einem merkwürdigen Winkel vom Hals ab – Grahams Hals.

„Graham“, sagte sie würgend. „Graham, alles in Ordnung? Graham?“

Sie lief hinter die Maschine und kniete sich neben ihren Konkurrenten. Sah in die blicklosen Augen, sah die bläuliche Verfärbung.

„Ich … krieg … keine … Luft …“, dachte Lily.

„Ich … ersticke … ersticke … ich kann nicht atmen.“

Dann gaben ihre Beine nach, und sie stürzte zu Boden.

Lily schlug die Augen auf und sah Alex, der entsetzt auf die Leiche neben ihr starrte. Er packte Lily bei den Schultern und schüttelte sie.

Dann fing auch er an zu schreien.

Scott und Julie standen dicht hinter Alex. Lily hörte ihre entsetzten Schreie.

Sie setzte sich auf. Sie musste ohnmächtig geworden sein, und fragte sich, wie lange sie wohl auf dem Boden gelegen hatte.

Scott rannte weg, um die Polizei zu rufen. Julie kniete neben ihrem toten Cousin und weinte.

„Wie konnte das passieren?“, fragte Alex leise.

Er starrte auf Lily herab. „Und wie kommt es, dass *du* hier bist?"

„Was läuft hier bloß?", fragte sie sich. Erst Mr Reiner und jetzt Graham. Warum starben plötzlich genau die Leute, mit denen sie Schwierigkeiten hatte?

Warum nur?

„Willst du nichts essen?", fragte Lilys Mutter sie am nächsten Morgen beim Frühstück.

Lily schüttelte den Kopf. Sie stand immer noch unter Schock. Grahams lebloses Gesicht hatte sie die ganze Nacht über verfolgt.

„Nimm wenigstens ein paar Bissen", drängte Mrs Bancroft sie. „Nach allem, was du durchgemacht hast, ist es wichtig, dass du was isst, Liebling. Du brauchst deine Kräfte."

Lily tauchte den Löffel in ihre Schüssel mit Cornflakes und würgte ein paar Mund voll hinunter. Dann hörte sie Alex' Auto in der Auffahrt.

„Bis später, Mom", sagte sie. Sie stand auf und stellte die fast volle Schüssel ins Spülbecken. „Ich muss los."

Bevor ihre Mutter widersprechen konnte, hatte Lily sie hastig auf die Wange geküsst und ihren Rucksack ergriffen.

„Guten Morgen", sagte Alex, als sie sich auf den Beifahrersitz fallen ließ. Er lehnte sich hinüber und umarmte sie. „Wie fühlst du dich?"

„Ich weiß nicht so genau", erwiderte Lily unsicher. „Und du?"

Alex war blasser als sonst und hatte dunkle Schatten unter den Augen, als hätte auch er kaum geschlafen.

„Mir ging es schon besser", murmelte er.

Während der Fahrt zur Schule machte Lily die Augen zu und versuchte, sich zu entspannen. Doch sie musste dauernd an das, was gestern Abend passiert war, denken. Viele Fragen quälten sie.

Wie konnte das mit Graham passiert sein? Die Polizei ging davon aus, dass es ein Unfall gewesen war. Graham hatte ein Sweatshirt angehabt, das man am Hals verschnüren konnte. Vielleicht hatte er sich zu weit über die Maschine gebeugt und war von seinem eigenen Kleidungsstück erwürgt worden? Das Band und einige Stofffetzen hatte man jedenfalls noch in der Maschine gefunden.

Aber war das nicht sehr unwahrscheinlich? War jemand anderes für Grahams Tod verantwortlich?

Lilys Kehle schnürte sich zu, als sie an den gestrigen Tag und an die Ergebnisse der Notendurchschnitte dachte.

Sie war so wütend gewesen. So sauer. Am liebsten hätte sie Graham umgebracht.

„Es ist alles meine Schuld“, dachte sie. „Wenn ich mir Grahams Tod nicht herbeigewünscht hätte ...“

Sie konnte einen Schluchzer nicht unterdrücken. Alex sah sie von der Seite an und drückte zärtlich ihre Hand.

„Es ist meine Schuld“, sagte sie zu ihm. „Ich habe mir wegen einer blöden Note solche Sorgen gemacht. Und jetzt ist Graham tot.“

„Lily“, erwiderte Alex mit einem Kopfschütteln, „rede keinen Blödsinn. Du kannst dir für das, was passiert ist, nicht die Schuld geben. Die Polizei hat gesagt, dass Graham wahrscheinlich zu nahe an die Druckermaschine geraten ist. Selbst wenn du ihn nicht besonders gemocht hast ...“ Er verstummte.

Lily starrte Alex durch ihren Tränenschleier an. Sie wusste, dass er sie trösten wollte. Doch sie sah einen Hauch von Zweifel in seinen Augen.

Ein lautes Hupen ließ sie zusammenzucken. Alex fluchte, als ein Wagen voller Jugendlicher ohne Vorwarnung auf ihre Spur überwechselte.

„Hey – was ist mit denen los? Blödmann!“, rief Alex.

Lily erkannte sie. Es waren Schüler aus der Oberstufe. Grahams Freunde.

Einer von ihnen zeigte auf Lily und Alex. Die anderen drehten sich um und starrten durch das Rückfenster auf Alex' Auto.

Lily zog den Kopf ein. „Wahrscheinlich glauben Grahams Freunde, dass ich schuld an seinem Tod bin“, dachte sie und fror plötzlich am ganzen Körper. „Sie denken vermutlich, dass ich Graham umgebracht habe, damit ich Klassenbeste werde. Das werden alle denken, wenn sie herausfinden, dass ich es war, die Graham tot aufgefunden hat.“

„Genau so, wie ich Mr Reiner gefunden habe ...“

Für den Rest der Fahrt hockte sie zusammengekrümmt auf dem Vordersitz, ohne ein Wort zu sagen. Vor dem Schulgebäude gab sie Alex einen kurzen Abschiedskuss und eilte in ihr Klassenzimmer.

Auf dem Weg kam sie am Sekretariat vorbei, und ihr Blick fiel auf die Notendurchschnitte. Flüchtig kam ihr der Gedanke: „Jetzt bin ich die Nummer Eins. Jetzt bin ich Klassenbeste.“

Früher wäre sie bei dieser Vorstellung vor Freude in die Luft gesprungen. Doch jetzt fühlte sie nichts als eine innere Leere und eine unbestimmte Angst.

Der Himmel war grau, und es nieselte, als Lily die Stufen der Kirche aus rotem Backstein emporstieg, in der Grahams Beerdigung stattfand. Ein kalter Wind fuhr durch ihren dunklen Leinenblazer. Sie rückte ihn zurecht und hastete in die Kirche.

Ein erstickend süßlicher Blumenduft erfüllte den kleinen Raum. Lily stellte sich an, um sich in das Gästebuch einzutragen.

Julies Mutter und ein paar andere Verwandte von Graham standen in einer Nische. Ihre Augen waren vom Weinen gerötet.

Als Lily das Kirchenschiff betrat, war es beinahe voll. Sie setzte sich neben eine dicke Frau, die sie nicht kannte. Als sie sich umsah, entdeckte sie einige ihrer Klassenkameraden, die mit ernsten Gesichtern in den Reihen saßen. Ein paar von ihnen weinten still in ihre Taschentücher.

Ganz vorne war ein langer, weißer Sarg aufgebahrt, auf dem sich gelbe und weiße Blumen türmten. Lily starrte ihn an, bis er hinter einem Tränenvorhang verschwamm. Grahams Tod fühlte sich immer noch ganz unwirklich an – eher wie ein Albtraum und nicht wie die schreckliche Realität.

Die Orgel stimmte einen traurigen, langsamen Marsch an. Dann erhob sich der Pfarrer. Nach einem kurzen Gebet begann er, über das Leben inmitten des Todes zu sprechen und darüber, wie tragisch es war, dass ein so junges, blühendes Leben so plötzlich abgeschnitten worden war.

Dann wurden die Trauergäste aufgefordert, an den geschlossenen Sarg, der vorne am Altar stand, zu treten. Reihe um Reihe standen sie auf und marschierten langsam durch den Mittelgang zum Sarg und dann auf ihre Plätze zurück.

Als Lilys Reihe dran war, zwang sie sich aufzustehen. Ihre Knie zitterten so heftig, dass sie nicht sicher war, ob sie überhaupt stehen konnte. Aber trotzdem ging sie hinter der dicken Frau und den anderen Leuten nach vorne.

Als Lily sich dem Sarg näherte, zitterten ihre Knie immer stärker.

„Es tut mir leid, Graham", dachte sie. „Es tut mir so leid. Es stimmt zwar, dass ich dich nicht mochte. Aber ich habe mir nie, nie, nie im Leben gewünscht, dass dir so etwas zustößt."

Jetzt blieb die übergewichtige Frau vor dem Sarg stehen. Sie senkte den Kopf und murmelte ein paar Worte. Dann ging sie weiter.

Lily war die Nächste.

Als sie an den Sarg herantrat, hörte sie ein scharfes Knarren.

Ganz langsam öffnete sich der Sargdeckel.

„Nein!", sagte sie keuchend und wich einen Schritt zurück.

Der Spalt wurde immer größer und größer, bis sie in den Sarg hineinsehen konnte.

Auf einem weißen Satinkissen lag die bleiche, leblose Gestalt, die einmal Graham gewesen war. Die Leiche war in einen schwarzen Anzug gekleidet.

Grahams Gesicht war stark geschminkt. Seine Wangen waren grellrosa. Der Rest seiner Haut schimmerte grünlich.

Ganz langsam, während Lily wie gebannt hinstarrte, richtete Grahams Körper sich auf.

Mit einem grauenvollen Stöhnen zeigte die Leiche mit einem langen, knochigen Finger auf Lily.

Die eingetrockneten bläulichen Lippen öffneten sich langsam.

„Sie war es!“, sagte die Leiche mit rasselnder Stimme. „Sie ist die Schuldige!“

12

Lily war unfähig, sich zu rühren. Zu schreien.

Der bläuliche Mund des Toten schloss sich wieder. Doch Grahams Zeigefinger wies immer noch anklagend auf Lily.

Während sie voller Grauen auf die Leiche starrte, veränderte sich deren Gesicht. Grahams Gesichtszüge schienen zu schmelzen und sich aufzulösen. Dann verwandelte sich sein ganzer Körper in das schimmernde weiße Kissen im Sarg.

Lily verbarg das Gesicht in ihren Händen. Als sie endlich die Augen wieder aufmachte, war der Sarg zu.

Sie blinzelte. Einmal. Zweimal.

Dann wurde ihr klar, dass der Sarg die ganze Zeit verschlossen gewesen war. Sie hatte die schreckliche Szene nur geträumt.

Wie betäubt ging sie zu ihrem Platz zurück. Von dem Rest des Gottesdienstes bekam sie kaum etwas mit.

„Warum fühle ich mich für Grahams Tod verantwortlich?“, fragte sie sich immer wieder. „Es stimmt zwar, dass ich Klassenbeste werden wollte, aber ich habe nie gewollt, dass ihm etwas Schlimmes zustößt.“

„Oder doch?“

Nach dem Gottesdienst und der Beerdigung waren alle zu Kaffee und Kuchen bei Julie eingeladen. Lily graute es davor, Grahams Verwandten und Freunden zu begegnen. Doch ihr war klar, dass sie hingehen musste. Julie war ihre beste Freundin. Lily musste sich dort zeigen – Julie zuliebe.

Sie seufzte. Vor wenigen Jahren war Julies Bruder ermordet worden. Und jetzt hatte sie auch noch einen Cousin verloren.

Als Lily dort ankam, stand Julie mit ihren und Grahams Eltern an der Haustür und begrüßte die Trauergäste. Julie und Grahams Mutter wischten sich die Augen ab.

Lily umarmte Grahams Eltern und sprach ihnen ihr Beileid aus. Dann ging sie auf ihre Freundin zu. „Es tut mir so leid, Julie", murmelte sie.

Julie lächelte sie kurz mit Tränen in den Augen an und wandte sich dann rasch ab, um mit jemand anderem zu reden.

Lily wich zurück, als hätte sie eine Ohrfeige bekommen. Warum benahm Julie sich ihr gegenüber so kalt? Machte sie Lily etwa auch verantwortlich?

Sie ging an den Tisch, an dem die Getränke serviert wurden. Am liebsten wäre sie nach Hause gerannt und diesen fremden Leuten und ihren eigenen Schuldgefühlen entronnen, von denen sie überwältigt wurde.

„Hi, Lily." Scott trat zu ihr.

„Ach, hallo, Scott", sagte Lily, froh, ein freundliches Gesicht zu sehen.

„Ich glaube, Julie ist ziemlich fertig", sagte er sanft.

Lily sah ihn einen Augenblick lang prüfend an. Hatte er mitbekommen, wie kühl Julie sie begrüßt hatte?

Während Lily sich mit Scott unterhielt, sah sie, dass sich Grahams Mutter mit einer anderen Frau dem Erfrischungstisch näherte. „Er war ein so hübscher Junge", hörte Lily die fremde Frau sagen. „Robert und du, ihr müsst sehr stolz auf Graham gewesen sein."

Mrs Prince nickte. „Wir hatten solches Glück mit ihm.

Graham war ein wundervoller Sohn. Und er war so engagiert – die Highschool zu beenden und Klassenbester zu werden …“ Ihre Stimme erstickte, und sie versuchte, sich zusammenzureißen. „Ich … ich kann einfach nicht glauben, dass er von uns gegangen ist.“

Die andere Frau legte die Arme um Mrs Prince. Lily beobachtete, wie sie Grahams Mutter leise etwas ins Ohr flüsterte.

Danach wanderte Mrs Princes Blick zu Lily und Scott. Sie starrte Lily durchbohrend an. Lily zuckte unwillkürlich zusammen und verschüttete etwas Gingerale auf Scotts Hemd.

„Oh, entschuldige!“, stieß sie aus.

Doch Scott schenkte dem Flecken, der sich auf seinem weißen Hemd ausbreitete, keine Beachtung. „Was ist los, Lily?“, fragte er sanft. „Alles in Ordnung?“

Da sie Angst hatte, in Tränen auszubrechen, schüttelte sie nur stumm den Kopf. Dann wich sie zurück, griff sich ihre Jacke, die im Flurschrank hing, und rannte aus dem Haus.

Es regnete immer noch, doch Lily merkte es gar nicht. Blindlings watete sie durch die Pfützen auf dem Bürgersteig, bis sie die vertrauten Stufen vor ihrem Haus erreicht hatte. Sie riss die Tür auf und rannte hinauf in ihr Zimmer.

Dort warf sie sich auf ihr Bett und schluchzte bitterlich.

„Bitte mach, dass das Ganze nur ein böser Traum ist“, murmelte sie immer wieder. „Das darf nicht wahr sein.“

Nach langer Zeit versiegten Lilys Tränen endlich. Sie setzte sich auf und griff nach der schwarzen Handtasche, die ihre Mutter ihr für die Beerdigung geborgt hatte. Sie machte die Tasche auf und suchte nach einem Taschentuch, um sich die tränennassen Augen abzuwischen.

Im Inneren der kleinen Tasche spürte Lily etwas Hartes mit scharfen Kanten. „Komisch“, dachte sie. Sie konnte sich nicht daran erinnern, so einen Gegenstand in die Tasche gesteckt zu haben.

Sie schüttete den Tascheninhalt auf das Bett und starrte schockiert auf den Gegenstand.

Auf ihrer weißen Tagesdecke lag eine dunkle Hornbrille.

Es war Grahams Brille.

Die Brille, die er getragen hatte, als sie ihn zum letzten Mal lebendig gesehen hatte.

13

Mit einem heiseren Aufschrei schleuderte Lily die Brille an die Wand.

Wie war sie in ihre Tasche geraten? Wer hatte sie hineingelegt? Und aus welchem Grund?

Lily zitterte und bebte am ganzen Körper.

„Jemand hat mir einen ganz fiesen Streich gespielt", sagte sie sich.

Bäng!

Sie zuckte zusammen, und dann wurde ihr klar, dass die Haustür zugeschlagen war. Waren das ihre Eltern, die nach Hause gekommen waren? Nein. Ihr Vater würde erst in ein paar Stunden von der Arbeit zurückkommen, und ihre Mutter hatte heute Nachmittag einen Arzttermin.

„Habe ich die Haustür richtig zugemacht?", fragte sich Lily. Sie war nach der Beerdigung so verstört nach oben gerannt, dass sie nicht mehr sicher war, was sie getan hatte.

Sie lauschte und hörte Schritte.

Schwere, dumpfe Schritte, wie wenn jemand Stufe für Stufe die Treppe hinaufkam.

„Wer ist da?", rief sie mit geschwächter Stimme.

Sie richtete sich auf dem Bett auf. „Wer ist da?", wiederholte sie.

Und dann tauchte eine vertraute Gestalt im Türrahmen auf.

„Scott!", stieß sie voller Erleichterung aus. „Du hast mich zu Tode erschreckt! Warum hast du nicht an die Haustür geklopft?"

„Das habe ich doch“, sagte er. „Aber es kam niemand an die Tür. Sie stand halb offen, also bin ich ins Haus gegangen.“ Er kniff die Augen zusammen und sah sie forschend an. „Bist du okay, Lil? Du bist vorhin so plötzlich weggerannt.“

„Mir geht es wieder ein bisschen besser“, erwiderte Lily und stand auf. „Hey, es ist echt lieb von dir, vorbeizukommen und nach mir zu schauen.“

„Ich habe mir Sorgen um dich gemacht.“

„Alex hat mit dem, was er über Scott gesagt hat, recht“, schoss es Lily durch den Kopf. „Scott will mit Sicherheit mehr als nur Freundschaft.“

Lily merkte, dass sie froh darüber war. Das, was sie jetzt dringend brauchte, waren Menschen, die sie mochten und die ihr nicht misstrauten.

„Ich – ich habe es nicht länger ausgehalten. Ich meine bei Julie“, stammelte sie.

Scott kam durch das Zimmer auf sie zu. Er bückte sich und hob etwas vom Boden auf, das an der Wand lag. Dann drehte er sich mit verwirrter Miene zu Lily um.

„Das ist Grahams Brille“, sagte er und sah Lily mit durchdringendem Blick an.

„Ich weiß nicht, wie –“, begann Lily.

„Mache dir keine Sorgen, Lily“, unterbrach er sie. „Das bleibt unser Geheimnis.“

„Nein, du verstehst nicht, Scott“, protestierte Lily. „Ich weiß nicht, wie die hergekommen ist. Ich habe sie in meiner Handtasche gefunden, aber *ich* habe sie nicht hineingetan. Das musst du mir glauben!“

„Reg dich ab, Lily.“ Scott starrte sie immer noch an und klopfte mit der Brille auf seine Handfläche.

„Du musst mir aber glauben, Scott!“, beharrte sie. „Ich habe sie nicht in die Tasche gesteckt!“

„Das weiß ich“, sagte Scott mit sanfter Stimme.

Ohne den Blick von ihr abzuwenden, machte er ein paar Schritte auf sie zu. „Ich weiß, dass du die Brille nicht in deine Tasche gesteckt hast“, flüsterte er. „Das habe *ich* getan.“

14

„*Was* hast du getan?“, stieß Lily schockiert aus. „*Du* hast die Brille hineingetan? Wovon redest du eigentlich, Scott?“

Endlich senkte Scott den Blick und kam noch einen Schritt näher. „Ich meine es so, wie ich es gesagt habe“, erwiderte er leise. „Ich habe die Brille in deine Tasche gesteckt, Lily. Das habe ich getan, als wir bei Julie waren. Ich wollte, dass du sie findest.“

Verwirrt ließ Lily sich wieder auf ihr Bett fallen und starrte an die Wand. In ihrem Kopf drehte sich alles. Wovon redete er nur? Warum um alles auf der Welt hatte er das getan?

„Aber wo hast du sie her?“, wollte sie wissen. „Und warum wolltest du, dass ich sie finde?“

„Damit du weißt, was ich gemacht habe“, antwortete Scott. „Damit du weißt, was ich alles für dich getan habe.“

Ein eiskalter Schauer überkam sie. „*Was* getan hast?“, fragte sie mit zitternder Stimme. „*Was* hast du für mich getan?“

Scott runzelte die Stirn. Unglücklich schüttelte er den Kopf. „Ich dachte, das weißt du“, sagte er und schlug die Brille noch härter gegen seine Handfläche. „Ich habe genau das getan, was du wolltest. Ich habe Graham für dich umgebracht.“

„Oh nein“, stöhnte Lily geschockt.

„Oh *doch*!“, verkündete Scott. „Ich habe ihn umgebracht. Es war ganz leicht. Mir ist die Idee nach

Mr Reiners Unfall gekommen. Es ist echt leicht, einen Mord wie einen Unfall aussehen zu lassen, stimmt's?"

„Scott, du weißt ja gar nicht, was du da sagst", protestierte Lily mit bebender Stimme.

„Oh doch, das weiß ich sehr wohl", sagte er und strahlte vor Stolz. „Nach Mr Reiners Tod habe ich mir Gedanken gemacht. Ich wusste doch, dass du jetzt eine viel größere Chance hattest, Klassenbeste zu werden."

Er fing an, vor dem Bett auf und ab zu gehen, und drehte dabei die Brille zwischen seinen Fingern. „Bis auf Graham. Und der war ein fieser Typ, der immer mit dir konkurrierte. Also habe ich ihm an dem betreffenden Abend gesagt, er solle mich um neun vor der Druckerei treffen. Ich wusste, dass der Vorarbeiter dann immer Pause macht, um zu Abend zu essen."

„Und dann –?", fragte Lily.

„Als Graham hinkam, habe ich ihm gesagt, ich hätte Probleme mit der Maschine. Ich habe gesagt, dass ich glaube, sie würde klemmen. Er hat sich darüber gebeugt, um nachzusehen, und dann –"

„Nein – bitte nicht!", schrie Lily entsetzt.

„Unfälle passieren dauernd, Lily. Erinnere dich an deinen eigenen – als die Papierrollen heruntergefallen sind und dich fast erschlagen haben, weißt du noch? Und warum sollte irgendjemand daran zweifeln, dass Grahams Tod kein Unfall war? Nur hatte er nicht so viel Glück wie du, nicht wahr?"

„Hör auf!", schrie Lily. Sie wollte kein Wort mehr davon hören. Sie presste sich die Hände auf die Ohren, um seine Stimme auszuschalten.

„Hör mir zu!", rief Scott. Er packte sie an den Handgelenken und zog ihre Hände weg. „Block nicht ab! Du wolltest Graham mehr als jeden anderen aus dem Weg schaffen! Gib es zu!“

Als sie nicht antwortete, fügte er sanft hinzu: „Lily, ich habe es für dich getan.“

Tränen liefen ihr über die Wangen, als sie Scott voller Entsetzen ansah. Er hatte Graham umgebracht. Und er hatte es für sie getan.

„Ich war nicht sicher, wie ich es dir beibringen sollte“, erklärte Scott, der immer noch ihre Handgelenke umklammerte. „Deswegen kam mir die Idee, die Brille in deine Tasche zu tun. Ich habe gewusst, wie dankbar du bist, wenn du erfährst, was ich für dich getan habe.“

„Dankbar?“, wiederholte Lily betäubt.

„Ja“, erwiderte er aufgeregt. „Schließlich würde kein anderer so viel für dich tun. Niemand mag dich so sehr wie ich.“

Sie schauderte. „Wie konntest du glauben, dass ich dir dankbar sein würde, wenn du Graham umbringst? Wie konntest du so was jemals denken?“

„Es war doch offensichtlich“, gab er zurück. „Alle haben gewusst, dass Graham dein Gegenspieler war. Außerdem konnte ich bei unseren Telefongesprächen heraushören, dass du das wirklich wolltest.“

„Was meinst du damit?“, fragte Lily. „Wir haben nie miteinander telefoniert.“

„Doch – immer wenn ich dich spätabends angerufen habe.“

Lily hielt den Atem an. „Das warst *du*? Du hast diese schrecklichen anonymen Anrufe gemacht?“

„Ich höre so gern deine Stimme“, gab Scott errötend zu. „Ich wusste, dass du abends noch lange wach bleibst, um zu lernen. Du arbeitest so schwer. Auch wenn du es nicht zugegeben hast, habe ich gemerkt, wie elend es dir ging. Und schuld daran war Graham."

„Aber das hat doch nichts mit dir zu tun", erwiderte Lily aggressiv. „Das ging nur Graham und mich was an."

„Hast du mir denn überhaupt nicht zugehört?", schrie Scott. „Ich habe es für *dich* getan! Weil ich will, dass du glücklich bist. Weil du mir so viel bedeutest, Lily." Jetzt keuchte er. Sein Gesicht war knallrot, und seine Augen glitzerten wild.

„Ich – ich liebe dich", stieß er aus.

Lily wurde schlecht. Scott liebte sie? Und deswegen hatte er Graham ermordet?

„Ich habe dich schon immer geliebt", fuhr Scott hitzig fort. „Seit der Grundschule warst du die Einzige, die mir was bedeutet hat."

„Seit der Grundschule?", wiederholte Lily. „Warum hast du mich dann nie gefragt, ob ich mal mit dir ausgehe?"

„Ich habe mich nie getraut", gab Scott zu. „Du hattest immer einen Freund. In den letzten Monaten war ich so eifersüchtig auf Alex. Aber das ist jetzt alles vorbei."

Während Scott redete, wurde ihr klar, dass er verrückt war. „Er ist total übergeschnappt", dachte sie. „Ich muss Hilfe holen. Ich muss eine Möglichkeit finden, ihn abzulenken, während ich die Polizei rufe."

„Es tut mir leid, Scott. Ich wusste nicht, dass du solche Gefühle für mich hast", sagte sie vorsichtig und dachte verzweifelt nach.

„All die Jahre über habe ich auf den richtigen Augenblick gewartet, um es dir zu sagen", fuhr Scott fort.

„Und jetzt bin ich echt froh, weil wir endlich zusammenkommen können."

Lily kämpfte mit ihrer Übelkeit. „Also, ich bin auch froh, dass du mir alles gesagt hast." Zitternd stand sie auf.

„Wohin willst du?", fragte Scott, plötzlich misstrauisch geworden.

„Ich – ich – ich gehe bloß einen Moment hinunter", sagte sie. „Ich habe Durst. Willst du auch was trinken?"

„Ich komme mit", erwiderte er. „Jetzt, da du die Wahrheit kennst, will ich nicht mehr, dass wir uns trennen – noch nicht mal für einen Augenblick."

Lily zwang sich zu einem Lächeln und ging voraus in die Küche. Sie musste sich etwas anderes einfallen lassen, um ihm zu entkommen.

Sie machte die Kühlschranktür auf und holte zwei Coladosen heraus. „Hier", sagte sie und drückte sie Scott in die Hände. „Mach sie schon mal auf, ich hole inzwischen Gläser aus dem Esszimmer."

Ohne seine Antwort abzuwarten, schlüpfte sie durch das Esszimmer und lief schnurstracks zum Telefon im Wohnzimmer. Ihre Hand zitterte, während sie die ersten beiden Zahlen des Polizeinotrufs 911 wählte.

Sie wollte gerade die letzte 1 drücken, als Scotts Hand sich wieder auf ihr Handgelenk legte. „Was machst du da, Lily?", fragte er. Seine Augen blitzten vor Zorn.

„Ich ... rufe bloß jemanden an", sagte sie.

„Du wolltest die Polizei rufen, was?"

„Nein, ich –"

„Lüg mich nicht an, Lily!", schnappte er. „Vergiss nicht, dass ich dich besser kenne als jeder andere. Ich weiß, wenn du lügst. Du glaubst nicht an unsere Liebe, stimmt's?"

Er zerrte sie vom Telefon weg und drehte ihren Kopf so, dass sie ihn ansehen musste. „Ich weiß ja, dass für dich alles noch ganz neu ist. Du verstehst es noch nicht, aber das wirst du bald."

Dann beugte er sich vor und klemmte ihr Gesicht zwischen seine Finger. „Wage es nicht, auch nur daran zu denken, Lily!", warnte er sie. „Versuche ja nicht, mich zu verraten. Vergiss nicht: Ich habe schon einen Menschen umgebracht!"

15

Lilys Unterlippe zitterte. Sie merkte, dass sie am ganzen Körper vor Angst bebte.

„Ich werde ihm nie entkommen können“, dachte sie.

Er zog sie an der Hand in die Küche zurück und gab ihr eine Coladose.

„Entspann dich, Lily. Trink etwas, und reg dich ab. Jetzt ist alles anders geworden, verstehst du?“

Lily nickte. Alles *war* anders geworden. Ihr Leben würde nie mehr so sein wie früher.

„Ich habe dir erklärt, warum ich Graham umgebracht habe“, fuhr Scott gelassen fort. „Ich habe es für dich getan. Ich habe es getan, weil du es so wolltest – auch wenn du es nicht zugibst.“

„Ich habe es *nicht* gewollt!“, widersprach Lily in schrillem Ton.

„Ich weiß es besser“, erwiderte Scott lächelnd. „Ich weiß alles über dich. Ich kann sogar deine Gedanken lesen. Du denkst immer noch daran, die Polizei zu rufen, stimmt's?“

Schweigend starrte Lily Scott an, seine wilden Augen und seine erregte Miene.

„Daran denkst du“, sagte er. „Ich weiß es genau. Aber das kannst du vergessen. Du kannst mich nicht verraten. Weil dein Leben sonst zerstört wäre.“

„Wie meinst du das?“, brachte sie mühsam hervor.

„Denk mal nach“, gab er nüchtern zurück und nahm einen langen Schluck Cola. „Wenn du *einer* Menschenseele auch nur *ein* Wort verrätst, werde ich allen erzählen, es sei deine Idee gewesen. Ich werde ihnen sagen, dass wir es gemeinsam geplant haben."

„Das würdest du nicht tun!", schrie Lily.

„Das müsste ich tun. Und alle würden mir glauben. Schließlich hast du ein Motiv. Wenn Graham tot ist, wirst du Klassenbeste. Außerdem glauben sowieso schon viele Leute, du hättest Mr Reiner um die Ecke gebracht."

„Scott, das meinst du doch nicht ernst!", stieß Lily aus. „Niemand glaubt ernsthaft, dass ich einen Lehrer und Graham umbringen würde, nur um Klassenbeste zu werden."

Scott zuckte mit den Schultern. „Du hast die beiden Leichen gefunden. Ist das nicht ein seltsamer Zufall?" Er hielt inne und genoss sichtlich die Wirkung seiner Worte. „Und außerdem kann ich erzählen, dass ich Grahams Brille in deinem Zimmer gefunden habe."

„Nein!", schrie Lily schrill. „Ich werde sie verstecken. Ich werde sie wegwerfen. Ich –"

„Vergiss es", zischte er. „Jetzt habe ich sie, und ich werde sie als Sicherheit behalten. Aber eigentlich brauche ich keine Sicherheit, nicht wahr? Du wirst es nie jemandem sagen, stimmt's, Lily?"

Ihr lief ein Schauer über den Rücken. Wie würden ihre Eltern wohl reagieren, wenn Scott seine Drohung wahr machte? Wenn er der Polizei erzählte, Lily sei eine Mörderin?

Ihrem Vater würde es das Herz brechen. Und für ihre Mutter, die sich von dem Schlaganfall nur langsam erholt hatte, wäre eine solche Nachricht verheerend, wenn nicht sogar tödlich.

„Aber du bist doch unschuldig!", rief eine innere Stimme Lily zu. „Lass nicht zu, dass er dir das antut!"

Dann widersprach eine andere, lautere Stimme: „Es ist egal, ob du unschuldig bist, Lily. Die Leute werden Scott glauben. Die Leute *wollen* glauben, dass du Mr Reiner und Graham umgebracht hast."

„Ich muss darüber nachdenken", murmelte sie verwirrt und durcheinander.

„Das ist okay", sagte Scott. „Ich verstehe, dass dich das alles ein bisschen mitnimmt. Aber vergiss nicht, Lily: Ich habe es für dich getan. Ich habe es getan, damit wir zusammen sein können." Er streckte die Hand aus und streichelte sanft ihren Arm.

Sie zuckte zurück.

Bei seiner Berührung wurde ihr schlecht.

„Ich brauche Zeit, Scott", sagte sie. „Bitte gehe jetzt. Ich will allein sein."

„Also gut", sagte Scott gelassen. „Ich gehe – für den Augenblick. Aber vergiss nicht, Lily, dass du mir was schuldest. Du schuldest mir *alles*."

Als er hinausging, drehte Lily sich nicht um.

„Was soll ich bloß machen? Was kann ich tun?"

Sie saß in der Küche und starrte auf die Uhr, die über dem Herd hing. Sie beobachtete den Sekundenzeiger, der sich schweigend im Kreis drehte.

„Was soll ich tun? Was soll ich bloß tun?"

Die Frage schwirrte ihr endlos im Kopf herum.

Der Sekundenzeiger drehte sich weiter. So verging eine Stunde. Zwei Stunden.

Sie hatte immer noch keine Antwort.

„Wer kann mir den Namen des Präsidenten von Peru sagen?"

Mrs Burris stand vor der Klasse. Ihr Blick wanderte

über die Reihen der Schüler. „Niemand?“ Ihre Augen ruhten auf Lily. „Lily, was ist mit dir?“

„Ich ... äh ... ich weiß es nicht“, stammelte sie.

Mrs Burris runzelte die Stirn. „Wirklich nicht, Lily?“, fragte sie. „Hast du den Text, den ich euch als Hausaufgabe gegeben habe, denn nicht gelesen?“

„Doch, natürlich“, erwiderte Lily. „Aber mir fällt der Name nicht mehr ein.“

Mrs Burris ging zu einer anderen Frage über, und Lily starrte mit gesenktem Kopf auf ihren Schultisch. Sie hatte den Text gestern Abend nach der Arbeit gelesen.

Doch die Hausaufgaben waren plötzlich so unwichtig und bedeutungslos. In Gedanken war sie ganz woanders. Bei Grahams Mord. Und bei Scotts grauenhaftem Geständnis.

Als sie zum nächsten Klassenzimmer ging, traf sie Scott auf dem Flur. Er warf ihr einen bohrenden Blick zu. Dann lächelte er sie an.

Als würden sie ein wunderbares Geheimnis teilen.

„Lass mich in Ruhe!“, dachte Lily unglücklich.

„Lass mich bloß in Ruhe!“

Doch sie wusste, dass Scott das nie tun würde. Niemals.

Es sei denn ...

Es sei denn, ihr würde etwas einfallen, das ihn dazu zwingen würde.

16

Als Lily nach der Schule zur Besprechung kam, wartete Scott schon im Büro des Zeitschriftenteams auf sie. Lily war die Erste. Sorgfältig wich sie seinem Blick aus und setzte sich so weit weg wie möglich ans Fenster.

„Warum setzt du dich nicht näher zu mir, Lily?“, fragte er. „Ich kann dich da drüben kaum sehen, na komm schon.“

„Ich brauche frische Luft“, sagte sie. Sie stand auf und öffnete das Fenster. Bevor Scott noch etwas sagen konnte, kam Alex herein, gefolgt von Julie.

„Hi, ihr beiden“, sagte Alex. „Hoffentlich dauert die Besprechung nicht lange. Ich muss heute Nachmittag noch tausend Sachen erledigen.“

„Ich auch“, sagte Julie. Lily warf einen Blick auf ihre Freundin. Es war das erste Mal seit Grahams Beerdigung, dass sie Julie wieder sah. Ihre Blicke trafen sich kurz, dann schaute Julie weg.

„Ich wollte über die Planung für unsere nächste Ausgabe reden“, sagte Scott. „Es wird die letzte in diesem Schuljahr sein. Ich dachte, wir sollten sie Graham widmen.“

„Au ja, super Idee!“ Julies Gesicht strahlte, und sie klatschte in die Hände.

„Finde ich auch“, stimmte Alex zu. „Vielleicht können wir sogar ein Gedicht über ihn bringen.“

„Lily?“, fragte Scott und sah sie an. „Was hältst du davon? Gefällt dir die Idee, die Ausgabe Graham zu widmen?“

Lily kniff die Augen zusammen. „Gott, ist er krank und kaltblütig“, dachte sie bitter. „Wie hat er nur den Nerv, so etwas vorzuschlagen?“

Scott hatte Graham umgebracht. Er hatte ihn kaltblütig ermordet. Und nun wollte er ihm die Schulzeitschrift widmen.

„Klar“, murmelte sie.

„Also, die Hauptsache ist, dass wir alle dafür sind“, sagte Scott gut gelaunt und tat so, als sei Lily genauso begeistert wie die anderen. „Ich möchte, dass ihr alle etwas über Graham schreibt. Den Leitartikel werde ich selber schreiben.“

Lily war empört. Jetzt wollte Scott Graham sogar noch ein Denkmal setzen?

„Es macht ihm richtig Spaß“, stellte sie in Gedanken fest.

Scott fuhr damit fort, andere Fragen für die folgende Ausgabe zu besprechen, doch Lily schaltete ab.

„Okay“, sagte Scott nach ein paar Minuten. „Das wäre eigentlich alles. Lily, kannst du noch einen Augenblick hierbleiben? Ich muss etwas mit dir besprechen.“

„Tut mir leid“, sagte sie. „Ich habe meinem Onkel versprochen, heute etwas früher in den Laden zu kommen.“

Scott verzog wütend das Gesicht. Doch vor den anderen konnte er nichts sagen.

„Komm, Lily“, sagte Julie plötzlich. „Ich fahre dich hin. Ich muss sowieso noch ein paar Dinge mit dir besprechen.“

„Klar. Danke, Julie“, erwiderte Lily, die über das Angebot ihrer Freundin erstaunt war. Sie nahm ihre Bücher und folgte Julie hinaus auf den Parkplatz.

„Es ist so lieb von Scott, Graham die nächste Ausgabe zu widmen", sagte Julie zu Lily, während sie den Motor anließ. „Ich kann es kaum erwarten, das meiner Tante zu erzählen."

„Ja, es ist nett von ihm", sagte Lily gleichgültig.

Julie warf ihr einen kurzen Blick zu und konzentrierte sich dann darauf, das Auto aus dem Schülerparkplatz zu manövrieren und auf den Park Drive einzubiegen. „Der Hauptgrund, weshalb ich mit dir reden wollte, ist eigentlich, dass ich mich bei dir entschuldigen muss."

„Entschuldigen? Wofür?"

„Ich weiß, dass ich in letzter Zeit keine gute Freundin war", erwiderte Julie. „Es ist halt ... na ja, du bist immer so beschäftigt, und wenn du freihast, bist du meistens mit Alex zusammen." Julie zuckte die Schultern. „Es klingt bescheuert, aber ich war wohl eifersüchtig."

Lily schluckte schwer. „Ach, das ist es, was Julie gefuchst hat? Da habe ich mich ja total geirrt!", dachte sie.

Sie war überzeugt gewesen, dass Julie sie irgendwie für Grahams Tod verantwortlich machte.

„Du musst dich nicht entschuldigen", sagte sie zu Julie. „Ich weiß, dass ich nie Zeit habe. Es ist echt schwierig für mich, die Schule und meinen Job und alles andere, was ich machen will, auf einen Nenner zu bringen." Sie schüttelte betrübt den Kopf. „Ich glaube, Alex ist auch ganz schön genervt."

Julie zögerte. „Das ist noch nicht alles, was mich beschäftigt."

Lily wandte sich zu ihr hin und musterte ihr Gesicht.

„Seit ... seit dem Abend, an dem wir Graham gefunden haben", fuhr Julie fort, „kann ich weder schlafen noch was essen. Ich muss dauernd daran denken, was passiert ist." Ihr Kinn zitterte und sie hielt den Blick starr auf die Straße gerichtet.

„Ich auch", erwiderte Lily.

Julie holte tief Luft. „Ich glaube, ich weiß, was mit Graham wirklich passiert ist. Ich – ich glaube, er ist ermordet worden."

„*Was*?", fragte Lily und keuchte vor Schreck.

„Ich weiß, was die Polizei und der Untersuchungsrichter denken", fuhr Julie fort. „Nämlich, dass Grahams Tod ein Unfall war. Aber das kann ich nicht schlucken. Der Betrieb gehört Grahams Vater. Graham kennt die Druckerei seit seiner Kindheit. Es ist unmöglich, dass er so ungeschickt gewesen ist."

„Jedem kann so ein Unfall passieren", sagte Lily vorsichtig.

„Graham nicht", widersprach Julie erhitzt. „Du weißt doch, wie er war. Er war viel zu klug, viel zu clever. Er hat immer gewusst, was er tat."

„Ich glaube, du hast zu viele Krimis gelesen", murmelte Lily trocken.

„Ausgerechnet *du* sagst so was!", stieß Julie aus. „Ich hatte gedacht, von allen Leuten wärst du diejenige, die verstehen kann, warum ich diesen Verdacht habe. Oder glaubst du etwa –"

Sie stockte. „Ach, Lily, du glaubst doch nicht etwa, ich würde dich verdächtigen, mit der Sache irgendwas zu tun zu haben, oder?"

Lily spürte, dass sie rot wurde. „Natürlich nicht. Warum sollte ich so was denken?"

Julie setzte an, etwas zu sagen, doch dann überlegte sie es sich anders. Sie trat auf die Bremse und hielt an einer Ampel. „Weil ... na ja, weil alle darüber reden. Wie komisch es ist, dass du Reiner *und* Graham gefunden hast. Aber ich glaube nicht an diese bescheuerten Gerüchte", fügte Julie rasch hinzu.

Lily zuckte mit den Schultern. „Ich weiß, was die Leute alles über mich sagen. Und ich versuche mein Bestes, es einfach zu ignorieren, auch wenn es schwierig ist." Sie seufzte. „Also, wer, glaubst du, hat deinen Cousin ermordet?"

„Ich bin nicht sicher", antwortete Julie. „Aber ich habe einen Verdacht."

Lily hielt den Atem an, während Julie weitersprach: „Gegen den Mord an meinem Bruder konnte ich nichts tun. Aber diesmal ist es anders. Ich werde herausfinden, wer meinen Cousin umgebracht hat – und wenn es das Letzte ist, was ich tue."

Als Lily sich an diesem Abend fürs Bett fertig machte, dachte sie noch einmal über das nach, was Julie gesagt hatte.

Wenn Julie wirklich vorhatte, Grahams Tod näher zu untersuchen – was würde dann passieren? Was war, wenn sie herausfand, dass Scott ihn umgebracht hatte?

Lily wollte gar nicht daran denken, was Scott sagen oder tun würde, wenn Julie ihn beschuldigte.

Das Telefon läutete und riss sie aus ihren trüben Gedanken.

„Hallo?", fragte sie vorsichtig.

„Ich bin's, Lily."

„Hallo, Scott."

„Na, du klingst ja nicht sehr glücklich, mich zu hören."

„Was willst du?“

„Redet man so mit jemandem, der so viel für einen empfindet?“, fragte er. „Ich dachte, du verstehst mich, Lily. Ich dachte, du verstehst, dass wir zusammengehören – für immer.“

„Das tue ich ja“, sagte Lily und bemühte sich, aufrichtig zu klingen.

Sie beschloss, dass sie mit Scott am besten umgehen konnte, wenn sie so tat, als würde sie ihm in allem zustimmen – zumindest bis sie einen Ausweg aus dem Chaos fand.

„Aber ich glaube nicht, dass wir miteinander reden oder gesehen werden sollten“, fuhr sie fort. „Sonst könnten die Leute misstrauisch werden. Schließlich ist es noch nicht lange her, seit Graham –“

„Das klingt nach einer verdammt faulen Ausrede“, unterbrach Scott sie. „Du willst mich wohl loswerden, was?“

„Ich bin bloß vorsichtig“, flüsterte Lily ins Telefon und warf einen Blick auf ihre Zimmertür. „Und außerdem: Was ist mit Alex? Ich kann doch nicht einfach mit ihm Schluss machen.“

„Warum nicht?“

„Weil – weil wir schon seit sechs Monaten miteinander gehen“, stammelte Lily. „Er kennt mich zu gut, Scott. Wenn ich mich plötzlich anders verhalte, merkt er, dass was nicht stimmt. Dann wird er Verdacht schöpfen, dass irgendwas im Busch ist.“

„Er kennt dich nicht so gut wie ich“, beharrte Scott. „Mach gleich Schluss mit ihm, Lily. Ich will, dass wir zusammen sind.“

„Bald“, sagte Lily vorsichtig. „Aber jetzt noch nicht.“

„Ich habe schon sehr viel Geduld gehabt. Und ich will nicht länger warten."

„Wir müssen vorsichtig sein", sagte Lily noch einmal. „Manche Leute haben schon Verdacht geschöpft."

„Wer?"

„Julie zum Beispiel", erwiderte Lily gedankenlos. „Sie glaubt, dass Graham ermordet worden ist."

„Tut sie das?", fragte er gelassen. „Dann soll sie das ruhig glauben. Sie kann nichts dagegen tun."

„Sei dir da nicht zu sicher", sagte Lily. „Sie ist schlau. Und sie sagt, sie wird herausfinden, wer es getan hat."

„Wirklich?" Scott hielt inne. Als er weiterredete, klang seine Stimme drohend: „Wenn das so ist, sollte ich sie vielleicht selber anrufen."

Lily wurde von Panik ergriffen. „Was meinst du damit?", stieß sie mit zitternder Stimme aus.

„Damit meine ich, dass ich sie anrufe und herausfinde, was sie wirklich denkt. Ich frage sie, wer ihrer Meinung nach für Grahams Tod verantwortlich ist."

„Was ist –" Lily wagte es kaum zu atmen. „Was ist, wenn sie sagt, dass sie glaubt, du seist es?"

Eine ganze Weile schwieg Scott. Als er schließlich antwortete, war seine Stimme kaum lauter als ein Flüstern. „Dann werde ich sie wohl aufklären müssen", sagte er. „Ich werde ihr sagen müssen, dass es deine Idee war."

„Nein!", schrie Lily entsetzt. „Das kannst du nicht machen!"

„Ich muss es tun", wiederholte Scott mit so leiser Stimme, dass sie den Hörer ans Ohr pressen musste, um ihn zu verstehen. „Schließlich bin ich nur für dich ein wahnsinniges Risiko eingegangen. Ich habe es getan, damit dir bewusst wird, dass wir zusammengehören, Lily. Wenn du nicht langsam anfängst, mich ernst zu nehmen, was habe ich dann für eine Wahl?"

„Aber Scott –"

„Wir hängen beide drin, Lily. Du und ich. Miteinander – für immer."

17

Lily fuhr sich gleichgültig mit der Bürste durchs Haar. Es war ihr ziemlich egal, wie sie aussah.

„Was tue ich da eigentlich?“, dachte sie.

Doch was für eine Wahl hatte sie? Es war Samstagabend, und sie hatte Scott versprochen, mit ihm auszugehen. Vielleicht würde er sie nach diesem Date eine Weile in Ruhe lassen.

Das Schwierigste war gewesen, ihn dazu zu überreden, sich mit ihr in einer anderen Gegend zu treffen, damit Alex nichts davon erfuhr. Alex wohnte nur einen Häuserblock weiter, deshalb war die Gefahr groß, dass er Scott sehen könnte, wenn der Lily von zu Hause abholte.

Bevor Lily aufbrach, steckte sie den Kopf ins Wohnzimmer. „Gute Nacht, Dad.“

„Gute Nacht, Lily.“ Er lächelte sie an. „Gehst du mit Alex aus?“

„Mhm, nein“, antwortete sie. „Bloß mit ... äh ... einer Freundin aus der Schule.“

„Also, viel Spaß. Schön, dass du dir ein bisschen Auszeit nimmst, um dich zu amüsieren.“

„Danke“, murmelte sie.

„Ich würde viel lieber lernen“, dachte sie, als sie aus der Haustür trat.

Sie näherte sich der Ecke zur Old Mill Road, als eine vertraute Gestalt vor ihr auf dem Gehweg auftauchte. Vor Schreck setzte ihr Herz kurz aus.

Alex!

„Lily – hallo!“, rief er genauso überrascht wie sie.

„Hi, Alex“, erwiderte sie, bemüht, ihre Panik zu verbergen.

„Gehst du aus? Hast du nicht gesagt, du müsstest heute Abend büffeln?“

„Na ja ...“ Lily überlegte hastig. „Das muss ich auch. Ich gehe bloß zur Bücherei. Ich muss ein paar Sachen für ... äh ... Sozialkunde nachschlagen.“

„Ich kann Moms Auto haben. Wenn du willst, hole ich dich dort ab, wenn du fertig bist, und wir gehen Pizza essen oder so was.“

„Das würde ich gern tun, Alex“, sagte sie. „Ehrlich. Aber ich habe meinem Dad versprochen, dass ich nach Hause komme, sobald ich fertig bin. Du weißt doch, wie er ist.“

„Ja“, knurrte Alex.

Lily legte ihm die Hand auf die Schulter. „Trotzdem danke.“

„Alles klar“, sagte er. „Wir sehen uns später.“ Er lief mit eiligen Schritten in die Richtung seines Hauses.

Lily sah ihm einen Augenblick lang nach, dann seufzte sie. Sie wusste, dass er sauer auf sie war. Aber was sollte sie dagegen tun? Widerwillig ging sie weiter.

Scott wartete an der Bushaltestelle vor dem Einkaufszentrum auf sie. „Du siehst toll aus“, sagte er fröhlich.

„Danke“, erwiderte sie und rang sich ein Lächeln ab.

„Ich kann gar nicht glauben, dass wir wirklich miteinander ausgehen“, sagte Scott aufgeregt. Er nahm ihre Hand. Seine Handfläche war heiß und verschwitzt.

„Was willst du machen?“, fragte er und zog sie an sich. „Wie wäre es, wenn wir ins Kino und hinterher was essen gehen?“

„Was für eine originelle Idee", dachte Lily sarkastisch.

Er schlug zwei Filme vor, die im Kinocenter auf der Division Street gezeigt wurden.

„Ich habe beide schon gesehen", sagte sie schnell. „Ich würde mir gern den neuen Film mit Winona Ryder ansehen. Du weißt doch, der soll so romantisch sein."

„Wirklich?", fragte Scott überrascht. „Wo läuft der?"

„In Waynesbridge. Ich möchte ihn unbedingt sehen. Bitte, Scott!"

„Klar", sagte Scott. „Wenn du wirklich willst." Er öffnete die Tür des silberfarbenen Wagens seines Vaters.

Lily schluckte schwer und setzte sich auf den Beifahrersitz. Sie hatte den Film nur deshalb vorgeschlagen, weil er in Waynesbridge, das zwanzig Meilen von Shadyshide entfernt war, gezeigt wurde. Dort würde niemand sie mit Scott sehen.

Im Kino kaufte Scott eine große Tüte Popcorn. Beide konzentrierten sich auf das Popcorn. Sobald die Tüte leer war, packte Scott Lilys Hand und hielt sie fest.

Sie versuchte, sich auf den Film zu konzentrieren, doch sie konnte nur daran denken, dass Scott neben ihr saß und so tat, als sei er ihr Freund.

„Ich kann es nicht ausstehen, wenn er mich berührt", dachte sie und starrte geradeaus. „Er widert mich an."

Sobald die Namen der Darsteller über die Leinwand flimmerten, zog Lily ihre Hand weg.

„Toller Film", sagte Scott begeistert. „Winona Ryder sieht echt toll aus. Sie sieht dir ähnlich."

Lily murmelte ein Dankeschön.

„Wie wäre es mit Pete's Pizzeria?", schlug Scott vor, als sie zurück zum Auto gingen.

„Mir ist nicht nach Pizza“, erwiderte Lily.

„Na, dann lass uns zum Esstempel gehen. Du weißt schon, in der Division Street Mall. Dort kriegt man alles, was man will.“

„Das Einkaufszentrum ist zu weit weg von hier“, sagte sie rasch. „Ich habe eine bessere Idee. Warum gehen wir nicht in eins der Lokale in Fort Morris? Dort war ich noch nie.“

Fort Morris war ein kleiner Ort hinter Waynesbridge. Es war zwar nicht sehr idyllisch, doch wenigstens würden sie dort niemandem aus der Schule begegnen.

„Meinst du das ernst?“, fragte Scott. „Willst du wirklich nach Fort Morris fahren?“

„Warum nicht?“, meinte Lily. „Es ist ein Abenteuer!“

„Okay, ein Abenteuer“, sagte Scott zustimmend.

Auf beiden Seiten der Hauptstraße von Fort Morris waren kleine Einkaufszentren und Fast-Food-Restaurants. Lily zeigte auf ein schwach beleuchtetes Restaurant mit dem Namen Biker-Burger. „Lass uns da hineingehen“, drängte sie.

Scott bog mit dem Wagen seines Vaters auf den Parkplatz ein, der voller aufgemotzter Autos, Sporttrucks und Motorräder war. Eine Gruppe starker Jungs in Lederausrüstung saß auf dem Gehweg und reichte eine Flasche herum. Über ihnen hing ein Neonschild mit der Aufschrift „ILLARDHALLE“.

„Bist du sicher, dass du da reingehen willst?“, fragte Scott zweifelnd.

„Na klar“, erwiderte Lily. „Vielleicht können wir nach dem Essen eine Runde Illard spielen.“

Er kicherte über ihren Witz, doch sie spürte, dass er sich unbehaglich fühlte.

Sie folgte ihm in das dunkle, volle Restaurant. Die Tische waren mit jungen Männern und Frauen besetzt, die aus Bierkrügen tranken und laut redeten und lachten. Scott und Lily setzten sich an einen Fenstertisch, über dem eine Lampe ohne Glühbirne hing.

„Ich kann gar nicht begreifen, dass du hierherkommen wolltest", sagte Scott. „Das ist eine Absteige."

„Ich habe dir doch gesagt, es ist ein Abenteuer", gab Lily flapsig zurück.

Die Kellnerin, die ein Einhorn-Tattoo am Arm hatte, nahm ihre Bestellung entgegen und verschwand in der Küche.

Es war so laut, dass Lily sich am liebsten die Ohren zugehalten hätte. Durch den Lärm und den Stress, mit Scott zusammen sein zu müssen, bekam sie langsam Kopfschmerzen. Sie warf einen Blick auf ihre Uhr und war erleichtert, dass es schon ziemlich spät war.

„Ich nehme an, du überwindest allmählich deinen Schock über Graham", sagte Scott. Er musste schreien, um den Lärm zu übertönen.

Lily starrte ihn mit offenem Mund an. Zum ersten Mal an diesem Abend zeigte sie ihre wahren Gefühle. „Wie kannst du so was sagen?"

„Hey, reg dich ab. Ich habe doch bloß gemeint, dass es uns zusammengebracht hat – so wie es sich gehört."

Lily sah ihn sprachlos an. „Er ist wirklich verrückt", dachte sie. „Total irre."

Scott schien ihr Elend nicht zu spüren. Er lächelte sie an. „Der heutige Abend ist so schnell herumgegangen, nicht wahr?"

„Ja. Schnell", sagte Lily automatisch.

„Hab Geduld", befahl sie sich. „Das Date ist fast geschafft. Jetzt musst du nur noch essen. Dann kannst du nach Hause fahren und hast deine Ruhe."

Sie schaltete ab, während er über den Film quatschte. Endlich wurde das Essen serviert. Lily stocherte lustlos in ihrem gemischten Salat herum und ignorierte Scott total.

Als sie das Lokal verließen, schwang die Tür auf, und drei junge Männer traten ein.

„Lily!"

Als Lily ihren Namen hörte, erstarrte sie.

„Was tust du hier?", fragte die Stimme.

Sie starrte in Ricks grinsendes Gesicht. „Ach, hallo, Rick", murmelte sie und spürte, wie sie errötete.

Das letzte Mal, als sie Rick gesehen hatte, hatte sie ihn der blöden nächtlichen Anrufe beschuldigt. Das war, bevor sie herausgefunden hatte, dass Scott dahintersteckte.

Doch Rick wirkte kein bisschen verärgert.

„Hey, seit wann hängst du hier herum?", fragte er immer noch grinsend. Dann warf er einen musternden Blick auf Scott. „Ist das dein Freund?"

„Korrekt", erwiderte Scott selbstzufrieden. Er legte den Arm um Lilys Taille und zog sie an sich.

Rick zuckte mit den Schultern. „Hey, viel Spaß noch", sagte er. Dann ging er mit seinen Kumpels ins Lokal.

„Wer war das denn?", fragte Scott, als sie im Auto saßen.

„Jemand, den ich von der Arbeit kenne", sagte Lily.

„Ach, wirklich?", schoss Scott zurück. „Er schien ziemliches Interesse an dir zu haben."

„Er arbeitet für meinen Onkel. Ich kenne ihn kaum."

„Dann lass es auch dabei", zischte Scott. „Ach, übrigens, hast du es Alex schon gesagt? Hast du ihm das mit uns erzählt?"

„Es ist noch zu früh", murmelte sie.

„Jetzt, da wir miteinander gehen", fuhr Scott fort, als hätte er sie nicht gehört, „musst du es ihm sagen."

„Ich will ihm nicht wehtun", gab Lily zurück. „Gib mir noch etwas Zeit."

Höhnisch verzog er das Gesicht. „Jetzt gibt es keine anderen Jungs mehr, Lily. Nur noch mich. Trenn dich von Alex."

Sie gab keine Antwort. Stattdessen rückte sie, so weit sie konnte, von ihm ab.

Das schien Scott nicht zu beeindrucken. Er redete immer weiter über seine Zukunftspläne. „Nach der Schule können wir gemeinsam aufs College gehen", sagte er. „Dann werden wir heiraten und vielleicht in eine Großstadt ziehen."

Sobald er vor Lilys Haus angehalten hatte, streckte sie die Hand nach dem Türgriff aus.

Doch blitzschnell hielt er sie zurück und zerrte sie grob über den Sitz zu sich heran. „Ach, Lily", murmelte er. „Lily." Seine Lippen tasteten nach ihrem Mund.

Der Magen drehte sich ihr um. Scott verursachte ihr Brechreiz. Sie konnte es keine Sekunde länger mit ihm aushalten.

„Ich muss ins Haus!", stieß sie schrill aus und versuchte, sich loszureißen.

„Noch nicht", beharrte er und hielt sie fest.

„Scott, mein Vater könnte uns beobachten!"

Scott warf einen Blick durch die Windschutzscheibe aufs Haus. Im Erdgeschoss brannten mehrere Lichter. Widerwillig ließ er sie gehen.

Sie stürzte aus dem Wagen. Scott eilte zur Beifahrertür. Er packte sie am Arm und führte sie zu den Verandastufen.

„Ich fand es toll heute Abend“, sagte er, als sie auf der Veranda standen. „Lass uns bald wieder miteinander ausgehen.“

„Danke fürs Kino, Scott“, erwiderte sie kalt.

Er beugte sich vor, um sie zu küssen. Doch sie öffnete hastig die Tür und duckte sich in den Eingang. „Gute Nacht“, rief sie durch den Türspalt, bevor sie die Tür von innen zuzog. „Bis Montag in der Schule.“

Sie blieb einen Augenblick mit dem Rücken an die Haustür gelehnt stehen, froh, zu Hause zu sein, froh, Scott mit seinem Schmachtblick und seinen heißen, verschwitzten Händen entronnen zu sein.

„Was soll ich bloß tun?“, fragte sie sich. Sie fühlte sich krank, eingeschüchtert und hilflos. „Ich lasse nicht zu, dass er mein Leben beherrscht.“

Aber was konnte sie tun, um ihn loszuwerden?

„Es muss einen Ausweg geben, es muss doch irgendwas geben, was ich tun kann.“

Und dann wurde ihr klar, dass es einen Ausweg gab.

Einen Ausweg, den es schon immer gegeben hatte.

„Ich bringe ihn um“, beschloss sie.

18

Am Montag schrieb Lily gleich drei Tests hintereinander. Glücklicherweise begegnete sie Scott nicht. Dann fiel ihr während des Sportunterrichts ein, dass heute die regelmäßige Besprechung für die Zeitschrift stattfand.

„Oh nein“, dachte sie. „Ich war so damit beschäftigt, ihm nicht auf dem Flur zu begegnen, dass ich das ganz verdrängt habe.“ Einen Augenblick lang überlegte sie, ob sie das Meeting schwänzen sollte. Doch dann würde Scott wütend auf sie werden, und das wollte sie nicht riskieren.

Als sie in das Büro der Mitglieder der Schulzeitschrift kam, stellte sie erleichtert fest, dass noch niemand da war. In ihrem Fach fand sie einen Ordner mit mehreren Kurzgeschichten, die die Schüler der Highschool eingereicht hatten. Dankbar über die Ablenkung setzte sie sich an den Schreibtisch und fing an, sie zu lesen.

Ein paar Minuten später ging die Tür mit einem Knall auf. Julie trat ein, gefolgt von Alex.

Julie begrüßte sie fröhlich. Alex lächelte sie kurz an, doch er sagte nichts.

Lily schluckte schwer. Hatte er etwa irgendwie von ihrer Verabredung mit Scott erfahren?

Julie ließ ihre Schulbücher auf den Tisch fallen. „Hoffentlich dauert das Meeting nicht lange. Ich muss nach der Schule noch tausend Dinge erledigen!“

„Wo ist Scott?“ Alex sah sich um. „Es ist schon spät. Vielleicht sollten wir die Besprechung ohne ihn anfangen.“

Lily wollte gerade antworten, als Scott ins Zimmer gestürzt kam. „Tut mir leid, dass ich zu spät komme.“ Er lächelte Lily an. „Du siehst heute super aus“, sagte er, ohne den anderen Beachtung zu schenken.

„Danke“, murmelte sie und hielt den Blick auf die Texte gerichtet, die vor ihr auf dem Tisch lagen.

„Sind deine Eltern neulich Abend nicht sauer gewesen?“, fuhr er fort. „Ich meine, schließlich will ich nicht, dass du an unserem ersten Date Schwierigkeiten kriegst.“

Lily spürte, wie ihr Herz zu hämmern anfing.

„Das ist unglaublich!“, dachte sie und kniff die Augen zu. „Dass er mir das vor den anderen antut. Ich kann es einfach nicht fassen.“

Alex blätterte gerade in einem Ordner voller Gedichte. Jetzt ließ er ihn auf den Tisch fallen und warf erst einen Blick auf Lily, dann auf Scott. „Wovon redest du?“, fragte er.

„Er meint die Arbeit, die wir neulich Abend gemacht haben“, sagte Lily rasch. „Wir haben uns ein paar Texte für die nächste Ausgabe angesehen.“

„Nein, davon rede ich nicht“, erklärte Scott.

„Doch, klar“, beharrte Lily, von Panik ergriffen. „Weißt du das nicht mehr?“

„Nein, Lily, ich rede von unserem Date.“ Scott wandte sich an Alex. „Lily und ich sind Samstagabend miteinander ausgegangen.“

„Wie bitte?“ Alex funkelte Lily an. „Ich dachte, du hättest Samstagabend was nachschlagen müssen. In der Bücherei.“

„Ich kann alles erklären“, setzte Lily an.

Sein Gesicht war wutverzerrt. Er wartete ihre Erklärung gar nicht erst ab, sondern drehte sich auf den Fersen um und stürzte aus dem Zimmer.

„Alex, warte!", Lily rannte ihm hinterher auf den Flur. „Ich kann es erklären –"

„Ach, tatsächlich?" Alex drehte sich wütend zu ihr um. „Hast du noch mehr Lügen auf Lager?"

„Es ist nicht so, wie du denkst!", beharrte sie.

„Wie ist es dann?", bohrte Alex.

Sie holte tief Luft. Was konnte sie ihm sagen?

Auf keinen Fall die Wahrheit – dass Scott ein Mörder war, der jeden ihrer Schritte kontrollierte.

„Also?", bellte Alex. „Ich höre."

Als sie schwieg, wich er ein paar Schritte zurück. „Ich blicke es einfach nicht, Lily. Ich dachte, wir seien ein Paar. Warum bist du dann mit Scott ausgegangen?"

„Alex, bitte –", flehte Lily.

„Und ich sag dir noch was!", schrie er. „Ich habe es satt, dass du in letzter Zeit deine Launen dauernd an mir auslässt. Und dass du die ganze Zeit wie eine Verrückte büffelst."

„Das wird sich ändern", sagte sie mit schwacher Stimme. „Ich weiß, dass ich nicht viel Zeit mit dir verbracht habe. Aber –"

„Vergiss es!", schnitt Alex ihr das Wort ab. „Ich will nichts mehr hören. Viel Spaß noch mit Scott!"

„Aber ich habe kein Interesse an Scott!", stieß sie aus. „Bitte glaub mir doch!"

Sie wollte seine Hand ergreifen. Doch er schüttelte sie ab, als wäre sie ein lästiger Käfer.

Und dann lief er ohne ein weiteres Wort weg.

Lily sah ihm hinterher, bis er um die nächste Ecke gebogen war. Sie schlang die Arme fest um sich, als ob sie verhindern wollte, dass sie innerlich in Stücke zerrissen wurde.

„Es ist aus", wurde ihr klar. „Wegen Scott habe ich Alex für immer verloren."

Immer wenn Lily Alex in den nächsten Tagen auf dem Schulflur begegnete, sah er durch sie hindurch, als sei sie unsichtbar.

Sie zwang sich, sich auf die Schule und ihren Job zu konzentrieren, um nicht daran erinnert zu werden, wie sehr sie ihn vermisste. Glücklicherweise war das Semester fast zu Ende, und die Lehrer fingen an, die Schüler mit Hausaufgaben zu überschütten. Lily hatte genügend zu tun, um sich abzulenken.

Eines Abends, als sie im Laden ihres Onkels arbeitete, klingelte das Telefon. „Bobs Drugstore", meldete Lily sich. „Was kann ich für Sie tun?"

„Lily? Hier ist Julie."

„Julie? Hallo."

„Tut mir leid, dass ich dich bei der Arbeit störe", sagte Julie atemlos. „Aber ich muss dir unbedingt sagen, was ich entdeckt habe. Du weißt doch, dass ich versucht habe herauszufinden, wie Graham umgekommen ist?"

Lily lief ein kalter Schauer über den Rücken. „Ja, und?"

„Na ja, ich glaube, ich weiß jetzt, wer Graham umgebracht hat!"

19

„Du weißt *was*?“ Lily brachte kaum ein Wort heraus.

„Ich habe mit dem Nachtvorarbeiter der Druckerei gesprochen“, berichtete Julie. „Er hat mir erzählt, dass er auf dem Anrufbeantworter der Firma eine Nachricht für Graham gefunden hat. Sie war von dem Abend, als er starb. Die Polizei hielt sie nicht für wichtig, weil sie davon überzeugt ist, dass Grahams Tod ein Unfall war. Aber aus dem, was Mr Jacobson sagte, glaube ich herauszuhören, wer die Nachricht hinterlassen hat!“

Lilys Herz raste. Sie umklammerte den Hörer so fest, dass ihre Hand wehtat. „Wer … wer, glaubst du, hat die Nachricht hinterlassen?“

„Ich kann es dir erst dann mit Sicherheit sagen, wenn ich das Band abgehört habe“, erklärte Julie. „Der Betrieb ist heute Abend zu, aber ich gehe morgen hin. Und dann – vielleicht habe ich dann genug Informationen, um damit zur Polizei zu gehen.“

Lily hörte ihrer Freundin zu und wurde immer panischer. Die Nachricht war natürlich von Scott.

„Lily? Bist du noch dran?“

Lily schwieg einen Augenblick. Verzweifelt zerbrach sie sich den Kopf, wie sie Julie davon abhalten konnte.

„Jeder hätte Graham eine Nachricht hinterlassen können“, sagte sie schließlich. „Das bedeutet noch lange nicht, dass diese Person ihn umgebracht hat.“

„Na ja, es ist vielleicht kein richtiger Beweis“, gab Julie zu. „Aber es ist auf alle Fälle ein wichtiger Hinweis – wichtig genug, dass die Polizei ihre Ermittlungen wieder aufnimmt. Außerdem glaubt Mr Jacobson, der Vorarbeiter, auch nicht, dass Grahams Tod ein Unfall war."

„Warum nicht?" Lilys Herz hämmerte immer lauter.

„Er hat gesagt, er hätte noch nie gesehen, dass jemand derart zufällig in die Maschine gerät. Er sagte, dazu müsste man fast geschubst werden!", erklärte Julie. „Und deswegen glaube ich –"

Die Glocke über dem Eingang der Drogerie läutete.

„Gerade ist ein Kunde gekommen", unterbrach Lily sie. „Kann ich dich zurückrufen?"

„Klar. Aber meine Mom wartet auf das Telefon. Es kann also sein, dass besetzt ist."

„Okay. Dann werde ich in ein paar Minuten versuchen, dich zu erreichen." Lily legte auf und zwang sich zu einem Lächeln. „Kann ich Ihnen helfen?", fragte sie den Kunden, einen älteren Mann mit einem Gehstock.

„Ich möchte die bestellten Medikamente abholen", sagte er und ging langsam auf den Kassentisch zu. „Ich heiße Lightner." Lily drehte sich zu dem Kasten im Regal um, in dem die auf Rezept zusammengestellten Medikamente lagen, und fing an, die Umschläge unter „L" durchzusehen.

„Es tut mir leid", sagte sie. „Ich finde Ihre Medikamente hier nicht. Ich muss mal hinten nachsehen." Sie warf einen Blick auf ihre Armbanduhr und ging zum Hinterzimmer, in dem ihr Onkel arbeitete.

„Lightner?", fragte Onkel Bob. „Ach ja, das ist hier." Er zeigte auf einen Stoß Umschläge, die auf dem breiten Tisch lagen, an dem er saß. Sorgfältig schaute er die Rezepte durch.

Lily wartete unruhig. Sie versuchte ihr Bestes, um

nicht ungeduldig zu wirken. Sie musste unbedingt herausfinden, was Julie sonst noch wusste.

„Lily?“

Onkel Bob hielt ihr den Umschlag hin.

„Entschuldige“, sagte sie. „Ich dachte gerade an ... an meine Hausaufgaben.“

„Du arbeitest zu viel.“ Er lächelte sie herzlich an und wandte sich dann wieder den Medikamenten zu.

Lily eilte zum Kassentisch und tippte Mr Lightners Rezept ein, während der alte Mann langsam sein Geld aus seinem Portemonnaie herausholte.

Endlich war er weg, und Lily hob den Hörer ab. Doch bevor sie Julie zurückrufen konnte, kamen zwei Mädchen hinein und liefen schnurstracks zum Make-up-Stand. Es dauerte ungefähr eine Viertelstunde, bevor sie sämtliche Wimperntuschen ausprobiert und Lily um ihren Rat gebeten hatten.

„Bitte verschwindet!“, flehte Lily in Gedanken. „Bitte! Ich muss einen wichtigen Anruf erledigen!“

Schließlich kauften die Teenies ihre Kosmetikartikel und verließen den Laden. Lily tippte Julies Nummer ein, als Rick an den Kassentisch geschlendert kam. „Wie geht's? Wie steht's mit deinem Freund?“

„Gut.“ Sie legte auf. Dann sah sie ihn mit gerunzelter Stirn an und seufzte vor Ungeduld.

„Ich war echt überrascht, als ich euch neulich Abend getroffen habe“, fuhr Rick fort, ohne auf ihr Zeichen zu reagieren. „Irgendwie macht er auf mich nicht den Eindruck eines Typen, den ich mir mit dir vorstellen kann.“

„Rick, bitte. Ich habe noch eine Menge zu tun.“

„Okay, okay.“ Rick hob abwehrend die Hände. „Ich will dich nicht aufhalten. Außerdem habe ich deinem

Onkel versprochen, ihm dabei zu helfen, ein paar Regale im Hinterzimmer abzustützen." Er verschwand durch die Tür in den hinteren Raum.

Lily wandte sich wieder dem Telefon zu.

Doch da bimmelte schon wieder die Glocke über der Eingangstür. „Ich glaube es einfach nicht!", stieß sie aus. Sie warf einen Blick zur Tür und sah Scott, der mit einer roten Rose in der Hand auf sie zukam.

Er lächelte. „Die ist für dich." Er hielt ihr die Rose hin.

„Ach, Scott", sagte sie gereizt, ohne der Blume Beachtung zu schenken. „Wir machen gleich zu, und ich muss noch furchtbar viel erledigen."

Sein Lächeln schwand. „Du bist aber nicht sehr nett zu mir. Ich bin durch die ganze Stadt gefahren, bloß um dich zu sehen." Er legte die Rose auf den Tisch und beugte sich vor. „Du musst sehr müde sein. Deswegen klingst du so gestresst."

Lily wich zurück. „Ich bin nicht müde – ich bin bei der Arbeit."

„Na und?", gab Scott zurück. „Das macht doch keinen Unterschied. Kapierst du denn nicht, Lily? Was immer du gerade machst: Wir sind jetzt ein Paar."

„Scott, ich muss –"

„Das ist völlig egal!", gab er ungeduldig zurück. Dann nahm er sie an beiden Händen und zog sie über den Tisch, bis sich ihre Gesichter ganz nahe kamen. „Ich denke die ganze Zeit an dich", sagte er. „Sag mir, dass du auch an mich denkst."

Sie zögerte. Er packte sie fester an den Handgelenken. Sie dachte daran, laut zu schreien, doch dann überlegte sie es sich anders.

Rick hämmerte im Hinterzimmer an den Regalen, also hätte sie schon sehr laut rufen müssen. Außerdem, wer wusste schon, wie Scott reagieren würde, wenn sie losschrie?

„Gib mir einen Kuss!“, forderte er.

„Nein, Scott. Bitte –“

„Einen Kuss, Lily!“ Sein Ton wurde immer wütender und beharrlicher.

Sie machte die Augen zu und zwang sich, seinen Mund mit den Lippen zu berühren.

Scott packte sie noch fester und zog sie über den Kassentisch zu sich heran.

„Lass mich los!“, stieß sie aus. Sie riss sich von ihm los und wich zurück gegen die Regale.

Scott starrte sie mit überraschter Miene an. Er atmete schwer. „Lily, das war aber kein sehr leidenschaftlicher Kuss. Was hast du für ein Problem? Willst du nicht einmal die Rose?“

Sie schüttelte den Kopf.

Seine Augen verengten sich. „Du kannst mir niemals entkommen“, sagte er warnend und senkte dabei bedrohlich die Stimme. „Weder bei der Arbeit noch sonst wo. Weißt du das immer noch nicht? Du und ich – das ist für immer, Lily. Verstanden?“

Irgendetwas in Lily schnappte über. „Ich kann seine Drohungen nicht länger ertragen!“, dachte sie.

„Es ist nicht für immer!“, platzte sie schrill heraus. „Es ist nicht für immer, Scott. In Wirklichkeit ist es bald zu Ende – sogar sehr bald!“

„Wovon redest du?“, fragte Scott.

„Ich rede von Julie“, stieß Lily atemlos aus.

„Julie? Was ist mit Julie?“

„Sie ist der Wahrheit auf der Spur, Scott!" Lily spuckte die Worte aus. Ihre Brust hob und senkte sich, und ihr Herz klopfte wild.

„Du lügst!", schrie er.

„Nein, das tue ich nicht. Sie hat herausgefunden, dass jemand an dem Abend, als Graham getötet wurde, eine Nachricht für ihn in der Druckerei hinterlassen hast. Das warst doch du, nicht wahr? Du hast die Nachricht hinterlassen, stimmt's, Scott?"

Scott schwieg einen Augenblick. „Na, und wennschon?", zischte er. „Sie war harmlos."

„Das findet der Vorarbeiter aber nicht. Und Julie auch nicht. Was hast du auf Band gesprochen?"

Scott wandte sich ab und dachte nach. „Ich habe Graham gebeten, mich im Betrieb zu treffen. Ich habe gesagt, es sei wegen der Schulzeitschrift." Er zuckte mit den Schultern. „Kein Problem. Ich werde das Band einfach löschen."

„Es ist zu spät!", stieß Lily aus. „Der Vorarbeiter kennt die Nachricht, und Julie ist ganz nahe an der Wahrheit dran. Es dauert nicht mehr lange, dann geht sie damit zur Polizei!"

„Woher weißt du das alles?"

„Sie hat mich gerade angerufen und es mir erzählt."

Lily sah ihn unverwandt an und wartete darauf, dass er in Panik ausbrechen würde.

Doch als er antwortete, klang seine Stimme ruhig und eiskalt. „Also, das tut mir leid."

„Was meinst du damit?"

„Ich meine, dass es mir um Julie leidtut", sagte Scott sanft. „Ich kann es nicht zulassen, dass sie zur Polizei geht."

„Du kannst sie nicht davon abhalten, Scott.“

„Doch, das kann ich“, erwiderte er. „Wenn Julie der Polizei erzählt, was sie weiß, wird sie zwei Leben zerstören, Lily – deines und meines. Das können wir doch unmöglich zulassen, nicht wahr?“

Lily stockte der Atem. „Du meinst –?“

„Genau“, antwortete Scott. „Wir müssen sie umbringen.“

20

Lily verbarg das Gesicht in den Händen. „Er ist verrückt“, dachte sie. „Er ist krank. Und gefährlich. Und jetzt ist alles außer Kontrolle geraten. Wie konnte ich es so weit kommen lassen? Ich habe die Kontrolle verloren.

Ich muss nachdenken. Ich muss unbedingt nachdenken.

Was soll ich jetzt nur machen?“

Sie holte tief Luft und zwang sich, ruhig zu werden. Sie musste so tun, als sei sie auf seiner Seite. Zumindest bis sie einen Ausweg gefunden hatte.

Sie ließ die Hände sinken und wandte sich ihm zu. „Vielleicht können wir es ihr ausreden, Scott. Wir können sie davon überzeugen, dass es nicht stimmt, dass sie sich irrt –“

„Das wird nicht funktionieren“, sagte er. „Wenn sie wirklich Verdacht geschöpft hat, dass ich Graham umgebracht habe, wird sie nicht aufgeben, Lily.“

„Ich kann sie umstimmen“, sagte Lily flehend. „Scott, sie ist meine beste Freundin –“

„Ich weiß, dass sie deine beste Freundin ist. Es ist ein Jammer“, sagte Scott. „Aber sie muss trotzdem sterben. Das verstehst du doch, oder? Du weißt, wir haben keine andere Wahl.“

„Lily?“ Onkel Bob kam aus dem Hinterzimmer.

Sie seufzte erleichtert auf. Vielleicht konnte sie ihren Onkel dazu bringen, hier draußen zu bleiben und mit ihr zu reden, bis Scott ging. Und dann könnte sie in Ruhe überlegen, was sie tun sollte.

„Hallo, Scott." Onkel Bob lächelte, als er Scott erkannte. „Wie geht es deiner Mutter?" Scotts Mutter und Bobs Frau waren miteinander befreundet.

„Danke, es geht ihr gut", antwortete Scott höflich.

„Schön, das zu hören", erwiderte Onkel Bob. Dann wandte er sich an Lily. „Du kannst jetzt heimgehen. Ich schließe dann ab."

„Aber es ist noch früh", protestierte Lily.

„So früh ist es nicht", sagte er nach einem Blick auf seine Uhr. „Außerdem werden Rick und ich eine Weile damit beschäftigt sein, die Regale hinten neu aufzubauen."

„Kann ich dir noch bei irgendwas helfen?", fragte Lily, verzweifelt bemüht, zu bleiben und Scott loszuwerden.

„Du klingst ja, als *wolltest* du keine Extrafreizeit", sagte Onkel Bob mit einem Lächeln. „Du überarbeitest dich, Lily. Los, genieße dein Leben. Geh mit Scott eine Cola trinken."

„Das ist eine super Idee", sagte Scott grinsend.

„Aber ich muss die Rezepte für morgen nach dem Alphabet einordnen", beharrte Lily.

„Quatsch", erwiderte Bob. „Rick und ich haben alles im Griff. Macht euch einen schönen Abend." Rick und er verschwanden im Hinterzimmer. Lily hörte, wie das laute Hämmern wieder anfing.

Sobald sie außer Hörweite waren, wandte Scott sich mit blitzenden Augen an Lily. „Ich will, dass du Julie anrufst und ihr sagst, sie soll sich mit dir in der Druckerei treffen."

„In der Druckerei? Wieso?", fragte Lily.

„Diesmal wirst du mir helfen, Lily. Ich habe wegen dir

einen Mord begangen. Jetzt bist du an der Reihe, mir zu helfen."

„Ich – ich werde dir nicht helfen, Scott", stammelte sie.

„Oh doch, das wirst du. Du hast keine andere Wahl." Er zeigte aufs Telefon. „Ruf sie jetzt sofort an, und sag ihr, sie soll dich in der Druckerei treffen."

„Warum sollte sie das tun?", fragte Lily. „Wir haben die Zeitschrift schon gedruckt."

„Sag ihr, du hättest Mr Jacobson angerufen. Sag, dass er sich bereit erklärt hat, euch heute Abend ins Gebäude zu lassen. Julie will doch das Band des Anrufbeantworters abhören, stimmt's?"

„Ja, aber –"

„*Mach* es einfach."

Lily sah ihn an, doch sie rührte sich nicht. „Ich werde es nicht tun", dachte sie. „Ich werde meine beste Freundin nicht in den Tod locken."

„Tu, was ich sage!", wiederholte Scott. Er packte Lily am Handgelenk und drückte fest zu. „Ruf sie an, Lily, ruf sie sofort an."

„Nein!", stieß sie aus. „Nein, das tue ich nicht! Das tue ich nicht!"

Während Scott sie mit einer Hand festhielt, griff er nach dem Telefon, das auf dem Kassentisch stand. Er fing an, Julies Nummer einzugeben.

„Du rufst sie jetzt an", knurrte er. „Du tust, was ich sage!"

Lily versuchte, ihre Hand wegzuziehen, doch Scotts Griff war zu stark.

„Es läutet", sagte er und ließ ihre Hand los. „Sprich mit ihr!"

Stattdessen knallte Lily den Hörer auf die Gabel.

Scotts Gesicht verdunkelte sich. Keuchend kam er um den Tisch herum auf sie zu. Sein Gesicht war ihr ganz nahe, und seine Augen funkelten wütend. „Du wirst tun, was ich dir sage, Lily“, sagte er leise. „Du hast keine andere Wahl.“

Verzweifelt zog Lily die kleine Schublade auf, in der ihr Onkel die Waffe aufbewahrte. Wenn sie sie rechtzeitig herausholen konnte ...

Mit einem zornigen Schrei packte Scott sie wieder am Handgelenk.

Dann griff er in die Schublade und zog die Pistole heraus.

Blitzschnell rammte er ihr brutal die Pistole in die Brust.

„Ruf sie *sofort* an!“, zischte er.

21

Während Lily mit Scott zur Druckerei fuhr, zerbrach sie sich verzweifelt den Kopf, um einen Ausweg zu finden. Doch ihr fiel nichts ein. Sie starrte aus dem Fenster in die finstere Nacht hinaus.

„Wenn doch nur ein Streifenwagen vorbeikommen würde“, dachte sie. Doch die Straße war fast völlig leer.

Als Lily ihre Freundin aus dem *Drugstore* ihres Onkels angerufen hatte, hatte Julie sehr aufgeregt geklungen, sobald sie den Hörer abgenommen hatte.

„Warte, bis du hörst, was ich noch herausgefunden habe, Lil!“, rief sie.

„Na toll“, murmelte Lily nicht sehr begeistert.

Dann drückte Scott ihr die Pistole an den Kopf, und sie tat, was er wollte. „Ich habe Mr Jacobson angerufen“, log sie Julie vor. „Er hat gesagt, er lässt uns herein, wenn wir gleich zur Druckerei kommen.“

„Au, toll!“, rief Julie aufgeregt. Sie konnte es nicht erwarten, das Band des Anrufbeantworters abzuhören. „Ich brauche nicht lange. Wir treffen uns dort, Lil.“

Und nun raste Scott mit Lily durch die Nacht zum Druckereibetrieb, um Julie dort zu treffen. „Das hast du gut gemacht, Lily“, unterbrach Scott ihre Gedanken. „Sehr gut.“

„Was?“ Lily wandte sich vom Fenster ab und sah Scott flüchtig an, der über das Lenkrad gebeugt saß.

„Ich habe gesagt, das hast du gut gemacht“, wiederholte er. „Als du mit Julie geredet hast. Ich bin sicher, dass sie keinen Verdacht geschöpft hat."

„Scott, lass mich bitte mit ihr reden", flehte sie noch einmal. „Ich werde sie davon überzeugen, dass Grahams Tod ein Unfall war. Ich bin sicher, dass ich das kann."

„Ich habe schon einmal Nein gesagt", schnappte Scott ungeduldig. „Ich habe dir schon gesagt, dass wir nur eines tun können. Du hörst mir nicht zu, Lily."

„Doch, klar tue ich das, aber –"

„Wir werden sie töten. Was bleibt uns anderes übrig?"

Für den Rest der Fahrt schwieg sie. Sie bogen auf den Parkplatz ab, und Lily stieg aus dem Wagen. Sie sah sich in der Dunkelheit um und dachte einen Augenblick daran, davonzurennen.

Doch dann wurde ihr klar, dass Julie ganz allein sein würde.

Die Vordertür der Druckerei war zugesperrt. Doch Scott hatte seinen Schlüssel noch. Er schloss auf und schlüpfte hinein. Er ließ die Tür einen Spalt offen stehen. Im Gebäude war es finster wie in einem Grab.

„Komm", sagte er und drückte Lily die Waffe in die Rippen. „Lass uns nach hinten gehen."

„Scott, bitte tu das nicht", flüsterte sie mit bebender Stimme.

„Hier entlang", erwiderte er grob.

Die Wände des Druckraums waren schwach beleuchtet. Als Lily die Umrisse der Druckermaschine sah, schauderte sie und wandte den Blick ab.

Wieder hatte sie vor Augen, wie Graham in den riesigen Papierzylinder eingeklemmt war und zerquetscht wurde.

Scott packte Lily am Ellbogen und zog sie in eine

Ecke zwischen der Wand und der großen Maschine. „Hier verstecken wir uns. Julie wird uns direkt in die Falle gehen."

„Das wird uns keiner abnehmen", warnte Lily ihn. „Keiner wird jemals glauben, dass hier noch jemand einen tödlichen Unfall hatte."

„Keine Sorge", gab Scott zurück. „Den hier werde ich anders aussehen lassen. Es wird so aussehen, als hätte Julie einen Einbrecher überrascht – und als hätte der Einbrecher sie erschossen."

„Scott, bitte nicht –", bettelte Lily.

„Ich werde die Waffe irgendwo im Fear-Street-Wald entsorgen", fuhr Scott fort. Seine Augen funkelten aufgeregt im Dämmerlicht. „Niemand wird sie je finden."

„Ich ... mir ist es egal, was mit mir geschieht", begann Lily verzweifelt. „Es ist mir egal, ob ich ins Gefängnis muss. Alles ist besser, als zuzulassen, dass du Julie umbringst."

Scott lachte. Es war ein trockenes, eiskaltes Lachen. „Das sagst du jetzt. Aber wenn die Polizei dich wirklich verdächtigen würde, würdest du das nicht mehr sagen. Komm schon, Lily, tu nicht so unschuldig. Du weißt genau, du wolltest, dass ich Graham umbringe."

„Nein! Nein, das stimmt nicht –"

„Du wolltest, dass er tot ist, Lily! Gib es zu. Du wolltest um jeden Preis Klassenbeste werden!"

„Nein, Scott! Du irrst dich!"

„Und jetzt müssen wir Julie töten, um in Sicherheit zu sein. Um zusammenbleiben zu können. Es ist nicht schwer, Lily. Du wirst schon sehen."

Sie protestierte. Doch was nützte es schon? Sie wusste, dass er nicht auf sie hören würde. Sie wusste, egal, was sie tat, er würde Julie erschießen, sobald sie den Raum betrat.

Während Lily neben Scott in der Dunkelheit kauerte, dachte sie an die vergangenen Monate zurück. Sie war von ihren Noten total besessen gewesen, von der Idee, Graham zu schlagen und Klassenbeste zu werden. Jetzt schien das alles so albern, so bedeutungslos. Lily hatte einen schrecklichen Preis für ihren Traum bezahlt: Graham war tot, und sie hatte Alex verloren.

„Ich kann nicht auch noch meine beste Freundin sterben lassen“, dachte Lily. „Ich kann nicht zulassen, dass Scott ihr wehtut.“

Stunden später, wie ihr schien, hörte sie das Geräusch eines Autos, das auf den Kiesweg vor dem Gebäude abbog.

„Sie ist hier“, flüsterte Scott.

Eine Autotür wurde zugeschlagen. Ein paar Sekunden später hörte Lily ein Knarren. Die Eingangstür ging auf.

„Lily?“, ertönte eine leise Stimme. „Lily? Ist hier jemand? Lily? Hallo?“

Es durchlief Lily eiskalt, als ihre beste Freundin in den Raum kam.

Neben ihr hob Scott die Pistole.

22

„Lily?“, rief Julie wieder. „Lily, bist du hier drin?“

Lily beobachtete, wie ihre Freundin unsicher durch den Flur in den Empfangsbereich ging. Sie näherte sich der Druckermaschine. Ihre Turnschuhe machten auf dem Betonboden ein quietschendes Geräusch.

Lily holte tief Luft. Dann schrie sie, so laut sie konnte: „Lauf weg, Julie! Renn!“

Sie stieß sich von der Wand ab und duckte sich von Scott weg. Dann machte sie einen Hechtsprung auf die Seite der Maschine.

„Julie – pass auf! Renn weg!“

Doch Julie rührte sich nicht von der Stelle.

„Was ist los?“, rief sie verwirrt. „Lily, wo bist du?“

Gebückt rannte Scott in die Mitte des Raums. Er zielte mit der Pistole auf Julie. „Bleib stehen, wo du bist!“, befahl er.

Julie keuchte vor Schreck und riss schockiert den Mund auf. „Scott? Bist du das?“

Er gab keine Antwort. Stattdessen richtete er die Waffe auf Julies Brust.

„Was läuft hier?“, stieß Julie aus. Selbst in dem schummrigen Licht konnte Lily sehen, wie die Angst in ihrem Blick immer größer wurde. „Was machst du mit der Waffe? Wo ist Lily?“

„Ich bin hier!“, schrie Lily aus ihrer gebückten Haltung neben der Druckermaschine. „Ich hab versucht, dich zu warnen, Julie. Ich hab versucht –“

„Mich wovor zu warnen?“, schrie Julie schrill. „Du

hast gesagt, ich soll dich hier treffen. Um das Band abzuhören … das Band mit der …" Sie verstummte, während sie in ihrem Kopf die Puzzleteile zusammensetzte. „Nachricht von Grahams Mörder", beendete sie ihren Satz leise.

„Genau", sagte Scott. „Und was *ist* mit Grahams Mörder, Julie?"

„Scott? Warst du das?", fragte Julie mit einer so zittrigen Stimme, dass sie kaum durch den Raum zu hören war. „Du?"

„Richtig", sagte Scott.

Julie stieß einen heiseren Schrei der Überraschung aus. „Und ich dachte, ich sei so nahe an der Lösung des Rätsels dran. Aber das war ich wohl nicht. Ich hätte *nie* gedacht, dass du es warst!"

„Du bist nicht unbedingt Miss Marple, oder?", erwiderte Scott verächtlich. „Zu schade."

„Was ..." Julies Stimme stockte. „Was meinst du damit?"

„Ich habe keine andere Wahl", antwortete Scott und schwenkte die Pistole in der Luft herum. „Ich kann dich nicht lebend hier rauslassen!"

„Ich werde es niemandem sagen!", rief Julie voller Panik. „Ich werde es für mich –"

Scott schüttelte den Kopf. „Tut mir leid, Julie, wirklich."

„Lily?" Julies Stimme klang flehend, sie zitterte vor Angst. „Lily – sag Scott, dass ich Geheimnisse für mich behalten kann. Sag es ihm. *Tu* was!"

Lily stand auf. „Er – er hört nicht auf mich", stammelte sie.

Schritt für Schritt näherte sie sich Scott.

Er schwenkte die Waffe herum. „Wo gehst du hin?“

Lily blieb stehen. Er würde sie, ohne zu zögern, erschießen. Daran hatte sie keine Zweifel.

Scott richtete die Pistole wieder auf Julie. „Lily hat mir dabei geholfen, Graham zu ermorden. Wusstest du das?“

„Wie?“, fragte Julie geschockt.

„Das habe ich nicht!“, kreischte Lily.

Scott ignorierte sie. „Sie wollte, dass Graham starb. Ich habe es für sie getan. Lily hat von Anfang an Bescheid gewusst.“

Julie wandte sich entsetzt an Lily. „Stimmt das? Bitte sag mir, dass das nicht wahr ist!“

„Es ist nicht wahr!“, schrie Lily. „Ich habe erst nach der Beerdigung erfahren, was Scott getan hat. Das habe ich nie gewollt. Ich wollte nie, dass er Graham umbringt. Julie – du *musst* mir glauben!“

Julie presste ihre Hände auf die Wangen. Ihre Augen waren vor Schreck weit aufgerissen. „Ich weiß nicht mehr, *was* ich glauben soll!“, stieß sie aus. „Ich habe immer gedacht, du seist meine beste Freundin –“

„Ich *bin* deine beste Freundin“, beharrte Lily. „Und das werde ich immer sein. Scott, ich flehe dich an! Lass Julie laufen. Bitte!“

Er schüttelte den Kopf. „Wir verschwenden mit diesem Gerede kostbare Zeit. Julie, komm her.“

„Nein.“ Sie hielt ihre Hände immer noch ans Gesicht gepresst und fing an, in Richtung Ausgang zurückzuweichen.

„Ich hab gesagt, komm her!“, rief Scott ärgerlich.

„Nein!“ Julie drehte sich um und fing an zu rennen.

Scott stürzte ihr nach. Mit einem wütenden Schrei

packte er ihren Arm. Er schleuderte sie herum und zerrte sie in Richtung der Druckermaschine.

„Nein! Scott, nein! Lass mich gehen! Bitte tu mir nichts!“, weinte Julie.

„Hierher!“ Scott stieß sie hart gegen die Maschine.

Vor Angst zitternd, sank Julie gegen die Seite.

Scott atmete schwer. Laut keuchend, hob er die Waffe.

Er stand nur wenige Zentimeter vor Julie.

„Er kann sie nicht verfehlen“, dachte Lily.

„Nein“, flehte Julie. „Nein, nein, tu das nicht!“

Lily holte tief Luft und stürzte sich auf Scott. Sie schlug wild auf die Hand ein, in der er die Pistole hielt.

„Lass sie gehen!“, schrie sie. Sie bekam Scotts Handgelenk zu fassen und zerrte daran, um ihm die Waffe zu entreißen.

„Hör auf!“, rief Scott. Er versuchte, sich loszureißen, doch Lily packte noch fester zu und drückte seinen Arm herunter.

„Verschwinde von hier, Julie! Hau ab!“, rief Lily.

Scott riss mit aller Kraft seine Hand zurück und schaffte es, sich aus Lilys Griff zu befreien.

„Ich lasse es nicht zu, dass du das tust!“, schrie Lily.

Wieder stürzte sie sich auf ihn.

Mit einem Stöhnen hob er seinen Arm und versetzte ihrer Schulter einen brutalen Schlag mit dem Pistolengriff.

Lily stieß einen Schmerzensschrei aus und fiel gegen die Wand der Druckermaschine.

Während sie sich bemühte, ihr Gleichgewicht wiederzufinden, sah sie, wie Scott sich zu Julie umdrehte.

Doch die war verschwunden.

Scott stieß einen wütenden Schrei aus. „Wo bist du, Julie?“ Wild rannte er in eine Richtung, sah sich suchend um und lief dann in die andere Richtung.

„Sie ist entkommen“, dachte Lily, und ihr Atem wurde wieder etwas ruhiger. Sie rieb sich die schmerzende Schulter. „Gott sei Dank ist Julie ihm entkommen.“

Doch ein Scharren hinter der Druckermaschine ließ Lilys Herz sinken. Ihr wurde klar, dass Julie noch hier war. Sie versteckte sich in dem Spalt zwischen der Maschine und der Wand.

Scott drehte sich zur Wand. „Ich weiß, dass du dahinten bist, Julie!“

„Julie, bleib still!“, wies Lily sie an.

Zu spät. Scott lief um die Maschine herum und fand Julie, die in der Ecke hockte.

Lily hörte ein metallisches *Klick*. Scott hatte die Waffe entsichert.

Sie stand mühsam auf. Vielleicht konnte sie ihn irgendwie abhalten.

Dann hörte sie Julie schreien: „Scott, nein!“

Und ein lautes *Peng*, als die Pistole abgefeuert wurde.

23

Der Raum begann, sich zu drehen. Der Boden schien vor Lily aufzureißen, als sie einen Hechtsprung hinter die Maschine machte, um Julie zu retten.

Zu spät.

Zu spät. Zu spät.

Julie lag zusammengekrümmt auf dem Rücken. Ihr Kopf war an die Wand gelehnt und ein Bein unter ihrem Körper abgeknickt.

„Es ist vorbei", sagte Scott fast gelassen. „Sie wird uns in Zukunft keine Probleme mehr machen." Regungslos und mit ausdruckslosem Gesicht, die Waffe fest an die Seite gepresst, stand er da und starrte auf Julies Körper.

Lily kroch neben die leblose Gestalt ihrer Freundin. Nie wieder würde sie Julies Lächeln sehen oder ihre Stimme hören. Nie wieder würden sie zusammen in der Schule oder dem Einkaufszentrum herumhängen oder sich gegenseitig zu Hause besuchen.

„Ach, Julie", schluchzte Lily. „Es tut mir so leid. Es tut mir so wahnsinnig leid."

Lily atmete stoßweise. Ihre beste Freundin lag tot vor ihr. Und es war alles ihre Schuld.

„Vergiss Julie", sagte Scott sanft. „Wir müssen unsere Spuren verwischen und von hier verschwinden."

„Wen kümmert das schon?", weinte Lily. „Wie konntest du das tun, Scott? Wie konntest du sie auch noch umbringen?"

„Du weißt doch, dass uns nichts anderes übrig blieb“, gab Scott zurück. „Jetzt müssen wir sicherstellen, dass wir keine Spuren hinterlassen. Such den Anrufbeantworter, und hol das Band heraus. Ich wische alles ab, was wir berührt haben, damit sie keine Fingerabdrücke von uns finden.“

Lily rührte sich nicht. Sie war nicht sicher, ob sie sich bewegen *konnte*.

Scott steckte die Pistole in die Hosentasche und beugte sich über Lily. „Beeil dich. Steh auf. Hilf mir, die Spuren zu beseitigen.“

„Nein!“, stieß sie aus. „Nein!“ Sie versuchte, von ihm wegzukriechen. „Du hast sie umgebracht!“, schluchzte sie. „Du hast meine beste Freundin umgebracht.“

„Ich habe es für uns beide getan! Verstehst du das denn nicht?“

„Nein!“, schrie sie. Sie warf sich auf ihn und riss die Pistole aus seiner Tasche.

„Gib mir die Waffe!“ Verzweifelt versuchte Scott, danach zu greifen.

Er griff ins Leere.

Lily bemühte sich, die Waffe fest in beiden Händen zu halten.

„Gib sie her! Gib sie her!“ Scott streckte die Hand danach aus.

Sie schüttelte den Kopf. „Nein, Scott. Es ist endgültig vorbei.“

„Hey, reg dich ab, Lily.“ Scott wich gegen die Wand hinter der Druckermaschine. „Gib mir die Waffe zurück, Lily. Du bist übergeschnappt. Du weißt nicht, was du tust.“

„Ich weiß genau, was ich tue", erwiderte Lily kalt. Ihr Blick fiel auf ein Wandtelefon, das hinter der Maschine hing. „Ich will, dass du das Telefon da drüben abnimmst, Scott. Ich will, dass du die Polizei anrufst."

Ungläubig quollen Scott die Augen über. „Die Polizei?", fragte er. „Bist du verrückt?"

„Nicht mehr", gab Lily zurück. „Als du Graham umgebracht hast und ich nichts dagegen getan habe – da war ich verrückt."

„Weißt du, was passiert, wenn ich jetzt die Polizei rufe?", fragte er. „Sie werden nicht nur hinter mir her sein, Lily. Sie werden genauso auch hinter dir her sein. Ich werde ihnen sagen, dass du an Grahams Tod beteiligt warst. Und ich werde ihnen vor allem sagen, dass es deine Idee war, Julie umzubringen!"

Er machte einen Schritt auf Lily zu. „Deine Fingerabdrücke sind jetzt auf der Waffe. Nur deine Fingerabdrücke."

„Das ist mir egal!", schrie sie. „Heb den Hörer ab! Und zwar sofort!"

„Sie werden dir nie glauben", beharrte Scott. „Warum wirst du nicht wieder vernünftig? Du steckst genauso tief drin wie ich!"

„Ruf sie an!", wiederholte Lily und stocherte mit dem Pistolenlauf in der Luft herum.

„Lily –"

Sie hielt die Waffe noch fester umklammert. Ihre Hände zitterten heftig, doch sie wichen nicht von ihrem Ziel ab. „Los, mach schon, Scott", befahl sie. „Mach jetzt, sonst schieße ich. Und glaub mir, das ist mein Ernst!"

Scott rührte sich nicht. Erstarrt sah er sie an, ohne mit der Wimper zu zucken. Und dann fing er zu Lilys Überraschung an zu lachen.

„Ruf sie an!“, forderte Lily ihn erneut auf. „Heb den Hörer auf, und ruf die Polizei an!“

„Ich habe keine Angst vor dir“, kicherte Scott. „Du könntest mich nie umbringen!“

„Doch, das könnte ich!“, erwiderte Lily hitzig. „Und ich werde es tun – wenn du nicht tust, was ich sage.“

„Du kannst mir nichts antun, Lily. Nie im Leben.“ Er machte einen Schritt auf sie zu.

„Geh zurück!“, schrie sie. „Ich meine es ernst, Scott! Zurück, sonst drücke ich ab!“

„Nein. Nie im Leben.“ Er kam noch einen Schritt näher.

Lily zwang sich, den Finger auf den Abzug zu pressen, den Abzug zu drücken, Scott zu erschießen.

Doch ihr Finger wollte ihr nicht gehorchen.

Er hatte recht.

Sie schaffte es nicht.

Sie stieß einen Schrei aus, als er sich auf sie stürzte und die Pistole packte.

Er lachte selbstzufrieden. Sie wich zurück. Doch er legte schnell beide Arme um sie. Zog sie dicht an sich. Hielt sie fest, so fest, dass sie sich nicht losreißen konnte.

„Du und ich“, flüsterte er in ihr Haar.

Als er sie festhielt, gaben ihre Knie nach. Ihr wurde schlecht.

„Warum habe ich ihn nicht erschossen? Warum konnte ich nicht auf den Abzug drücken?“

Ein Rascheln auf dem Boden ließ sie zusammenzucken.

Lily drehte sich zur Wand um – und erstarrte vor Schreck.

Mit schmerzverzerrtem Mund richtete sich Julie auf.

24

Julies Augen starrten ins Leere. Sie stolperte nach vorne und streckte die Arme aus wie eine Schlafwandlerin.

„Wir müssen noch eine Menge erledigen“, sagte Scott. Er stand mit dem Rücken zu Julie und ignorierte den schockierten Ausdruck in Lilys Gesicht.

Lily sah zu, wie Julie eine schwere Eisenstange von der Druckermaschine nahm.

Mit immer schnelleren und sicherer werdenden Schritten trat die Leiche hinter Scott.

Sie hob die Eisenstange hoch und verpasste Scotts Hinterkopf damit einen harten Schlag.

Die Stange schlug mit einem lauten Krachen auf.

Ein paar Sekunden lang reagierte Scott überhaupt nicht.

Dann sackten seine Knie ein, und er stürzte zu Boden.

Die ganze Zeit hatte Lily sich nicht gerührt und keinen Laut von sich gegeben.

Schließlich fand sie ihre Stimme wieder. „Julie – du bist – du bist doch – tot!“

„Nein, ich bin okay, Lily“, erwiderte Julie. „Mir ist nichts passiert.“

„Scott hat dich erschossen! Ich hab es gesehen!“, sagte Lily beharrlich.

„Er hat mich nicht erschossen!“, sagte Julie. „Die Kugel hat mich noch nicht mal gestreift.“

Lily stieß einen Freudenschrei aus. Sie stürzte nach vorne, trat über Scotts zusammengekrümmten Körper und drückte Julie in einer langen Umarmung ergriffen an sich.

„Du bist okay ... okay“, wiederholte sie immer wieder.

Schließlich ließen sie voneinander ab. „Was ist passiert?“, fragte Lily. „Wie –?“

„Ich weiß nicht“, antwortete Julie und schüttelte den Kopf. „Ich weiß nicht, was passiert ist. Vielleicht ist der Schuss nach hinten losgegangen. Als es knallte, bin ich zu Boden gestürzt. Ich hatte solche Todesangst. Wahrscheinlich habe ich mir dabei den Kopf angeschlagen und das Bewusstsein verloren. Aber als ich wieder zur Besinnung kam, habe ich gemerkt, dass ich unverletzt bin.“

„Aber du hast dich nicht mehr bewegt!“, stieß Lily aus. „Ich war sicher, dass du tot bist.“

„Das sollte Scott glauben.“

„Also hast du alles mit angehört, was wir gesagt haben?“

„Ja“, sagte Julie und nickte. „Ich kann einfach nicht fassen, dass Scott Graham umgebracht hat – es ist unglaublich, dass er so verrückt ist.“

„Julie, mir tut alles so leid ...“

Julie hob eine Hand, um sie zum Schweigen zu bringen. „Jetzt ist es vorbei“, sagte sie sanft. Dann senkte sie den Blick und sah auf Scotts leblosen Körper herab. „Wir sollten lieber die Polizei rufen. Und einen Krankenwagen. Scott braucht ärztliche Hilfe – und zwar schnell.“

Lily kniete sich auf den Boden, während ihre Freundin zum Telefon eilte. Plötzlich war sie so müde, so erschöpft, dass sie sich kaum noch rühren konnte.

„Endlich ist es vorbei“, sagte sie sich. „Scott kann weder mir noch anderen etwas antun.“

Julie hing den Hörer ein und setzte sich neben Lily auf

den Boden. Dann saßen die beiden Freundinnen zusammen in der dunklen, leeren Druckerei und warteten auf das Heulen der Sirenen.

„Hörst du schon was?“, fragte Julie leise und sah zur Tür auf der anderen Seite der Halle.

„Noch nicht“, erwiderte Lily. „Aber ich glaube – AA-AAHHH!“

Sie stieß einen angstvollen Schrei aus, als eine Hand sie am Bein packte.

25

Lily sprang auf die Füße.

Scotts kraftlose Hand glitt von ihrem Bein weg.

Er war auf dem Bauch zu ihr hingekrochen und hatte eine dunkle Blutspur hinter sich gelassen. Jetzt hob er den Kopf mit einem Stöhnen.

„Du … und … ich … Lily“, stammelte er.

Entsetzt wichen Lily und Julie zurück.

Er hob die Hand und machte einen letzten schwachen Versuch, Lilys Bein zu umklammern. Dann sank er zusammen, fiel mit dem Gesicht vornüber und blieb regungslos liegen.

Zehn Sekunden später trafen Polizei und Notarzt ein.

„Ich kann noch gar nicht glauben, dass es endlich vorbei ist“, murmelte Lily, als sie mit Julie hinaus in die kühle Nachtluft trat.

„Glaube es ruhig“, sgte Julie. „Es ist vorbei. Scott wird dich nie wieder belästigen.“

Es war kurz vor Mitternacht, und die Polizei hatte ihr Verhör der Mädchen endlich beendet. Lily und Julie standen auf dem Bürgersteig und sahen zu, wie die Streifenwagen wegfuhren.

Lily gähnte. „Ich bin so müde, dass ich am liebsten einen ganzen Monat durchschlafen würde.“

„Ich auch“, stimmte Julie zu. „Aber leider geht der Alltag weiter. Morgen haben wir Schule.“ Sie schloss die Beifahrertür des Wagens ihrer Mutter auf, damit Lily einsteigen konnte.

„Dad hat angerufen“, sagte Lily. „Er kann Mom nicht allein lassen. Aber er war so glücklich, dass uns nichts passiert ist, dass er angefangen hat zu weinen. Mein großer, cooler Vater. Wahnsinnig, oder?“

Bevor Julie etwas erwidern konnte, fuhr ein Auto heran und hielt neben ihrem Wagen.

„Onkel Bob!“, rief Lily überrascht aus.

Beide Türen des Autos öffneten sich. Onkel Bob und Rick stiegen aus.

„Seid ihr Mädels okay?“, fragte Lilys Onkel besorgt und spähte ins Wageninnere.

„Jetzt ist alles okay“, sagte Lily.

„Dein Vater hat mich angerufen, sobald er es von der Polizei erfahren hat. Rick und ich waren noch im Laden. Deswegen sind wir gleich hergekommen –“

„Danke, aber es ist alles vorbei“, sagte Lily und seufzte. „Uns beiden ist nichts passiert.“

„Na, Rick, anscheinend kommt unsere Hilfe zu spät“, sagte Onkel Bob und kratzte sich an der Halbglatze. Er sah die beiden Mädchen an. „Fühlt ihr euch sicher genug, um allein nach Hause zu fahren?“

„Ja, wir schaffen es“, erwiderte Lily.

„Übrigens, Lily“, sagte ihr Onkel und lehnte sich durch das Wagenfenster. „Ich nehme an, du weißt auch nicht, was aus der Schreckschusspistole geworden ist, die ich in der Schublade unter der Kasse aufbewahrt hatte?“

Lily sah ihn mit offenem Mund an. „Was? Schreckschusspistole? Willst du etwa sagen –“

Onkel Bob kicherte heiser. „Hast du geglaubt, das Ding sei *echt*? Ich würde doch keine echte Waffe herumliegen lassen! Das ist viel zu gefährlich.“

Lily und Julie brachen in lautes Gelächter aus.

„Na, das erklärt eine Menge!“, stieß Lily heiter aus. „Zum Beispiel, warum Julie noch am Leben ist.“

Sie sagten sich Gute Nacht. Kurze Zeit später fuhr Julie auf Lilys Haus zu.

„Dieser Rick ist ein süßer Typ“, sagte Julie und warf Lily einen Blick von der Seite zu. „Arbeitet er mit dir zusammen?“

Lily nickte.

„Hat er eigentlich eine Freundin?“

„Unfassbar!“, rief Lily aus. „Wie kannst du jetzt an Jungs denken, nachdem – nachdem –“

„Hat er eine Freundin oder nicht?“, bohrte Julie.

„Nein“, antwortete Lily. Dann brachen beide in Gelächter aus.

„Also, es war ein schrecklicher Albtraum“, sagte Julie und bog auf Lilys Einfahrt ab. „Ich nehme an, du hast etwas daraus gelernt.“

„Hm? Was denn?“, wollte Lily wissen.

„Dass es im Leben wichtigere Dinge gibt, als Klassenbeste zu werden.“

„Unmöglich!“, stieß Lily aus. „Wir haben immerhin noch vier Wochen Schule. Ich werde als Klassenbeste abschließen, Julie! Das *schwöre* ich dir!“

Prüfungsangst

Nur ein kleiner Betrug

1

Anfangs dachte Terry nur im Spaß daran zu mogeln. Immerhin hatte sie so etwas noch nie getan.

Doch je länger sie darüber nachdachte, desto ernster wurde es ihr damit. „Würde ich denn eine solche Unverschämtheit überhaupt wagen?“, fragte sie sich.

Und die erschreckende Antwort lautete: *Ja.*

Sie stützte den Kopf auf die Hände und ließ ihr hellblondes Haar wie einen Vorhang ins Gesicht hängen, während sie ihren Mathematiklehrer Mr Raub hinter dem Pult anstarrte.

Mathe für Fortgeschrittene, wie war sie bloß auf diesen Wahnwitz verfallen?

„Noch mal zur Erinnerung“, sagte der Mathelehrer, ein blasser, magerer Mann mit Glatze und braunem Schnurrbart. „Für diejenigen, die den Matheleistungstest wiederholen wollen: Er findet am Samstag im Junior College in Waynesbridge statt. Eine gute Gelegenheit, eure Zensuren zu verbessern. Aber ich freue mich, dass die meisten von euch schon beim ersten Mal so gut abgeschnitten haben.“

Die Schulglocke läutete. Terry seufzte und packte ihre Bücher zusammen.

In Begleitung ihres Freundes Dan Mason und ihrer besten Freundin Jill Bancroft verließ sie das Klassenzimmer.

Jill warf ihr langes braunes Haar zurück und drehte sich zu Terry um. „*Musst* du denn den Test unbedingt noch mal machen?“, fragte sie voll Mitgefühl. „Deine

Zensur war immerhin besser als meine, aber *ich* werde den Test bestimmt nicht wiederholen."

„Du musst es ja auch nicht mit meinem Vater aushalten", erwiderte Terry mutlos. „Er ist nun mal Richter von Beruf, und das kann er auch zu Hause nicht ablegen."

Terrys Vater war Richter beim Strafgericht von Shadyside. Sie war sehr stolz auf ihn, denn sie wusste, dass die Leute ihn bewunderten und dass er in der Stadt eine einflussreiche Persönlichkeit war. Terry gab sich alle Mühe, es ihrem Vater immer recht zu machen, aber einfach war das nicht gerade. Er hatte sehr hohe Maßstäbe und erwartete gerade von ihr, seinem einzigen Kind, sehr viel.

Früher war kaum ein Tag vergangen, an dem Terrys Vater ihr nicht versichert hatte, wie stolz er auf sie war. Aber das war vorbei. In letzter Zeit war irgendwie der Wurm drin.

Terry war eine sehr gute Schülerin, bis auf Mathematik; das war ihr schwächstes Fach. Vor ein paar Monaten fing es dann an. Sie konnte sich noch genau an den Tag erinnern. Das Ergebnis ihres Mathetests war gerade mit der Post gekommen. Richter Phillips schaute ihr neugierig über die Schulter, während sie gespannt den Umschlag öffnete.

Das Resultat lautete: 570 Punkte. „Nicht schlecht", dachte sie äußerst zufrieden. „Für Mathe wirklich nicht schlecht ..."

Sie drehte sich um und wollte ihrem Vater das Ergebnis zeigen, aber er hatte es wohl schon gesehen. Und sein Gesichtsausdruck zeigte ihr deutlich, dass sie falsch lag: 570 Punkte waren für ihn ganz offensichtlich *kein* gutes Ergebnis.

Stirnrunzelnd verschränkte der Richter die Arme und sagte: „Tja, Terry, ich schätze, du wirst den Test wiederholen müssen. Mit einer solchen Mathematiknote wird es nichts mit Princeton." Damit drehte er sich um und zog sich in sein Arbeitszimmer zurück.

Terry rutschte das Herz in die Hose. Bis jetzt hatte sie ihren Vater noch nie enttäuscht. Sie gewann Tennisturniere und Schulpreise und wurde alljährlich für ihre guten Zensuren ausgezeichnet – aber diesmal hatte sie versagt.

Ihr Vater hatte das Princeton College absolviert, eine der besten Universitäten des Landes, und, solange sie denken konnte, immer davon gesprochen, auch Terry dorthin zu schicken. Sie hatte sich nie Gedanken darüber gemacht, ob sie selbst das überhaupt wollte, denn in ihrer Familie galt das immer als selbstverständlich.

Jetzt aber schien ein Hindernis aufzutauchen – Mathe für Fortgeschrittene. Eine einzige kleine Note würde schuld daran sein, dass es ihr nicht gelang, den Traum ihres Vaters zu erfüllen.

Was für eine Ungerechtigkeit!

Terry hatte doch wirklich ihr Bestes gegeben. Aber diesmal war eben das Beste nicht gut genug gewesen.

Kaum hatte Terrys Vater die Tür seines Arbeitszimmers geschlossen, trat ihre Mutter ins Wohnzimmer. Terry stand immer noch bewegungslos an derselben Stelle, mit hängendem Kopf und dem Testergebnis in der Hand.

Doch Mrs Phillips fragte noch nicht einmal, wie der Test ausgefallen war. Sie warf nur einen flüchtigen

Blick auf die verschlossene Tür des Arbeitszimmers und sagte dann: „Liebes, ich muss zu meiner Wohltätigkeitsversammlung. Ich bin spät dran. Sag deinem Vater bitte, dass ich gegen sechs zurück sein werde, ja?“ Sie gab Terry einen Kuss auf die Stirn und eilte zur Tür hinaus, sodass Terry nur noch ihr Schmuckgeklimper hörte.

Terry starrte ihr geistesabwesend hinterher. Ihr wurde klar, dass sie den Mathetest noch einmal machen musste. Und das hieß lernen, lernen, lernen, ob es ihr nun passte oder nicht.

Dabei wusste sie im Grunde ganz genau, dass es nichts nützte. Nie würde sie das erforderliche Resultat erreichen, nie im Leben!

Dan legte Terry den Arm um die Schulter, während sie durch die Schulhalle gingen. „Es wird schon nicht so schlimm werden, Terry“, tröstete er sie. „Die paar Stunden am Samstag schaffst du schon, und dann hast du’s ein für alle Mal hinter dir.“

Terry blickte zu ihrem hochgewachsenen, gut aussehenden Freund auf und versuchte zu lächeln.

„Es macht mir nichts aus, den Test zu wiederholen – nicht allzu viel jedenfalls“, sagte sie. „Das ist nicht das Problem. Das Problem ist vielmehr, dass Papa von mir ein Ergebnis von mindestens 700 Punkten erwartet – und das schaffe ich nie. Das weiß ich. Ich habe schon beim ersten Mal gelernt wie verrückt. Und jetzt strenge ich mich auch wieder an, so gut ich nur kann, aber es ist hoffnungslos! Man muss schon ein Genie sein, wenn man 700 Punkte kriegen will – und ich bin nun mal kein Mathegenie.“

Dan seufzte. Terry wusste, dass ihm das Thema nicht behagte. Er war ein Ass in Mathe und hatte im Test 720 Punkte gemacht. Aber er war ein anständiger Kerl und es tat ihm leid, Terry so traurig zu sehen. Deshalb wechselte er lieber das Thema, damit sie auf andere Gedanken kam.

„Weißt du was, ein Milchshake wird dir jetzt guttun. Ich lade dich ein. Lass uns rübergehen zur *Ecke*. “Er drehte sich zu Jill um und fragte: „Hey, kommst du auch mit?“

Jill schüttelte den Kopf. „Nein, ich kann nicht. Ich muss zum Fotoklub. Kopf hoch, Terry. Bis später dann.“

„Tschüss, Jill.“

Jetzt, wo Jill weg war, schmiegte sich Terry an Dans Schulter, und sie verließen das Schulgebäude. Draußen war es windig und schwül, ungewöhnlich warm für einen Märztag.

Die *Ecke* lag ein paar Häuserblocks entfernt. Es war ein Café, in dem sich hauptsächlich die jungen Leute aus dem oberen Shadyside trafen. Das Café war voll, es gab keinen freien Tisch mehr. Dan und Terry mussten sich deshalb mit einem Platz an der Theke begnügen und bestellten Schokoladenmilchshakes.

Dan griff nach einer Autozeitschrift, die dort herumlag. „Irgendein Autofan muss sie liegen gelassen haben“, sagte er und begann, in dem Heft zu blättern. Bei einer Werbeanzeige für Luxusautos verweilte er und fragte Terry: „Wenn du dir eins dieser Autos aussuchen dürftest, welches würdest du nehmen?“

Dieses Spiel machten sie öfter. Sie fuhren zum Beispiel gern im feinen Stadtteil North Hills herum und suchten sich ihr Traumhaus aus. Oder sie sahen sich eine

Zeitschrift an und überlegten, welche Kleidungsstücke sie sich aussuchen würden, welche der Fotomodelle ihnen am besten gefielen oder auf welche Insel sie fahren würden, wenn sie die Wahl hätten.

Terry hatte jetzt eigentlich gar keine Lust auf dieses Spiel, aber sie schaute sich gehorsam die Autos an und zeigte dann auf einen blauen Jaguar.

„Ich glaube, ich würde mir den BMW aussuchen“, sagte Dan.

Terry interessierte sich nicht für den BMW. Stattdessen beobachtete sie geistesabwesend die Kellner und Kellnerinnen beim Schichtwechsel. Adam Messner, der mit ihnen im selben Mathekurs war, nahm gerade eine Schürze vom Haken und band sie sich um seine schmale Taille. Dann begann er seine Arbeit hinter der Theke.

Dan hatte seine Hand auf ihre gelegt. Sie drehte sich zu ihm um und schaute in sein hübsches Gesicht mit dem sorglosen Lächeln und den freundlichen grünen Augen. Guter alter Dan. Immer war er für sie da.

Er musterte sie nachdenklich. „Machst du dir immer noch Gedanken um deinen Test?“, fragte er.

Sie nickte. „Zu Hause ist zurzeit richtig dicke Luft“, sagte sie. „Du kennst ja meinen Vater und weißt, dass er immer viel um die Ohren hat. Aber im Fall Austin sind ihm jetzt ständig die Reporter auf den Fersen. Da ist seine Laune einfach unerträglich, wenn er nach der Arbeit nach Hause kommt.“

Jeder in Shadyside wusste über den Fall Austin Bescheid. Henry Austin, ein berüchtigter Bandenführer, war wegen Mordes verhaftet worden. Die Presse war jetzt wie wild hinter der Geschichte her, und Richter

Phillips war für den Fall zuständig. Aber er hasste diesen ganzen Medienrummel.

„Mama ist da auch keine Hilfe“, erzählte Terry weiter. „Wenn sie von ihren Wohltätigkeitsbällen und sonstigen Versammlungen redet, wird Papa noch gereizter. Sie lebt in ihrer eigenen Welt, und die gespannte Atmosphäre bei uns zu Hause ignoriert sie einfach.“

Terry blickte flüchtig zu Dan auf. Er nickte und drückte verständnisvoll ihre Hand.

„Und dann komme ich noch mit meinem dummen Matheproblem daher. Dan, es ist einfach völlig unmöglich, dass ich in diesem Test auf 700 Punkte komme. Letzte Woche habe ich einen Übungstest gemacht und dabei nur 600 geschafft. Papa wird aus der Haut fahren, wenn ich bei der Prüfung nicht besser abschneide.“

Sie seufzte und senkte den Kopf, sodass ihr das Haar ins Gesicht fiel. „Das wäre was, wenn ich mir am Samstag einfach dein Gehirn ausleihen könnte, nur für den einen Tag …“

Plötzlich hielt sie inne. Sie klemmte sich das Haar hinter die Ohren und blickte Dan direkt ins Gesicht.

„Hey“, sagte sie lachend. „Du schaffst doch mit Leichtigkeit 700 Punkte. Vielleicht könntest *du* ja den Test für mich machen! Ich meine, Terry könnte doch genauso gut ein Jungenname sein …“

Ihre Stimme stockte, als sie Dans Gesichtsausdruck sah. Sein Lächeln verschwand, und er runzelte die Stirn.

Terry fühlte, wie ihr die Schamröte ins Gesicht stieg. Wie konnte sie so etwas nur sagen!

„He, komm schon, Dan, ich hab doch bloß Spaß gemacht“, sagte sie und versuchte, ihre Verlegenheit zu überspielen. Sie stupste ihn in die Rippen und tat so, als sei sie beleidigt, weil er sie ernst genommen hatte.

Seine Gesichtszüge entspannten sich ein wenig. „Schon gut, ich hab ja gewusst, dass du nur Spaß machst“, sagte er nervös.

Terry tat so, als glaubte sie ihm.

Dan schlürfte sein Glas leer und schaute auf die Uhr. „Ich muss gehen“, sagte er. „Meine Mutter hat mich gebeten, sie beim Tennisklub abzuholen. Soll ich dich heimfahren?“

„Nein, danke“, sagte Terry. „Ich bin mit Jill im Einkaufszentrum verabredet.“

Dan stand auf und gab ihr einen Kuss auf die Wange. „Sorg dich nicht um den Test. Ich weiß, dass du’s schaffst.“

Sie lächelte ihn an. „Bestimmt“, sagte sie. „Bis morgen dann.“

Er küsste sie noch einmal, dann wandte er sich um und verließ das Café.

Sie schaute ihm nach, wie er zur Tür hinausging. Dann starrte sie nachdenklich auf die Theke und nippte an ihrem Milchshake.

Dan war wirklich klasse – irgendwie. Er war so offen und ehrlich. Das gefiel ihr an ihm, aber gleichzeitig ärgerte sie sich darüber.

Terry war im Grunde auch ein guter Mensch. Aber manchmal verspürte sie den Drang, etwas Unrechtes zu tun, nur ein kleines bisschen zumindest. Aber Dan hielt sie jedes Mal davon ab und überredete sie, vernünftig und ehrlich zu bleiben. Dann bekam sie ein schlechtes Gewissen, dass sie überhaupt an *so etwas* gedacht hatte, was immer es auch war.

Sie schob ihr Glas beiseite und schaute auf. Adam Messner lächelte sie über die Theke hinweg an.

Ob er schon lange da stand und sie beobachtete?

Terry rutschte nervös auf ihrem Sitz hin und her. Dieses Lächeln – da steckte doch etwas dahinter! Hatte er gehört, was sie zu Dan gesagt hatte? Hatte er gelauscht?

Adam beugte sich langsam über die Theke zu ihr herüber und kam ganz dicht heran. „Ich mach's", flüsterte er.

Sie erschrak und wich zurück. „Was meinst du? Was willst du machen?" Dabei wusste sie genau, was er meinte.

„Den Test", sagte er. „Ich mach ihn für dich."

Sie musterte ihn sorgfältig – sein hageres Gesicht mit den dunklen Augen, sein schulterlanges schwarzes Haar. Sein Lächeln war verschwunden. Er meinte es ernst.

Terry mochte Adam nicht besonders. Er wohnte in einem schäbigen Haus in der Fear Street und trieb sich mit einer ungehobelten Bande herum. Aber in Mathe war er spitze, das wusste sie.

„Trotzdem, ich tu es besser nicht", dachte sie bei sich. „Es gehört sich nicht."

Aber schon während sie das noch dachte, wusste sie, dass sie es im Grunde doch wagen wollte. Sie musste an ihren Vater denken und stellte sich sein enttäuschtes Gesicht vor, wenn sein Blick auf ihr neues Testergebnis fiele. Kein bisschen besser als das erste würde es sein, vielleicht sogar noch schlechter.

„Nein", dachte sie. „Ich *muss* auf 700 Punkte kommen. Ich mach's.

Ich werde betrügen."

Sie nickte Adam zu. Und sie wusste, dass er verstand.
„Warum machst du das für mich?“, flüsterte sie.
„Sagen wir mal so“, sagte er und kam so nah heran, dass seine Lippen fast ihr Ohr berührten. „Ich hab etwas, was du willst – und du hast etwas, was ich will.“

2

„Und das … das wäre?“, stammelte Terry. „Was willst du von mir?“

Adam legte die Ellbogen auf die Theke und stützte den Kopf auf die Hände. „Du musst mit mir ausgehen“, sagte er. „Eine Verabredung mit dir, das will ich.“

„Eine Verabredung?“, dachte Terry. „Mehr nicht?“

Sie atmete auf. Einmal nur mit Adam ausgehen, und schon wäre ihr Matheproblem gelöst.

Wäre es das? Sollte es wirklich so einfach sein zu mogeln?

„Was ist, wenn sie einen Ausweis oder so was sehen wollen?“, flüsterte Terry unsicher. „Was ist, wenn sie dahinterkommen?“

„Werden sie nicht“, versicherte Adam. „Ich hab beim letzten Mal den Test in Waynesbridge gemacht. Der findet in diesem riesigen Auditorium mit Hunderten von Leuten statt. Keiner kümmert sich da um Ausweise oder so was. Es wird ein Kinderspiel.“

„Er hat sich schon alles genau überlegt“, dachte Terry. „Vielleicht klappt es ja wirklich. Dan würde stinkwütend werden, wenn er dahinterkäme. Aber er wird es nicht erfahren.“

Terry war ein hübsches Mädchen, und sie wusste, wie man mit Jungen umging. Einmal würde sie also mit Adam ausgehen. Das war’s dann, und keine Menschenseele würde was davon erfahren. Das klang fast schon zu einfach.

Sie hielt in ihrem Gedankengang inne und musterte

Adam erneut. Sie hatte nie bemerkt, dass er sich für sie interessierte – er war ihr bisher nicht einmal sonderlich aufgefallen.

Während sie ihn so anschaute, musste sie feststellen, dass sie ihn eigentlich attraktiv fand, wenn auch undurchsichtig. Er sah zwar nicht so gut aus wie Dan, nicht so typisch amerikanisch-adrett, aber er hatte irgendetwas, was Dan nicht hatte – etwas Geheimnisvolles, Wagemutiges, was ihn sexy wirken ließ. Lässig und cool wie immer stand er nun hinter der Theke und blickte sie erwartungsvoll an.

„In Ordnung“, sagte sie. „Einmal.“

Jetzt lächelte er – ein ganz klein wenig. „Sagen wir am Samstagabend, nach dem Test.“

„Das geht nicht“, sagte sie. „Da bin ich schon mit Dan verabredet.“

„Dann sagst du eben ab“, gab Adam zurück.

Sie runzelte erstaunt die Stirn. Aber da wusste sie schon, dass sie Dan tatsächlich absagen würde. Nur dieses eine Mal.

Da fiel ihr noch etwas ein. „Was wird denn Sheila dazu sagen?“, fragte sie Adam.

Sheila Coss war Adams Freundin. Terry kannte sie nicht sehr gut, aber sie hatte immer ein wenig Angst vor ihr. Sheila war knallhart und scheute auch vor Schlägereien nicht zurück.

„Was Sheila nicht weiß, macht sie nicht heiß, oder?“, sagte Adam.

Terry nickte. „Also, ich gehe jetzt besser. Bis dann.“

Sie wartete auf eine Antwort. Aber Adam sagte nichts, sondern griff nach einem Lappen und fing an, die Theke sauber zu wischen.

Am Samstagmorgen wachte Terry schlagartig auf und schaute auf die Uhr – es war Punkt acht. Schnell zog sie sich an. Schließlich musste sie so tun, als würde sie nach Waynesbridge fahren.

Ihr Vater hatte sich bereits in sein Arbeitszimmer zurückgezogen, als sie hinunterging, um noch schnell ein Glas Saft zu trinken. Mrs Phillips war gerade auf dem Weg zur Tür.

„Wieso stehst du denn schon so früh auf?", fragte sie.

„Ich hab doch heute meinen Mathetest, erinnerst du dich nicht?", sagte Terry.

„Ach ja, richtig. Na dann, alles Gute, Liebes. Ich muss zum Country Club. Es gibt noch so viel für den Frühlingstanz vorzubereiten, der demnächst stattfindet."

Damit warf sie ihrer Tochter noch schnell eine Kusshand zu und eilte hinaus.

Terry trank ihren Saft aus und ging ebenfalls. Sie stieg in ihr Auto und fuhr in Richtung Waynesbridge. Aber sie fuhr an der Abfahrt Waynesbridge vorbei und steuerte einen nahe gelegenen Park an. Unter ein paar Bäumen hielt sie an und blieb wartend im Auto sitzen.

Sie starrte auf die Uhr am Armaturenbrett. Neun Uhr. Adam würde jetzt mit dem Test beginnen.

Terry spürte, wie sich ihr Magen verkrampfte. „Hoffentlich geht alles gut", dachte sie.

„Hoffentlich geht er auch wirklich hin und lässt mich nicht im Stich. Hoffentlich erwischt ihn keiner. Hoffentlich fragt ihn keiner nach seinem Ausweis. Hoffentlich erkennt ihn niemand. Hoffentlich werde ich nicht erwischt ..."

Drei Stunden später ließ sie den Motor an und fuhr zurück nach Hause. Ihre Mutter war noch nicht da, ihr Vater saß immer noch hinter verschlossener Tür im Arbeitszimmer.

Terry sah nach, ob es Nachrichten auf dem Anrufbeantworter gab. Nichts. Hoffentlich hörte sie bald etwas von Adam. Sie wollte wissen, wie es gelaufen war.

Sie saß in der Küche, als ihr Vater hereinkam, um etwas zu Mittag zu essen. Er sah müde aus, aber als er sie erblickte, lächelte er. „Terry, du bist ja schon zurück! Ich hab dich gar nicht kommen hören."

Sie merkte, wie sie rot wurde. Damit ihr Vater das nicht sah, ging sie zum Kühlschrank und durchsuchte die Regale. „Hallo, Papa. Ich mach dir ein Sandwich, ja?"

Mr Phillips setzte sich an den Küchentisch. „Und, wie war der Test?", fragte er.

„Prima", sagte Terry. „Ich glaube, diesmal hat es wirklich geklappt."

„Das freut mich. Ich wusste doch, dass mehr in dir steckt."

Terry errötete noch mehr, aber zum Glück bemerkte ihr Vater das nicht. Sie machte sich daran, ihm ein Schinkensandwich zuzubereiten, und wollte es ihm gerade hinstellen, als das Telefon klingelte. Mit einem Satz sprang sie auf.

„Ich geh ran!", rief sie und rannte hin.

„Hallo?"

„Hallo, Melanie?", fragte jemand.

Melanie war Terrys Mutter. „Nein, ich bin ihre Tochter", sagte Terry. „Meine Mutter ist gerade nicht da. Kann ich ihr was ausrichten?"

Es war eine von Mrs Phillips' Freundinnen. Terry notierte, was sie ihr durchgab. Dann legte sie auf. Ihr Vater kaute an seinem Sandwich und las die Titelseite der Zeitung, als Terry in die Küche zurückkam.

Terrys Blick fiel auf die Schlagzeile:

Zweiter Mann der Austin-Bande sagt gegen Boss aus – Mord, Bestechung und Betrug gestanden

„Das ist Papas Fall", dachte Terry.

„Ich denke, ich gehe nach oben und mache ein Nickerchen", sagte Terry. „Ich bin ganz schön müde."

„Mach das ruhig, mein Schatz", sagte ihr Vater. „Du hast es verdient."

Terry ging nach oben in ihr Zimmer und schloss ab. Sie hatte ein eigenes Telefon und wählte Adams Nummer.

Er nahm ab.

„Adam!", rief sie. Das Herz schlug ihr bis zum Hals. „Hier ist Terry. Wie war's?"

„Prächtig", sagte Adam. „Es war ein Klacks!"

Terry atmete erleichtert auf.

„Bis zu dem Augenblick, als ich gehen wollte", fügte Adam hinzu.

Terry blieb das Herz stehen. „Wieso, was ist passiert?"

„Sie wollten von allen einen Ausweis mit Foto sehen. Tut mir leid, Terry. Sie müssen Lunte gerochen haben."

Terry kniff die Augen zu. „Das war's dann wohl", dachte sie. „Ich wurde beim Mogeln erwischt. Das ist das Ende."

3

„Hey, Terry!“, rief Adam. „Bist du noch dran?“

Terry rang nach Luft. „Ja … ich bin noch da“, stammelte sie mit erstickter Stimme.

Es blieb still in der Leitung. Dann hörte Terry, wie Adam ein Geräusch machte. Es dauerte eine Weile, bis sie begriff, dass er lachte.

Wie konnte er jetzt lachen!

„Worüber lachst du?“, fragte sie mit zitternder Stimme. Das war doch wohl wirklich alles andere als lustig!

„Ich hab dich auf den Arm genommen, Terry“, sagte Adam. „Sie haben gar keine Ausweise kontrolliert. Keiner hat irgendeinen Verdacht geschöpft. Der Test lief reibungslos. Alles nach Plan!“

Terry versuchte, ihren Ärger hinunterzuwürgen. Die Sache war doch wirklich ernst genug, wie konnte er damit nur seine Späße treiben?

Aber dann begriff sie, wieso er das lustig finden konnte. Klar! Der Test war ernst für sie, aber nicht für ihn. Während er nichts zu verlieren hatte, stand für sie ihre ganze Zukunft auf dem Spiel.

„So“, sagte Adam. „Nun ist es Zeit für meinen Lohn. Wann soll ich dich abholen?“

„Komm nicht hierher“, antwortete Terry schnell. Sie wollte nicht, dass irgendjemand in der Gegend Adam mit ihr zu Gesicht bekam – schon gar nicht ihre Eltern. „Ich meine, du brauchst mich nicht abzuholen. Wir können uns ja irgendwo treffen.“

„In Ordnung. Und wo?“

Terry knabberte nachdenklich an ihrem Fingernagel. „Sagen wir Ecke Village Road/Mission Street?“ Das war in der Altstadt, nicht allzu weit von ihrem Haus entfernt. „Weißt du, wo das ist?“

„Klar“, sagte Adam. „Ich komme um acht dorthin.“

„Gut.“

„Noch was, Terry. Zieh dich bloß nicht an wie eine Prinzessin von North Hills. Heute Abend wirst du *meine* Welt kennenlernen, die ist anders als dein feiner Country Club.“ Er legte auf, bevor Terry antworten konnte.

Terry kochte vor Wut. Wie kam er dazu, sie Prinzessin zu nennen? Sie konnte sich schließlich überall sehen lassen, egal, wo er sie hinführte.

Trotzdem machte sie sich am Abend Gedanken darüber, was sie am besten anziehen sollte. Sie entschied sich für ein Paar alte Jeans und ein einfaches schwarzes Oberteil. Ihren Schmuck legte sie ab.

Um fünf vor acht verließ sie das Haus. Ihrer Mutter erzählte sie, sie ginge zu Jill. Zwei Straßen weiter nahm sie den Bus bis zur verabredeten Ecke. Dort wartete sie.

Fünf Minuten später kam ein ramponierter, alter schwarzer Mustang angefahren und hielt. Es war Adam.

Er stieg gar nicht erst aus, sondern ließ den Motor laufen, steckte den Kopf aus dem Fenster und grinste sie vielsagend an. „Na“, sagte er. „Steig ein.“

Sie ging um das Auto herum zur Beifahrerseite. Er stieß die Tür auf, und sie stieg ein.

Während der Fahrt schwiegen sie. Die Stille war Terry unangenehm. Alle paar Minuten warf sie einen flüchtigen Blick zu Adam hinüber und musterte ihn so unauffällig wie möglich.

Sie musste zugeben, dass er toll aussah. Er trug Jeans und ein einfaches Hemd – nichts Besonderes, aber mit seiner schlanken Figur sah das irgendwie sexy aus.

Dan hätte in denselben Sachen gepflegt und irgendwie zugeknöpft ausgesehen. Aber Adam, mit seinem wilden Haar und seinen dunklen Augen, wirkte fast wie ein Rockstar.

Terry schaute interessiert aus dem Fenster, als sie durch die Altstadt fuhren. „Wo fahren wir denn hin?“, wollte sie wissen.

„Zum Underground. Warst du schon mal da?“

„Nein – bis jetzt noch nicht.“ Terry wollte nicht zugeben, dass sie davon noch nicht einmal gehört hatte.

Langsam kurvten sie durch ein heruntergekommenes Kaufhausviertel. Die Straßen waren menschenleer und nur hier und da von einer Straßenlaterne beleuchtet. Sie bogen in eine dunkle Gasse ein. Vor einem der Kaufhäuser standen eine Menge Autos. Aber was sich hinter der Fassade verbarg, konnte Terry nicht erkennen – es gab nur ein rotes Licht über der Tür.

Adam steuerte einen freien Parkplatz an. Hier war es also – das Underground.

Ohne sich nach Terry umzudrehen, stieg Adam aus und ging auf die Tür mit dem roten Licht zu. Terry folgte ihm.

Adam zog die Tür auf. Ein Schwall lauter Musik dröhnte plötzlich auf Terry ein. Direkt hinter der Tür stand ein muskulöser Türsteher. Nach einem flüchtigen Blick auf Adam kontrollierte er Terry und ließ dann beide durch.

Der Saal war riesengroß, dunkel und voller Leute. Einige saßen in einer Ecke, rauchten und unterhielten sich. Andere tanzten dicht gedrängt in der Mitte des Raums.

Die meisten Jungen hatten genauso einen gleichgültigen, etwas gefährlichen Blick wie Adam, hatten ungekämmtes langes Haar und trugen gammelige Klamotten und Kampfstiefel. Die Mädchen trugen Jeans oder enge Kleider, hatten dunkel geschminkte Lippen und einen höhnischen Gesichtsausdruck.

Terry wusste, dass sie nicht hierher passte, auch wenn sie sich alle Mühe gegeben hatte, nicht wie eine ‚Prinzessin von North Hills' auszusehen. Ihre Jeans waren zwar am Knie zerrissen, aber sauber, und sie hatte eine ordentliche Frisur und ein rosiges Gesicht. Ihr war etwas unbehaglich zumute, während sie so um sich schaute, und das feindselige Funkeln in den Augen mancher Mädchen entging ihr nicht.

Aber das Gefühl, hier nicht am rechten Platz zu sein, war auch beruhigend. „Immerhin", so dachte sie, „laufe ich hier bestimmt keinem über den Weg, den ich kenne. Wie Adam schon ganz richtig sagte, das Underground war kein Country Club."

Adam nahm sie an der Hand und führte sie durch die Menge hindurch auf die Tanzfläche. Sie fingen an, zu dem dröhnenden Rhythmus zu tanzen. „Adam ist der erste Junge, der beim Tanzen nicht blöd aussieht", dachte Terry. Er bewegte sich ganz locker und cool. Er tanzte wie in seiner eigenen Welt, aber hin und wieder schaute er sie an mit seinem glutvollen Blick und diesem gewissen Lächeln.

Die Musik spielte ohne Unterbrechung, ein Song ging

nahtlos in den nächsten über. Terry verlor sich allmählich ganz in dieser Musik. Sie vergaß die Leute um sich herum – tanzte nur noch.

Als sie Adam flüchtig anblickte, bemerkte sie, dass er sie beim Tanzen beobachtete. Sie sahen sich in die Augen und tanzten zusammen, ohne sich zu berühren.

Der Saal füllte sich. Leute stießen mit ihnen zusammen und schoben sie näher aneinander, aber es schien alles Teil der Musik und des Rhythmus zu sein. Es wurde immer heißer auf der Tanzfläche und die Musik immer lauter.

Terry hatte keine Ahnung, wie lange sie so tanzte. Sie spürte, wie ihr ein Schweißtropfen den Rücken hinabglitt.

Später, als es nicht mehr ganz so voll war, nahm Adam sie wieder bei der Hand und führte sie von der Tanzfläche. An einem der Tische bestellte er zwei Gläser Wasser.

Terry war durstig und trank das Wasser in einem Zug aus. Ihr Gesicht und ihr Haar waren ganz nass geschwitzt. Sie hätte nicht gedacht, dass es ihr hier so gut gefallen würde.

„Komm, wir gehen“, sagte Adam. Er stellte sein Glas auf den Tisch, nahm ihr ihres aus der Hand und setzte es ebenfalls ab. Dann führte er sie zur Tür.

Draußen war es kühl. Terry lächelte und sagte: „Es ist richtig angenehm hier draußen!“

Adam knöpfte sein Hemd auf und fechelte sich damit Luft zu. „Du kannst gut tanzen“, sagte er.

Terry errötete ein wenig. „Du aber auch.“

Während sie nach dem schwarzen Mustang Ausschau hielt, fiel ihr auf, dass sich die Parkplätze gelichtet hatten. „Es muss später sein, als ich dachte“, überlegte sie.

Sie stieg ein, und sie fuhren durch die menschenleeren Straßen. Terry kurbelte das Fenster herunter und hielt ihr Gesicht in die kühle Frühlingsluft. Das Radio spielte leise.

Schließlich bogen sie in die Straße ein, in der sie wohnte. Terry bat Adam, sie an der Ecke abzusetzen. Adam gehorchte und hielt am Bordstein an. „Eigentlich ist der Abend viel zu schnell vergangen“, dachte Terry.

Sie drehte sich zu ihm um und wollte sich bei ihm bedanken, doch ehe sie etwas sagen konnte, beugte er sich zu ihr herüber und küsste sie, lang und fest.

Zuerst erschrak sie, doch dann verlor sie sich in seinem Kuss, so wie sie sich in der Musik im Underground verloren hatte.

Terry musste schließlich nach Luft schnappen. Etwas verlegen sagte sie: „Danke für alles, Adam. Danke für – du weißt schon, den Test, und für den Abend auch.“

Sie stieg aus und schlug die Wagentür hinter sich zu. Durch das offene Fenster rief er ihr nach: „Was machst du morgen?“

Sie blieb stehen und dachte nach. Morgen war Sonntag. „Morgen spiele ich um eins mit Jill Tennis im Club, vorausgesetzt, es ist warm genug.“

„Toll“, sagte Adam. „Dann komme ich um eins dorthin.“

Wie bitte?

Terry glaubte ihren Ohren nicht zu trauen.

„*Eine* Verabredung hatten wir ausgemacht“, dachte sie, „eine und nicht mehr!“

Doch noch ehe sie widersprechen konnte, brauste

Adam davon. Sie schaute ihm nach, bis er um die Ecke bog. Dann war er weg.

Sie lief die dunkle Straße hinab nach Hause.

Wie hatte sie es bloß fertiggebracht, sich in diese Sache hineinzumanövrieren? Und was sollte sie mit einem Typ wie Adam im Country Club von North Hills? Er würde da noch weniger reinpassen als sie ins Underground.

Und wie sollte sie das Jill erklären? Jill wusste doch weder etwas von dem Test noch von der Verabredung. Niemand wusste etwas davon.

Und es sollte auch niemand davon erfahren. Auf gar keinen Fall.

„Adam konnte das unmöglich ernst gemeint haben", überlegte Terry. „Was sollte er denn auch im Club wollen? Bestimmt hat er mich bloß auf den Arm genommen. Das wäre ja nicht das erste Mal."

Schließlich war sie überzeugt davon, dass Adam gar nicht vorhatte, zum Club zu kommen. Eigentlich hätte sie jetzt beruhigt sein können, aber es war so unheimlich still auf der Straße, so menschenleer und finster …

Sie lief schneller und spähte ängstlich um sich. Endlich sah sie im Licht der Straßenlaterne ihr Haus – nur noch ein paar Schritte.

Sie ging darauf zu. „Keine Sorge", sagte sie zu sich selbst. „Gleich bist du zu Hause. Gleich bist du in Sicherheit …"

Plötzlich bewegte sich etwas im Gebüsch neben dem Haus.

Terry erstarrte vor Schreck. Was war das?

Sie spähte ins Gebüsch, aber es rührte sich nichts. Da raschelte es wieder.

Terry blieb wie angewurzelt stehen.

Sie sah, wie sich eine Gestalt im Dunkeln bewegte.

„Es wird Zeit, dass du nach Hause kommst“, sagte eine Stimme in gehässigem Ton. „Ich habe schon auf dich gewartet.“

4

Terry wollte wegrennen, aber ihre Beine waren schwer wie Blei.

„Wer ist da?“, flüsterte sie.

Die Gestalt trat ins Laternenlicht. Terry kniff die Augen zusammen. Wer war das bloß?

Es war eine Frau. Nein. Ein Mädchen. Mager, mit hellrotem Haar.

Jetzt erkannte Terry sie. Es war Sheila Coss, Adams Freundin.

„Sheila? Was machst du denn hier?“

Sheila stand zwischen Terry und der Haustür. „Sag mal, was spielt sich da ab zwischen dir und Adam?“, zischte sie.

Woher wusste Sheila Bescheid?, fragte sich Terry. Vielleicht wusste sie ja auch gar nichts, sondern hatte bloß so eine Ahnung. Terry hielt es für das Beste zu lügen.

„Ich weiß nicht, wovon du sprichst“, antwortete sie. „Ich kenne Adam doch kaum.“

„Hah!“, kam es zynisch zurück. Sheila kramte eine Packung Zigaretten aus ihrer Gesäßtasche, zündete sich eine an und blickte Terry finster ins Gesicht.

„Ich weiß, dass Adam ein anderes Mädchen an der Angel hat“, sagte sie. „Seit Wochen weiß ich schon darüber Bescheid.“

Terry war überrascht, ließ sich aber nichts anmerken. Ob das stimmte? Mit wem konnte sich Adam denn noch getroffen haben?

Sheila blies einen Zigarettenring in die Luft. „Ach was, das bildet die sich bloß ein“, dachte Terry. „Ganz bestimmt.“

„Das Dumme ist bloß“, fuhr Sheila fort, „ich weiß nicht, mit *wem* sich dieser Mistkerl rumtreibt, jedenfalls weiß ich es nicht sicher. Aber das finde ich noch raus. Und zwar bald.“

Terry fröstelte jetzt, nachdem sie vorher so geschwitzt hatte. Es war spät, sie war müde und wollte nur noch ins Haus.

Sie trat einen Schritt vor, doch Sheila versperrte ihr den Weg.

„Wenn *du* dahinterstecken solltest“, flüsterte Sheila drohend, „dann sieh dich vor! Wer immer sich an Adam ranmacht, der kann was erleben!“

Damit trat sie zur Seite, warf ihre Zigarette auf den Rasen und entfernte sich mit aller Gemächlichkeit.

Terry trat die Zigarette aus und rannte ins Haus. Sie schlug die Tür hinter sich zu und schloss mit zitternden Händen ab.

Dann ging sie hinauf in ihr Zimmer und zog sich aus. Doch als sie im Bett lag, fand sie keine Ruhe. „Der Test ist vorbei“, sagte sie sich zur eigenen Besänftigung, „und die Verabredung hab ich auch hinter mir. Sheila weiß nichts Genaues, also, was soll’s …“

Aber wenn Sheila nichts wusste, wieso war sie dann vor Terrys Haus aufgekreuzt? Wie sollte sie auf die Idee kommen, dass Terry sich mit Adam getroffen hatte, wenn sie nicht *doch* etwas wusste?

Während ihr diese Gedanken noch im Kopf herumspukten, fiel sie schließlich in einen unruhigen Schlaf.

Es war schon spät, als sie am nächsten Tag aufwachte, ohne ausgeschlafen zu sein. Sie musste sich mit dem Anziehen beeilen, wenn sie nicht zu spät zum Tennis kommen wollte.

Sie schlüpfte schnell in ein sauberes weißes T-Shirt und weiße Shorts und schnappte sich Tennisschläger, Tasche und Autoschlüssel.

Es war genau ein Uhr, als sie den Parkplatz des Clubs erreichte. Die Sonne schien, und es war sehr warm, schon richtig frühlingshaft.

Terry stieg aus und machte sich auf den Weg zum Clubhaus. Jill war anscheinend noch nicht da.

Dafür stand Adam draußen vor dem Zaun. Er trug ein schwarzes T-Shirt, abgeschnittene Jeans und schwarze hohe Turnschuhe – nicht unbedingt das, was Tennisspieler sonst so tragen. Das schwarze Haar hatte er zu einem Pferdeschwanz zusammengebunden, in der Hand hielt er einen ramponierten Holztennisschläger und eine Sporttasche.

Adam machte ein missmutiges Gesicht. Neben ihm stand ein Wächter in Uniform, die Arme vor der Brust verschränkt.

Terry schluckte nervös, als sie auf den Zaun zuging. „Er hat es wirklich ernst gemeint“, dachte sie ärgerlich. „Der kreuzt tatsächlich hier auf, es ist einfach nicht zu fassen!“

„Na, Terry?“, sagte er, als sie bei ihm ankam. „Dieser Typ hier“ – er zeigte mit dem Daumen auf den Wächter – „der will mich nicht reinlassen. Ich hab ihm gesagt, dass du mich eingeladen hast, aber er will mir nicht glauben.“

Terry wäre am liebsten im Erdboden versunken. Der

Wächter starrte sie jetzt erstaunt an, obwohl er immer noch so aussah, als wollte er sagen: Unfug, kommt gar nicht in Frage!

„Äh, geht schon in Ordnung“, sagte sie zu ihm. „Er gehört zu mir.“

Der Wächter machte immer noch ein skeptisches Gesicht, ließ aber dann die Arme sinken und trat beiseite.

Terry führte Adam durchs Tor, hinein in den North Hills Country Club.

North Hills war der exklusivste Club von ganz Shadyside. Hohe Mauern schützten vor neugierigen Blicken, sodass nur wenige Nichtmitglieder wussten, wie es drinnen aussah. Es gab dort wunderschöne Gartenanlagen, zwei beheizte Schwimmbäder, luxuriöse Umkleideräume, zehn tipptopp gepflegte Tennisplätze und einen hügeligen Golfplatz.

Das Clubhaus war eine alte Villa im Tudorstil. Es barg Squash- und Racketballplätze, einen Bankettsaal mit einem riesigen Kronleuchter, Gesellschaftsräume, ausgestattet mit Ledersesseln, und ein Restaurant mit Blick auf die Spielflächen im Freien.

Terry war diesen ganzen North-Hills-Luxus von klein auf gewöhnt und kannte gar nichts anderes. Für sie war das einfach *der Club*.

Doch als sie Adam durch die Gartenanlagen zur Snackbar führte, merkte sie, wie die Leute sie anstarrten. Adam fiel mit seinen dunklen Klamotten auf unter diesen geschniegelten und gebügelten High-Society-Typen, die in ihrer schneeweißen Tenniskleidung einherspazierten.

Gleichzeitig versuchte Terry, sich vorzustellen, was für einen Eindruck dieser Club wohl auf Adam machen mochte, der eine ganz andere Umgebung gewohnt war. Bei diesem Gedanken fühlte sie sich ziemlich unbehaglich.

„Der Laden hier muss ihm ganz schön spießig vorkommen“, dachte sie. „Und die Leute hier wie ein Haufen hochnäsiger Langweiler.“

Sie lächelte ihn etwas verlegen an, als sie sich an einen der Korbtische in der Snackbar setzten, um auf Jill zu warten. An einem der Nachbartische redete man anscheinend über ihn. Adam schien es nicht zu bemerken.

„Du hast dich wohl gewundert, dass ich gekommen bin“, sagte Adam zu Terry.

Sie rutschte verlegen auf ihrem Stuhl hin und her. „Nein, nein. Wirklich nicht.“

Er lachte auf. „O doch, das stand dir deutlich ins Gesicht geschrieben.“

Sie war heilfroh, als Jill auftauchte – da konnte sie wenigstens das Thema wechseln.

Als Jill näher kam, machte sie ein verdutztes Gesicht. „Jetzt hat sie Adam erkannt“, dachte Terry. „Sie wird sich fragen, was der hier zu suchen hat. Was soll ich ihr bloß erzählen?“

„Hallo, Jill“, sagte Terry, bevor Jill den Mund aufmachen konnte. „Du kennst doch Adam Messner aus dem Mathekurs, oder?“

„Klar“, sagte Jill. „Aber –“

„Er will mit uns Tennis spielen“, unterbrach Terry sie. „Jetzt fehlt uns nur noch ein vierter Mann für eine Doppelpartie.“

„Wie wär’s denn mit mir?“, sagte jemand. Es war ein großer, gut aussehender blonder Junge, der am Nebentisch saß.

Ihr rutschte das Herz in die Hose, als sie ihn erkannte. Es war Richard Smith.

Richard Smith war ein kluger Kerl, aber furchtbar arrogant. Er ging Terry total auf die Nerven. Seit der neunten Klasse versuchte er schon vergeblich, mit ihr anzubändeln. Sie machte sich einen Spaß daraus, ihn immer wieder abblitzen zu lassen. Aber er war so von sich eingenommen, dass das alles nichts fruchtete. Er wollte einfach nicht lockerlassen.

Richard stand auf und schlenderte auf Terry zu. Über seine perfekte Nase hinweg schaute er auf Adam herab.

Adam ignorierte ihn mit kühler Miene. Terry war in diesem Moment fast ein bisschen stolz auf Adam, obwohl sie das eigentlich dumm fand. Sie war froh, dass er sich von Richard nicht aus der Ruhe bringen ließ. Adam war kein Angsthase.

„Was für ein niedlicher Pferdeschwanz", spottete Richard mit breitem Grinsen.

„Halt den Mund, Richard", sagte Terry. „Du und Jill gegen Adam und mich. Also los."

Sie gingen zum Tennisplatz hinunter. Adam gab den Ball an. Er gewann den Punkt mit einem Schlag.

„He, was soll das, ich war doch noch gar nicht so weit", beklagte sich Richard. „Aber na gut, den einen will ich gelten lassen."

Bei Adams nächstem Aufschlag schlug Jill den Ball zurück, aber Adam und Terry gewannen den Punkt trotzdem.

Das Match wurde schnell hitzig. Terry war ganz bei der Sache und genoss das Spiel in vollen Zügen. Sie und Adam hetzten Jill und Richard über den Platz, dass Richard schon der Schweiß übers Gesicht lief.

Adam mit seinen verrückten Klamotten und seinem Holzschläger war tatsächlich ein geschickter Spieler. Sein Stil war aggressiv, und er blies Richard vom Spielfeld wie nichts.

Terry und Adam gewannen das Spiel.

Richard stürmte wortlos von dannen.

Jill kam um das Netz herum und sagte: „Leute, das war ein tolles Spiel. Tut mit leid, dass Richard so ein schlechter Verlierer ist."

Terry lächelte Adam zu. „Sieht ganz so aus, als hätte er nicht damit gerechnet, dass er verlieren könnte. Wo hast du denn so gut Tennis spielen gelernt?"

„Auf den öffentlichen Tennisplätzen", sagte Adam. „Mein älterer Bruder hat es mir beigebracht." Da war es wieder – dieses gewisse Lächeln. Terry errötete.

„Lasst uns duschen gehen", sagte Jill. „Ich muss bald zu Hause sein."

Terry zeigte Adam den Umkleideraum für Männer und ging dann mit Jill in den für Frauen.

Kaum war Adam weg, nahm Jill Terry in die Mangel. „Die ganze Zeit brennt es mir schon auf den Nägeln", sagte sie ungeduldig. „Was geht hier eigentlich vor? Was macht denn Adam hier?"

Die Begeisterung über das gewonnene Spiel war für Terry von kurzer Dauer. Ihr Magen krampfte sich zusammen. Sie hatte fast vergessen, wieso sie überhaupt mit Adam hier war – weil ihr nämlich nichts anderes übrig blieb. Weil er ihr Geheimnis kannte.

Aber Terry war fest entschlossen, Jill nichts zu verraten. Sie versuchte, sich herauszureden.

„Ich hab Adam zufällig unterwegs getroffen", sagte sie wie beiläufig. „Er lungerte draußen vor dem Club herum, und da dachte ich, es wäre doch so eine Art gute Tat, wenn ich ihn einlade, mit hereinzukommen.“

Jill machte ein ungläubiges Gesicht. „Eine gute Tat? Bisher hast du Adam doch nicht mal Guten Tag gesagt.“

„Ich weiß“, sagte Terry. „Vielleicht war das aber nicht richtig. Ich möchte nicht so ein Snob sein wie Richard zum Beispiel. Und Adam hat’s ihm wirklich gezeigt, findest du nicht?“

Jill fing an zu kichern. „Und ob. Das war echt zum Schießen – auch wenn ich auf der Verliererseite war.“

„So“, dachte Terry, „nun aber schnell das Thema wechseln.“ Sie verspürte nicht die geringste Lust, sich weiterhin über Adam zu unterhalten.

„Nun erzähl mal, wie war dein Rendezvous gestern Abend?“, fragte Terry. „Du hast mir noch kein Wort davon erzählt!“

Jill war am Abend zuvor mit Gary Brandt ausgegangen. Sie grinste, als Terry darauf zu sprechen kam.

„Ach, das war toll!“, rief sie strahlend. „Ich wollte bloß vor den beiden Jungen nichts erzählen, aber der ist wirklich nett! Wir sind erst dreimal miteinander ausgegangen, aber ich hab ein gutes Gefühl. Er ist ja so süß!“ Sie bekam richtig rote Wangen vor lauter Eifer. „Ich glaub, wir könnten glatt ein Traumpaar werden – so wie du und Dan.“

Als Terry das hörte, musste sie sich abwenden. Ein Traumpaar. Ich und Dan.

Adams Gesicht tauchte vor ihr auf. Sie versuchte, das Bild zu verdrängen, aber es blieb hartnäckig in ihrem Kopf.

Jill schlug die Spindtür zu. „Ich muss gehen“, sagte sie. „Meine Mutter kriegt heute Abend Gäste, ich hab versprochen, ihr zu helfen. Bis morgen.“ Sie packte ihre Tennistasche und ging.

Terry spürte plötzlich einen Anflug von Neid, als sie Jill mit ihrem wippenden Pferdeschwanz davoneilen sah.

„So sorgenfrei wie sie müsste man sein!“, dachte Terry. „Sie braucht sich um nichts weiter zu kümmern als um Verabredungen mit einem netten Jungen und um die Party ihrer Mutter. Und sie glaubt, bei mir wäre es genauso. Wenn sie wüsste, was ich in den letzten Tagen alles angestellt habe …“

Terry seufzte und zog sich um. Dann verließ sie den Club.

Draußen vor dem Zaun wartete bereits Adam auf sie. Er war frisch geduscht und trug jetzt ein Paar saubere Jeans und ein weißes T-Shirt. Das nasse Haar hatte er nach hinten gekämmt. Terry lächelte ihm entgegen.

„Du hast toll gespielt“, lobte sie ihn. „Ich versuche schon seit Jahren vergeblich, Richard Smith eins auf die Nase zu geben. Danke.“

Sie gingen zusammen zum Parkplatz. Adam blieb stehen und lehnte sich gegen seinen schwarzen Mustang.

„Ich weiß einen besseren Weg, mir zu danken“, sagte er. „Geh noch mal mit mir aus.“

Terry wusste nicht, was sie sagen sollte. Noch mal mit ihm ausgehen. Einerseits reizte es sie schon irgendwie. Aber Dan …

„Freitagabend“, schlug Adam vor. „Ich hole dich an derselben Ecke ab.“

„Freitagabend!“, wiederholte Terry erschrocken. Das ging auf keinen Fall. Da war sie schon mit Dan verabredet. Und sie hatte ihm schließlich schon einmal einen

Korb geben müssen, um mit Adam auszugehen. Noch mal würde sie das nicht riskieren.

„Am Freitag kann ich nicht, Adam“, sagte sie. Terry erschrak, als sie einen flehenden Unterton in ihrer Stimme wahrnahm. Wie konnte das passieren? Und ausgerechnet bei einem Jungen wie Adam.

Adam stieß einen Seufzer aus. Dann drehte er sich um und stieg ins Auto, um den Motor zu starten.

Terry stand fassungslos daneben. Wieso sagte er denn nichts?

Adam kurbelte das Fenster herunter und bemerkte in aller Ruhe:

„Wenn du wirklich mit mir ausgehen willst, wirst du schon einen Weg finden. An deiner Stelle, Terry, würde ich zusehen, dass du mich bei Laune hältst. Du verstehst, was ich meine?“

Damit brauste er so rasant los, dass die Reifen Steine aufwirbelten.

Terry stand da und fühlte sich plötzlich sehr einsam.

Adam hatte recht. Sie musste ihn bei Laune halten.

Und das wusste sie nur zu gut.

Aber für wie lange?

5

Als Terry von der Schule nach Hause kam, wunderte sie sich, dass ihr Vater schon da war. Es war Mittwochnachmittag. Mr Phillips saß in seinem Arbeitszimmer, die Tür war offen.

Terry stand mit ihren Schulbüchern unter dem Arm auf der Türschwelle. „Hallo, Papa. Ist dein Fall abgeschlossen?"

Der Richter setzte ein schiefes Lächeln auf. „Noch nicht, leider. Die Stimmung im Gerichtssaal war so gereizt, dass ich die Verhandlung für den Nachmittag unterbrechen musste, damit sich die Gemüter etwas beruhigen. Dieser Henry Austin schreckt vor nichts zurück. Bei der Zeugenaussage heute Morgen stand er auf und fing an, die Zeugen zu bedrohen. Ich musste ihn aus dem Gerichtssaal verweisen."

Dann winkte er seine Tochter zu sich heran. „Aber genug davon. Komm her, und setz dich", sagte er. „Ich möchte mit dir sprechen."

Terry trat ein und setzte sich in den Ledersessel gegenüber dem Schreibtisch ihres Vaters. Dann wartete sie ab, was er ihr zu sagen hatte.

„Das Princeton College benötigt deine letzte Mathezensur so bald wie möglich," sagte er. „Diesen Monat noch werden die endgültigen Entscheidungen über die Aufnahmen getroffen. Was hältst du davon, wenn ich jetzt gleich bei der Prüfungskommission anrufe und nach deinem Ergebnis frage? Dann können wir sichergehen, dass es rechtzeitig in Princeton vorliegt."

Terry versuchte, ihre Nervosität zu verbergen, indem sie mit aller Kraft in ihre Hefte kniff. Dann schluckte sie erst einmal, damit ihre Stimme nicht unsicher klang.

„Gute Idee, Papa. Ruf an. Ich bin schon so gespannt auf das Ergebnis!"

Mr Phillips setzte seine Brille auf und griff nach dem Telefonhörer. „Hier ist ja auch schon die Nummer", murmelte er vor sich hin und wählte sie.

Terry kniff in ihre Bücher und machte die Augen zu.

„Bitte, bitte", betete sie, „hoffentlich ist alles okay!"

Sie wagte kaum daran zu denken, was alles schiefgelaufen sein konnte. Womöglich hatte Adam mit Absicht alles verpfuscht!

Nein, das würde er nicht tun. Aber vielleicht hatte er aus irgendeinem Grund nicht so gut abgeschnitten, wie er sich selbst einbildete.

Terry wusste doch genau, dass sich ihr Vater mit einem Ergebnis unter 700 Punkten nicht zufriedengeben würde. Sie konnte sich lebhaft vorstellen, was passieren würde, wenn es weniger waren.

Zunächst einmal würde er sie bitten, die Tür zu schließen. Und dann? Dann würde er ihr klarmachen, dass sie ihn zutiefst enttäuscht hätte. Und dass sie damit ihr Leben zerstört hätte – und seines noch dazu.

Aber das Allerschlimmste wäre, wenn die Leute von der Prüfungskommission den Verdacht äußern würden, Terry hätte gemogelt.

Oder wenn sie womöglich *wussten*, dass sie gemogelt hatte! Woher auch immer. Dann wäre alles aus!

„Hier spricht Richter John Phillips", hörte sie ihren Vater sagen. „Meine Tochter Terry hat letzten Samstag zum zweiten Mal den Leistungstest in Mathematik gemacht. Wir benötigen das Ergebnis für das Princeton-College. Wäre es Ihnen möglich, es uns umgehend zuzuschicken?"

Er machte eine Pause. Dann legte er die Hand auf die Sprechmuschel und flüsterte Terry zu: „Sie geben uns das Ergebnis jetzt gleich am Telefon durch."

Terrys Fingerknöchel wurden ganz weiß. Sie versuchte, ihre zitternden Hände vor ihrem Vater zu verbergen. Gequält lächelte sie ihn an.

„Ja, richtig, Phillips. Mit zwei l."

Wieder Pause. Terry konnte es kaum ertragen. „Wenn die sich nicht beeilen und ihm endlich dieses dumme Ergebnis sagen, drehe ich noch durch!", dachte sie.

„Ja. Ja. Oh! Vielen Dank. Danke vielmals!"

Mr Phillips legte den Hörer auf und machte ein ernstes Gesicht.

„Und?", fragte Terry mit zum Zerreißen gespannten Nerven. „Was haben sie gesagt, Papa?"

Er stand auf. Terry starrte ihn in panischer Angst an, als er um den Schreibtisch herum auf sie zukam.

Was hatten sie ihm bloß gesagt?

„Terry", fing er an, „noch nie bin ich so stolz auf dich gewesen wie in diesem Augenblick."

Stolz? Er war stolz auf sie? Die Gedanken wirbelten in ihrem Kopf durcheinander. Das war ein gutes Zeichen – oder?

Er stand jetzt neben ihr und fasste ihre Hände. „Terry, du kannst aufatmen. Dein Resultat ist 730!"

Jetzt lächelte er von einem Ohr zum anderen. Terry musste sich erst von ihrem Schreck erholen, bevor sie verstand, was ihr Vater da sagte. 730! Sie hatte 730 Punkte bekommen! Alles war noch mal gut gegangen.

Mr Phillips zog sie aus dem Sessel. Ihre Bücher fielen zu Boden, aber er nahm keine Notiz davon. Dann drehte er sie wie einen Kreisel durchs Zimmer.

„Princeton aufgepasst, hier kommt meine Tochter!“, rief er voller Freude.

Terry fing an zu lachen. Sie hatte ihren Vater selten so glücklich erlebt.

Schließlich hörte er auf, sie so herumzuwirbeln, und sagte: „So, jetzt geh schnell nach oben und bring deiner Mutter die gute Nachricht. Ich muss noch eben eine Besorgung machen. Bin gleich wieder zurück!“

Damit eilte er hinaus. Terry stand benommen mitten im Raum.

Kurz darauf kam ihre Mutter die Treppe herunter und trat ein. „Terry?“, fragte sie. „War das Vaters Wagen, den ich gerade gehört habe?“

Terry nickte. „Er sagte, er müsste schnell was besorgen.“

„Das finde ich aber komisch“, wunderte sich Mrs Phillips. Jetzt richtete sie ihren Blick erstaunt auf ihre Tochter. „Und was machst du hier? Wieso stehst du hier mitten im Raum und machst so ein merkwürdiges Gesicht? Ist was passiert?“

„Nun ja, wie man's nimmt. Papa hat die Prüfungskommission angerufen und nach meinem Matheresultat gefragt.“

„Und?“

„730 Punkte.“

Mrs Phillips kam auf Terry zu und umarmte sie. „Das ist ja wunderbar, Liebes! Dein Vater ist bestimmt überglücklich. Sag selbst, ist das nicht fabelhaft?“

„Ja, toll.“

„Terry, das müssen wir feiern! Aber was machst du für ein Gesicht, freust du dich denn gar nicht?“

Terry gab ihrer Mutter einen Kuss und sagte: „Ich hab’s einfach noch nicht richtig begriffen, das ist alles. Ich kann gar nicht glauben, dass es wahr ist.“

„Aber es *ist* wahr! Das ist wirklich fantastisch!“ Sie ließ Terry los und stöberte in ihrem Portemonnaie herum.

„Schade, dass ich nicht mit euch feiern kann“, entschuldigte sie sich. „Aber ich muss noch die Blumengestecke für den Frühlingstanz kaufen gehen.“ Sie gab Terry einen Kuss und fügte hinzu: „Wir sehen uns zum Abendessen, Liebes.“

Mit diesen Worten verließ Mrs Phillips das Haus. Terry wanderte durch den Flur und wusste nicht recht, was sie jetzt anfangen sollte. Sie setzte sich auf die unterste Treppenstufe.

„Es hat funktioniert“, dachte sie noch immer verwirrt. „Der Plan hat wirklich funktioniert. Ich habe erreicht, was ich wollte. Nichts Schlimmes ist passiert.

Aber warum freue ich mich dann nicht?“

Sie wusste nicht, wie lange sie so dagesessen hatte, als sie den Mercedes ihres Vaters heranfahren hörte. Kurz darauf erschien er mit überglücklicher Miene.

In der Hand hielt er ein kleines Päckchen, eingewickelt in hübsches blaues Papier und mit einem schmalen weißen Band verziert.

Er reichte Terry, die immer noch auf der Treppe saß, das Päckchen entgegen. Sie schaute ihn erstaunt an.

„Das ist für dich, Terry“, sagte ihr Vater. „Als Anerkennung für die Früchte deiner harten Arbeit.“

Er küsste sie auf die Stirn. „Ich bin ja so stolz auf dich.“

Terry öffnete das Päckchen und fand ein Paar funkelnde Diamantohrringe darin.

Sie versank fast im Erdboden. Wie schön die waren! Einfach umwerfend! Dabei wusste sie ganz genau, dass sie sie nicht verdient hatte. Was hatte sie bloß angerichtet! Und dafür bekam sie jetzt auch noch diese wunderschönen Ohrringe!

Betrug. Betrug.

Das Wort ging ihr nicht aus dem Kopf.

Sie versuchte, ihrem Vater offen entgegenzulächeln und ihre Schuldgefühle zu verbergen. „Papa“, sagte sie. „Die sind wunderschön. Aber das wäre doch nicht nötig gewesen.“

„Steck sie dir mal an, Terry“, sagte ihr Vater. „Ich möchte sehen, wie sie dir stehen.“

Terry steckte sich gehorsam die Ohrringe an. Ihr Vater strahlte übers ganze Gesicht und küsste sie erneut.

„Brillante Diamanten für ein brillantes Mädchen. So, jetzt muss ich mich aber wieder an die Arbeit machen. Wir sehen uns dann zum Abendessen.“

Immer noch freudestrahlend kehrte er in sein Arbeitszimmer zurück und schloss die Tür hinter sich.

Terry stand auf und ging nach oben in ihr Zimmer. Sie stellte sich vor die Frisierkommode und starrte in den Spiegel. Die Diamantohrringe blitzten sie feindselig an. Sie zuckte zusammen.

Die Worte ihres Vaters hallten in ihrem Kopf wider. „Brillante Diamanten für ein brillantes Mädchen.“

„Ich bin kein brillantes Mädchen!“, dachte sie. „Ich bin eine Betrügerin!

Aber das darf Papa niemals erfahren.“

Als Terry am nächsten Tag nach der Schule mit Dan zusammentraf, wusste sie, dass sie nicht darum herumkam, mit ihm zu sprechen. Sie musste ihre Verabredung für Freitagabend absagen, aber ihr graute davor. Schlimmer noch, sie hatte keine Ahnung, womit sie das begründen sollte. Den ganzen Tag war sie Dan aus diesem Grund schon aus dem Weg gegangen. Jetzt hatte er sie doch abgefangen.

„Hast du Lust, mit zum Einkaufszentrum zu kommen?", fragte er sie. „Nur mal so zum Bummeln."

„Klar", sagte Terry. Da konnte sie sich wenigstens ablenken. „Gehen wir."

Sie schlenderten an den Geschäften im zweiten Stock des Einkaufszentrums entlang und schauten sich, an ihrer Cola nippend, die Auslagen an.

„Da fällt mir ein, hast du was von deinem Mathetest gehört?", fragte Dan.

Terry nickte. „Mein Vater hat sich schon danach erkundigt."

„Und? Wie ist er ausgefallen?"

Sie versuchte, ein Lächeln aufzusetzen. „Prima – 730 Punkte."

„Prima?", rief Dan erfreut. „Das ist fantastisch! Echt super, Terry. Ich weiß, wie wichtig das für dich war. Und für deinen Vater natürlich auch."

„Ja. Sieh mal, was mein Vater mir zur Belohnung geschenkt hat." Sie steckte sich das Haar hinters rechte Ohr, um ihm den Diamantohrring zu zeigen.

Dan pfiff durch die Zähne. „Mannomann! Der muss ja ganz aus dem Häuschen gewesen sein vor Stolz!"

Terry lachte zustimmend.

„Siehst du“, sagte Dan weiter. „Da hast du mich ja doch nicht für den Test gebraucht. Du hast es wunderbar allein geschafft.“

Terry lächelte schwach.

Dan blieb vor einem Juweliergeschäft stehen. Im Schaufenster lagen goldene Ringe, Armreife und Halsketten auf schwarzem Samt ausgebreitet. Er stand eine Weile davor, die Hände in den Taschen, und bewunderte die Schmuckstücke.

Terry wurde unruhig. Schmuck anstarren war jetzt so ziemlich das Letzte, wonach ihr zumute war.

Dan ließ sich nicht beirren und zeigte auf eine ganze Reihe von Halsketten. „Wenn du dir eine von diesen Ketten aussuchen dürftest, für welche würdest du dich entscheiden?“

Terry seufzte. Sie hatte jetzt nicht die geringste Lust zu diesem Spiel. Aber ihm zuliebe zeigte sie auf ein goldenes Medaillon in der Mitte des Schaufensters.

„Das da“, sagte sie rasch und ging weiter.

Er folgte ihr. „Weißt du was“, sagte er. „Das sollten wir morgen Abend feiern. Lass uns mal was ganz Besonderes machen!“

Terry schaute ihn mit gequältem Gesichtsausdruck an. „So“, dachte sie, „jetzt kommt's.“

„Ach, Dan“, sagte sie. „Das hab ich ja ganz vergessen. Wir waren ja für morgen Abend verabredet!“

Ihn anzulügen war ihr zuwider. Aber es musste sein, dieses eine Mal noch.

„Was soll das heißen, du hast es vergessen! Es war doch abgemacht, dass wir uns morgen treffen!“

„Dan, es tut mir leid. Ich weiß, ich hab dir versprochen, morgen mit dir auszugehen, aber mein Vater möchte mit mir und meiner Mutter feiern und hat uns zum Essen eingeladen. Morgen ist der einzige Tag, an dem es ihm möglich ist. Er hat sonst so viel zu tun mit diesem Prozess und allem …"

Sie blickte ihn zögernd an, um zu sehen, wie er darauf reagierte. Er runzelte die Stirn und sagte nichts.

„Dan, bitte versteh doch. Ich weiß ja, dass ich unsere Verabredung letztes Wochenende schon abblasen musste, aber das ist jetzt das letzte Mal, das versprech ich dir. Wir können ja am Samstagabend ausgehen, wenn du willst …"

„Das geht nicht. Da kommen meine Großeltern zu Besuch."

„Ach so." Terry heftete ihren Blick auf den rostfarbigen Fliesenboden. „Und wie steht es tagsüber? Wir könnten uns doch im Club treffen."

„Okay. Dann spielen wir am Samstag eben Tennis", willigte er missmutig ein.

Terry fühlte sich abscheulich. „Es tut mir wirklich leid, Dan", sagte sie noch einmal. Sie konnte gar nicht aufhören, sich zu entschuldigen.

„Schon gut, Terry. Ich versteh das schon. Ist schon okay."

Aber den Rest des Nachmittags verhielt er sich ziemlich abweisend. Terry fürchtete, dass es eben *doch* nicht okay war.

Am Freitagabend traf sie sich mit Adam an derselben Ecke wie beim ersten Mal. Wieder kam sie in Jeans. Er holte sie mit seinem Mustang ab, und sie gingen zusammen ins Kino.

Sie schauten sich einen Horrorfilm an, der allerdings eher albern als unheimlich war. Die blutrünstigen Szenen wirkten alles andere als echt. Als es dunkel wurde im Saal, legte Adam seinen Arm um Terrys Schulter. Sie hinderte ihn nicht daran.

Nach dem Kino stiegen sie ins Auto, und Adam fuhr los, ohne zu sagen wohin.

Terry war davon ausgegangen, dass er sie nach Hause bringen wollte. Doch bald merkte sie, dass sie nicht in Richtung North Hills fuhren.

„Wohin fahren wir?“, fragte sie.

„Wirst du schon sehen“, war Adams Antwort.

Er bog in die Fear Street ein. Terry erinnerte sich, dass Adam hier wohnte.

Sie starrte aus dem Fenster auf die dunklen Bäume am Straßenrand. Heruntergekommene viktorianische Villen umsäumten ein paar kleinere Häuser aus neuerer Zeit, die aber eher aussahen wie schäbige Hütten. Adam fuhr die Zufahrt neben einem dieser Häuser hinauf.

Es war ein einstöckiges Haus mit einer verwahrlosten Veranda davor. Bis auf das gelbe Licht einer Glühbirne am Seiteneingang war alles dunkel.

„So, hier sind wir. Das ist mein Palast“, sagte Adam mit sarkastischem Unterton.

Er hielt an, zog den Zündschlüssel ab und stieg aus dem Auto.

Terry machte keine Anstalten, ihm zu folgen. Offenbar war niemand zu Hause, und ihr war nicht ganz wohl bei dem Gedanken, mit Adam ganz allein zu sein.

Auf der anderen Seite war sie aber auch neugierig zu sehen, wie es drinnen aussah. Und sein Kuss ging ihr nicht aus dem Kopf – der Kuss, den er ihr vor einer Woche gegeben hatte.

Ob er sie wieder küssen würde?

Einerseits hatte sie Angst davor – andererseits sehnte sie sich danach.

Er schloss die Autotür und ging aufs Haus zu, ohne sich umzusehen. Er schien zu wissen, dass sie ihm folgen würde. Und er behielt recht.

Adam öffnete eine Seitentür und machte das Licht an. Terry fand sich in einer ordentlich aufgeräumten Küche wieder.

„Wir haben das ganze Haus für uns", erklärte Adam. „Meine Mutter arbeitet nachts."

Er holte ein paar Dosen Soda aus dem Kühlschrank und ging mit Terry ins Wohnzimmer. Dort knipste er eine Lampe an und setzte sich neben sie aufs Sofa.

Das Wohnzimmer war ebenfalls aufgeräumt, aber schäbig. Die Möbel – ein abgenutztes Sofa, ein Flickenteppich, ein paar ramponierte Holzstühle und ein Couchtisch voller Tassenränder – erinnerten Terry lebhaft an die Einrichtung einer Berghütte, die ihre Eltern einmal gemietet und über die sie sich lustig gemacht hatte.

„So", sagte Adam und öffnete zischend seine Sodadose. „Hast du das Testergebnis schon?"

„Ja, es war sehr gut – 730 Punkte. Danke, dass du dich so angestrengt hast, Adam."

„Schon gut." Er nahm einen Schluck, dann stellte er seine Dose ab und wandte sich ihr zu. Er berührte ihr Haar, dann ihr Ohrläppchen.

„Hübsche Ohrringe hast du da", sagte er. „Sind die neu?"

Terry deckte hastig mit beiden Händen die Ohrringe zu. Verflixt! Sie hatte sich doch vorgenommen, sie vor dem Treffen abzunehmen, aber dann hatte sie es wohl vergessen. Es war ihr peinlich, in so einem armseligen Haus so extravaganten Schmuck zu tragen.

„Mein Vater hat sie mir geschenkt", sagte sie und errötete.

„Nachdem er das Testergebnis gehört hat, stimmt's?"

Er fingerte an ihrem Ohrläppchen herum und sah zu, wie der Diamant im Licht funkelte. Er schien ihn zu faszinieren.

Terry zog den Kopf zurück. „Lass uns nicht mehr von dem Test reden", sagte sie. „Das ist jetzt vorbei."

„Na gut. Dann werde ich das Thema wechseln. Lass uns über deine Freundin Jill reden."

„Wieso denn das?"

„Die ist cool. Du kennst doch meinen Freund Ray Owens? Der steht auf sie."

„Na und?" Ray Owens, das war der mit den fünf Tätowierungen und den drei Ohrringen. Ganz im Gegensatz zu Adam war er nicht gerade klug. Terry fand, dass die beiden überhaupt nicht zueinander passten.

„Ich möchte, dass du die zwei zusammenbringst. Wir gehen zu viert aus – du, ich, Ray und Jill. Morgen Abend."

Terry blieb der Mund offen stehen. Nicht genug damit, dass er auf einem zweiten Treffen mit ihr bestanden hatte, nun hatte er auch noch vor, Jill mit hineinzuziehen.

Jill würde da sowieso nie mitmachen. Und wie sollte Terry ihr das auch erklären?

Dennoch wollte Terry mit ihrer Antwort lieber vorsichtig sein. Diplomatisch.

„Jill hat aber schon einen Freund. Sie hat kein Interesse, mit anderen auszugehen."

„Das spielt keine Rolle", sagte Adam. „Ray ist mein

Freund. Er will mit Jill ausgehen. Und du wirst das regeln. Ist doch kein Problem, oder?“

Sie wollte protestieren, aber er hinderte sie daran, indem er ihr einen Kuss aufdrückte.

Sie schmolz dahin. Es war ein wunderbarer Kuss. Aber dann fing er an, sie niederzudrücken. Sie versuchte aufzustehen, aber er ließ sie nicht los. Sein raues Kinn streifte ihre Wange.

„Hör auf!“, schrie sie. „Hör sofort auf!“ Sie sprang auf und wich zurück.

Er folgte ihr grinsend und drückte sie gegen die Wand.

6

Terry wehrte sich und versuchte, ihm zu entwischen und zu Atem zu kommen. Aber er drückte sie mit aller Gewalt gegen die Wand. Sie versetzte ihm einen harten Stoß gegen die Brust.

Doch er grinste sie nur hochmütig an. Sie war festgenagelt. Er hatte die Situation unter Kontrolle. Das wussten sie beide.

Dann ließ er sie plötzlich los.

Sie lief schnell zur Seite und glättete ihr T-Shirt. „Halt! Hör zu, Adam!“, rief sie wütend. „Du hast den Test für mich gemacht. Und das weiß ich zu schätzen. Aber wir haben ausgemacht, dass ich ein einziges Mal mit dir ausgehe. Das hier ist jetzt schon die zweite Verabredung. Ich habe einen Freund, und ich habe schon mehr für dich getan als vereinbart. Jetzt lass mich gefälligst in Ruhe.“

Adams Augen funkelten vor Zorn. Er fing an, im Zimmer auf und ab zu marschieren.

Terry bekam plötzlich Angst. Sein Blick war eiskalt vor Wut. Er schien zu allem fähig zu sein.

„Wo liegt dein Problem, Terry?“, fragte er und grinste sie höhnisch an. „Du hast doch auch deinen Spaß dabei!“

Sie hatte jetzt richtig Angst vor ihm, Angst davor, etwas zu tun, was womöglich das Fass zum Überlaufen brachte.

„Hör zu“, sagte sie. „Angenommen, ich regle das mit der Doppelpartie, lässt du mich dann in Ruhe?“

Sie konnte richtig zusehen, wie der Zorn plötzlich aus seinem Blick wich. Es hatte gewirkt. Er gab sich wieder so cool wie sonst.

„Es ist einen Versuch wert, Terry. Du wirst schon sehen.“

Terry stand einen Augenblick wortlos da. Was sollte sie jetzt machen?

„Also“, sagte er. „Dann ruf Jill an, jetzt gleich.“

Er zeigte auf das Telefontischchen im Flur neben der Küche.

Terry ging zaghaft zum Telefon hinüber und nahm den Hörer ab. Mit einem flüchtigen Blick auf Adam wählte sie Jills Nummer.

„Bitte sei nicht zu Hause, Jill“, dachte Terry inständig, „bitte!“ Wenn Jill nicht zu Hause wäre, dann würde Adam vielleicht von seinem Vorhaben ablassen.

Doch Jill ging ans Telefon.

„Hallo, Jill. Ich bin’s.“

„Ach, hallo, Terry. Ist was passiert?“

„Passiert? Wie kommst du denn darauf?“

„Na ja, es ist schon ziemlich spät für einen Anruf.“

Terry hatte keine Ahnung, wie spät es war. Sie sah auf die Uhr. Es war schon nach elf.

„Entschuldige, Jill. Ich hab nicht gewusst, dass es schon so spät ist. Vielleicht sollte ich dich besser morgen noch mal anrufen.“

Terry warf einen Blick zu Adam hinüber. Er saß auf der Armlehne des Sofas und ließ sie nicht aus den Augen. Bei ihren letzten Worten schüttelte er entschieden den Kopf.

„Nein, nein, ist schon in Ordnung. Gary und ich hängen sowieso nur rum“, sagte Jill. „Was gibt’s?“

„Hör zu, Jill“, fing Terry wieder an und versuchte, fröhlich zu klingen. „Adam Messner lässt fragen, ob wir beide morgen Abend Lust hätten auszugehen.“

„Du meinst, du mit Adam und ich mit Gary?“

„Äh, nein, nicht mit Gary. Mit Ray Owens.“

„Was?“

„Das wäre doch lustig, meinst du nicht?“ Terry tat, als meinte sie es ernst.

„Bleib mal dran, Terry.“ Sie hörte, wie Jill den Hörer weglegte und Gary bat, sie nach oben zu verbinden. Oben ging Jill wieder an den Apparat.

„Terry, was soll das?“, fragte sie mit gedämpfter Stimme. „Wieso Adam und Ray? Was ist mit Dan? Und mit Gary?“

Terry wickelte sich nervös die Telefonschnur um den Finger. Sie saß in der Klemme. Sie wollte nichts sagen, was Jills Argwohn erwecken könnte. Aber sie durfte auch nichts sagen, was womöglich Adams Zorn wieder heraufbeschwor.

„Es ist doch nur eine Verabredung, Jill. Es ist ja nicht so, als würden wir gleich mit den Jungs durchbrennen wollen.“

„Ich kann dir nicht ganz folgen, Terry. Was bezweckst du denn damit?“

„Och, nur so zum Spaß, dachte ich“, sagte Terry betont fröhlich. Sie ließ von der Telefonschnur ab und spielte dafür an dem Schubladengriff des Telefontischchens herum.

„Zum Spaß? Was soll denn daran spaßig sein, mit solchen Nieten auszugehen?“

„Sag das nicht, Jill. Ich meine, du kennst sie doch kaum. Du bist nur voreingenommen.“

„Bin ich nicht. Ich bin ein äußerst aufgeschlossener Mensch."

„Na komm schon, Jill, wenn du so aufgeschlossen bist, dann gib dir einen Ruck. Mir zuliebe!"

Jill seufzte. „Also gut, Terry. Da ich zufällig morgen Abend nichts vorhabe, werde ich also mit dir und Adam und Ray ausgehen. Aber eins sag ich dir, es gibt nur einen Grund, warum ich das mache: Ich will herausfinden, was zwischen dir und Adam eigentlich abläuft."

Adam kam von hinten auf Terry zu. Sie drehte sich zu ihm um und grinste ihn verlegen an. „Super, Jill, ich freue mich auch. Also bis morgen Abend."

Sie legte auf, während sie immer noch an dem Griff herumfummelte. Dabei ging die Schublade auf.

Adam stand dicht hinter ihr und spähte ihr über die Schulter.

Da lag etwas zwischen Papier, Bleistiften und Klebestreifen. Etwas Schwarzes, Glänzendes.

Eine Pistole!

Adam griff um sie herum und holte die Pistole heraus. Starr vor Schreck sah sie ihn an.

„Gefällt sie dir?", fragte er.

Terry fing an zu zittern. Sie war ihm ausgeliefert, niemand war in ihrer Nähe, nur Adam mit der Pistole in der Hand.

„Ist das deine?", fragte sie.

Er nickte. „Man kann nie wissen, ob man nicht mal eine Pistole braucht, Terry. Vielleicht kommst du selbst mal in die Verlegenheit. Willst du sie mal halten?"

Er drückte ihr die Mündung in den Bauch.

Sie erschrak und schob die Pistole weg. „Willst du mich bedrohen?"

„Dazu brauche ich keine Pistole, Terry“, sagte er mit selbstgefälligem Grinsen.

Zitternd rannte sie in die Küche.

Adam hielt sie nicht auf. Aber sein Lachen folgte ihr, laut und grausam.

Ein paar Sekunden später war sie draußen und rannte, so schnell sie konnte, die Straße hinunter. Egal wohin, Hauptsache weg.

Fear Street – Straße des Schreckens. Fahles gelbes Licht fiel auf den Straßennamen. Terry rannte daran vorbei, das Herz klopfte ihr bis zum Hals.

Nichts wie weg, nichts wie weg hier!

Ein Autobus kam an den Bordstein herangefahren. Sie sprang hinein. Die Türen schlossen sich mit einem Pfeifen, und der Bus fuhr ab.

Keuchend stolperte sie auf einen der hinteren Plätze zu. Sie drückte das Gesicht gegen das Fenster, um nach Adam Ausschau zu halten.

Er war ihr nicht gefolgt, Gott sei Dank.

Es war spät, und der Bus hielt nur an wenigen Haltestellen. Die einzigen Fahrgäste außer ihr waren zwei alte Männer und eine Frau mit einem geblümten Kleid.

Der Bus schlängelte sich durch Shadyside auf North Hills zu. Terry sah die Stadt an sich vorüberziehen und versuchte, sich zu beruhigen. Die Straßenlaternen warfen gelbe, leere Lichtkegel auf den Asphalt, die sich verdunkelten, wenn der Bus an ihnen vorüberfuhr.

Dann ging es die Parkstraße hinauf. Terry stieg aus. Nur noch ein paar Blocks, dann war sie zu Hause.

Dunkel, still und leer lag die Straße vor ihr. Leer, bis auf ein Auto, das sich langsam von hinten näherte.

Zuerst hörte sie nur das Brummen des Motors. Dann erhellten die Scheinwerfer den Gehsteig.

Sie ging langsamer, um das Auto vorbeizulassen. Aber es fuhr nicht vorbei. Es fuhr ganz langsam, nur wenige Meter hinter ihr, als ob es sie verfolgte.

Terry wandte sich um. Die Scheinwerfer blendeten sie.

Sie konnte nichts erkennen, auch nicht, als sie ihre Augen mit der Hand abschirmte.

Sie drehte sich um und ging schnell weiter.

Das Auto blieb in gleichmäßigem Abstand hinter ihr.

„Was geht hier vor?“, fragte sie sich voller Angst. „Ist das Adam?“

Sie versuchte, den Fahrer zu erkennen, aber die Scheinwerfer waren zu grell.

Sie fing an zu rennen. Was soll das? Warum macht er das? Sie rannte noch schneller. Das Auto beschleunigte ebenfalls.

Es blieb dicht hinter ihr, und die Scheinwerfer waren direkt auf sie gerichtet.

7

Terry kramte hektisch nach ihrem Schlüsselbund, dann stürzte sie ins Haus. Endlich in Sicherheit! Sie knallte die Tür hinter sich zu und lehnte sich keuchend dagegen.

Nach einer Weile brachte sie den Mut auf, durch das Flurfenster zu spähen.

War das Auto noch da?

Tatsächlich. Es stand vor dem Haus, die Scheinwerfer waren noch an.

Wer ist das bloß? Sie konnte die Automarke nicht erkennen.

Terry spähte weiter aus dem Fenster. Ihr war eiskalt.

Was wollen die von mir? Warum werde ich verfolgt?

Einen Augenblick später drehte das Auto mit quietschenden Reifen ab.

Terry lief hinauf in ihr Zimmer. Sie zitterte am ganzen Körper. Ihre Eltern waren schon zu Bett gegangen.

Normalerweise machte Terry abends das Flurlicht aus. Aber jetzt wollte sie es lieber brennen lassen. Sie fühlte sich so ein wenig sicherer.

Wer war das bloß in dem Auto? „Es muss Adam gewesen sein“, sagte sie sich. „Der Bus war so viele Umwege bis nach North Hills gefahren, da konnte Adam sie leicht eingeholt haben.“

Da fiel ihr ein, was passiert war, als sie von dem ersten Treffen mit Adam nach Hause gekommen war: Sheila hatte ihr aufgelauert.

Sollte Sheila in dem Auto gesessen haben?

Terry zog sich aus und schlüpfte, immer noch zitternd,

ins Bett. Wenn sie wenigstens die Automarke erkannt hätte. „Es könnte ein Mustang gewesen sein“, dachte sie. „Ja, Adams Mustang könnte es gewesen sein.

Wenn ich es bloß wüsste …“

Am nächsten Tag ging sie um elf in den Club, um sich dort mit Dan zu treffen. Zuerst zog sie im Umkleideraum ihre Tennissachen an. Als sie herauskam, sah sie Dan schon in der Snackbar sitzen und auf sie warten.

Er saß an einem der großen weißen Korbtische, auf denen Zeitschriften und Kataloge für Sportbedarf herumlagen. Sie wunderte sich, dass er sich noch nicht umgezogen hatte – er saß da in Jeans und einem dunkelblauen Hemd.

Sie ging zu ihm hinüber und gab ihm einen Begrüßungskuss. Aber er lächelte sie nicht an wie sonst und erwiderte auch nicht ihren Kuss.

Sie setzte sich ihm gegenüber an den Tisch. „Wieso hast du dich nicht umgezogen?“

Er ging nicht auf ihre Frage ein. „Was ist los, Terry?“, fragte er leise. „Willst du mich loswerden?“

Terry erschrak. Wie kam er denn darauf?

„Loswerden?“, fragte sie. „Nein, natürlich nicht. Wieso fragst du mich so was?“

Er beantwortete die Frage nicht direkt. Stattdessen wollte er wissen: „Wo warst du gestern Abend?“

Ihr Magen verkrampfte sich. Was wusste er? „Ich bin mit meinen Eltern ausgegangen“, log sie. „Das habe ich dir doch gesagt.“

„Ich habe aber gehört, dass du mit Adam Messner im Kino warst.“

Sie tat empört. „Das ist doch lächerlich! Wer hat dir denn das erzählt?"

„Ryan Dalton hat gesagt, er hätte euch dort gesehen. Ihr seid in einem Horrorfilm gewesen. Er saß drei Reihen hinter euch."

„Dann hat er sich geirrt. Ich bin gestern nicht im Kino gewesen. Ich war mit meinen Eltern essen. Ich schwör's dir!"

Dan schaute sie nur an.

„Er muss mich verwechselt haben", sagte Terry. „Ryan kennt mich doch noch nicht mal. Und außerdem, Dan, wie sollte *ich* auf die Schnapsidee kommen, mit Adam Messner auszugehen?"

Sie ging zu ihm hin und legte die Arme um seinen Hals, damit er ihr glaubte. Aber er blieb weiterhin abweisend und erwiderte die Umarmung nicht.

„Das darf doch wohl nicht wahr sein!", dachte sie. „Wieso musste dieser Ryan Dalton auch gestern ins Kino gehen?"

Sie drückte Dan fester an sich. Schließlich entspannten sich seine Gesichtszüge ein wenig.

„Er will mir glauben", dachte sie hoffnungsvoll. „Ich muss ihn nur ablenken und das Thema wechseln."

Sie langte nach einem dicken Katalog mit Schiffen und fing an, die glänzenden Seiten durchzublättern.

„Hey, Dan", sagte sie in fröhlichem Ton, „wenn du dir eines dieser Segelboote aussuchen könntest, welches würdest du nehmen?"

Sie reichte ihm den Katalog und lächelte ihn an.

Er lächelte schwach zurück.

„Zum Glück, es klappt", dachte sie. „Ich habe ihn davon überzeugt, dass alles in Ordnung ist. Bei unserem alten Spiel bekommt er bestimmt das Gefühl, dass alles so ist wie früher."

Er zeigte auf eine elegante Schaluppe aus Holz.

„Vielleicht können wir ja später mal eine Kreuzfahrt zusammen machen", sagte Terry. „Wir kaufen uns ein Boot wie dieses und segeln damit von Insel zu Insel, nur wir beide."

„Irgendwann, vielleicht", sagte Dan.

„Jetzt komm, und lass uns Tennis spielen", versuchte Terry ihn aufzuheitern. „Zieh dich um, ich warte auf dem Tennisplatz auf dich."

Dan ging in den Umkleideraum. Terry nahm ihren Tennisschläger und ging zum Platz hinunter, um schon mal den Aufschlag zu üben.

Als Dan kam, spielten sie ein leichtes Match zusammen. Terry gewann den Eindruck, dass wirklich wieder alles in Ordnung war zwischen ihnen. Als sie sich vor den Umkleideräumen trennten, gab er ihr einen Kuss und lächelte sie an.

„Viel Spaß mit deinen Großeltern heute Abend!", rief sie ihm noch nach.

Er rollte mit den Augen und winkte ihr zum Abschied.

Der Umkleideraum für Damen war leer. Terry schloss ihren Spind auf und nahm ihre Tennistasche heraus.

Sie hörte, wie jemand hereinkam und mit schnellen Schritten auf sie zuging. Sie sah auf. Es war Jill.

„Hallo", sagte Terry lächelnd.

„Hallo", sagte Jill, aber sie lächelte nicht. „Gut, dass ich dich hier treffe. Ich wollte noch mit dir sprechen, bevor wir uns heute Abend sehen."

Terry unterdrückte ein Seufzen. Ach ja, die Verabredung. Sie freute sich nicht gerade darauf – schon gar nicht nach dem Schreck gestern Abend und nach Dans Anschuldigung vorhin. Es war ihr zuwider, dass Jill jetzt in diese Sache hineingezogen wurde.

Aber was sollte sie tun?

Je näher sie Adam kennenlernte, desto rücksichtsloser kam er ihr vor. Sie wusste, dass er ihrem Vater von dem Betrug mit dem Mathetest erzählen würde, wenn sie nicht tat, was er von ihr verlangte. Sie musste Adam unbedingt davon abhalten, ein einziges Wort zu sagen. Koste es, was es wolle.

„Na, komm schon, Terry“, drängte Jill. „Sag mir den wahren Grund, warum wir diese Viererverabredung heute Abend veranstalten.“

„Hör zu, Jill“, sagte Terry mit unterdrückter Stimme. „Du musst mir versprechen, niemandem etwas davon zu verraten – Dan schon gar nicht. Das ist keine große Sache, und ich will nicht, dass Dan einen falschen Eindruck bekommt.“

„Einen falschen Eindruck! Du gehst immerhin mit einem anderen Typ aus! Was gibt es da misszuverstehen?“

„Jill, das kann ich dir jetzt nicht erklären. Aber dieses Treffen heute Abend hat seinen guten Grund, jedenfalls nicht den, dass ich auf Adam scharf wäre oder so was. Bitte, stell mir jetzt keine Fragen mehr. Wir gehen zusammen aus und Schluss. Okay?“

Jill runzelte verwirrt die Stirn, aber sie ließ es dabei bewenden. Sie schnappte sich ein Handtuch und trottete in den Duschraum.

Terry seufzte. Langsam wurden die Dinge immer komplizierter. „Wenn erst mal der heutige Abend vorbei ist, vielleicht glätten sich die Wogen dann“, dachte sie hoffnungsvoll.

Sie griff in ihre Tennistasche, um die Haarbürste herauszuholen.

Und erstarrte.

Was war das – sie spürte etwas Warmes, Klebriges. Sie zog die Hand aus der Tasche heraus.

Und schrie auf.

Ihre Hand war voll Blut!

8

„Igitt!“, rief Terry entsetzt aus und starrte ihre blutige Hand an.

Was war das denn?

Schließlich wagte sie einen Blick in die Tennistasche.

Sie konnte nichts sehen.

Sie schob ihre Hand noch einmal in die Tasche. Wieder war da dieses eklig klebrige, warme Ding. Sie schauderte.

Dann zog sie etwas Großes, Schleimiges, Blutiges heraus.

Ein Herz!

Etwa das Herz von einem Menschen?

Nein. Dafür war es zu groß.

Sie ließ es entsetzt fallen und würgte, als es laut *platsch!* machte. Sie schloss angewidert die Augen.

„Es ist das Herz von einem Tier“, dachte Terry und ihr wurde ganz übel bei dem Gedanken. Von einer Kuh vielleicht oder von einem anderen großen Tier.

Als sie widerstrebend zu Boden schaute, fiel ihr ein Zettel auf, der mittels einer Stecknadel in dem Herz steckte.

Sie beugte sich schnell hinab und riss den Zettel mit einem Ruck ab.

Auf dem Papier stand mit Blut geschrieben: „Pass auf, sonst brichst du deinem Vater das Herz!“

Sie warf den Zettel ruckartig von sich.

Adam! Wie konnte er so grausam sein!

Terry zitterte am ganzen Körper vor Ekel.

Jill kam aus dem Duschraum herausgestürzt, das Haar voller Schaum, und wickelte sich schnell ein Handtuch um. „Was ist los? Warum hast du geschrien?"

Sie erblickte Terrys blutverschmierte Hand und erschrak. Sie lief zu ihr hin, um ihr zu helfen. Terry stieß das Herz schnell mit dem Fuß unter eine Bank, damit Jill es nicht sah.

„Terry, was ist los?"

Terry zitterte immer noch und versuchte vergeblich, sich nichts anmerken zu lassen. „Es … es ist nichts, wirklich nichts", stotterte sie. „Ich meine, es sieht viel schlimmer aus, als es ist. Ich … ich habe mir in die Hand geschnitten. An meinem Rasierapparat. Ich griff in die Tasche, um ihn herauszuholen. Er muss aus dem Etui gefallen sein. Jedenfalls habe ich mir damit den Finger aufgeschlitzt …"

„Du lieber Himmel!", rief Jill aus. „Zeig mal her."

Terry wich ihr aus. „Nein, nein … es ist nicht schlimm."

Sie ging zum Waschbecken und wusch sich die Hände. „Ich lass einfach ein bisschen Wasser darüberlaufen und tu mir dann ein Pflaster drauf, und schon ist die Sache erledigt."

„Aber dass es gleich dermaßen blutet!", wunderte sich Jill.

„Wirklich, es ist nicht so schlimm, wie es aussieht. Geh du lieber wieder unter die Dusche, und wasch dir den Schaum aus den Haaren."

Jill stand in einer Schaumpfütze und starrte ihre Freundin mit offenem Mund an.

„Na geh schon, Jill. Es ist nur ein kleiner Schnitt, wirklich nicht schlimm."

„Also gut, wenn du wirklich meinst, dass alles in Ordnung ist …"
„Jaja, ich schwör's."
Jill eilte zurück in den Duschraum. Terry trocknete sich die Hände ab und zog sich an.
„Wie kann Adam nur so gemein sein!", dachte sie wütend. „Und wie hat er dieses Ding in meine Tasche geschmuggelt?"
Ein anderer Gedanke tauchte auf, aber Terry versuchte, ihn zu verdrängen.
Umsonst. Er kreiste unaufhaltsam und fast höhnisch in ihrem Kopf:
„Wie kannst du Adam heute Abend überhaupt treffen, nach allem, was passiert ist? Nach allem, was er dir angetan hat – das mit der Pistole und dass er dich im Auto verfolgt hat und jetzt dieser makabre Scherz … Wie kannst du mit ihm ausgehen und diesen schrecklichen Ray auf deine beste Freundin loslassen? Wie kannst du so tun, als würdest du die beiden mögen?"
Sie wusste genau, warum sie das tat. Aber sie wollte nicht daran denken.
Als sie den Club verließ, warf sie ihre Tennistasche mitsamt dem Herz in den Abfalleimer.

Am Abend fuhr Jill zu Terry. Sie nahmen Terrys Auto, um die beiden Jungen zu treffen – vorsichtshalber zu zweit.
Sie fuhren in die Altstadt zu einem Club namens Benny's. Adam hatte Terry erklärt, wie sie dorthin fand.
Terry sah Adams schwarzen Mustang schon vor dem Club stehen. Ray und er waren also schon da. Über ei-

nem Kellerfenster leuchtete der Name Benny's in rotem Neonlicht.

Im Fenster hing ein Handzettel, auf dem die Band angekündigt wurde, die heute Abend spielte. Sie nannte sich *The Grimes*. Terry und Jill konnten das dumpfe Dröhnen von Trommeln vom Keller herauf hören.

Die beiden Mädchen sahen sich etwas unsicher an. Dann stiegen sie die Treppe zum Club hinunter.

Benny's war eine heruntergekommene Spelunke mit kahlem Zementboden, Wänden, von denen der Putz bröckelte, und schummriger Beleuchtung.

Vorne standen Stühle und verkratzte, vollgekritzelte Holztische wild durcheinander. In der Mitte des lang gestreckten Raumes gab es einen Billardtisch und an der Wand eine Bar. Ganz hinten spielte die Band. Die Bar war mit grünen Papierschlangen und Kobolden geschmückt für das Fest des heiligen Patrick, der irische Feiertag, an dem in vielen Bars immer unheimlich viel los ist.

Terry hielt nach Adam Ausschau. Sie sah nichts als langhaarige Typen in Jeans und T-Shirts. Nur drei Mädchen konnte sie ausfindig machen.

„Ich sehe sie", sagte Jill schließlich. Sie zeigte auf einen runden Tisch, an dem Adam und Ray hockten und zu Terry und Jill herüberstarrten. Anscheinend wollten sie sehen, wie lange es wohl dauern würde, bis die beiden Mädchen sie entdeckten.

Terry setzte ein steifes Lächeln auf, als sie sich zu ihnen an den Tisch setzten.

„Hallo, Adam", sagte sie. „Meine Freundin Jill kennst du ja. Jill, kennst du Ray Owens?"

„Hallo, Ray", sagte Jill höflich.

„Jill, hey, gut siehst du aus!“, sagte Ray. Er trug ein schwarzes T-Shirt mit einem Loch unterm Arm und schmutzige schwarze Jeans. In seinem linken Ohr steckten drei silberne Ohrstecker, einer davon in Form eines Totenkopfs, und an seinem Unterarm waren zwei von seinen fünf Tätowierungen zu sehen: eine blaue Meerjungfrau und ein rotes Herz, auf dem *Harley* stand. „So fettig, wie sein Haar aussieht, hat er es wohl seit Wochen nicht gewaschen“, dachte Terry.

Jill warf Terry ein nervöses Lächeln zu. Terry wusste, was sie damit sagen wollte: In was für eine Sache hast du mich da reingeritten?

Das Getöse hörte plötzlich auf, als die Band eine Pause einlegte. Adam legte seinen Arm auf Terrys Stuhllehne und grinste sie an. Sie verzog keine Miene, aber sie ließ seinen Arm dort, wo er war.

Jetzt zog Ray Jills Stuhl mitsamt Jill zu sich heran. „Na komm schon, nicht so schüchtern“, sagte er und grinste breit.

Jill beugte sich von Ray weg, aber dafür rückte er nur noch näher zu ihr.

Zwei Typen mit Motorradjacken neigten sich über den Tisch. „Hallo Adam, hallo Ray“, sagten sie.

Ray langte über den Tisch und gab dem größeren von den beiden einen Klaps auf die Hand. „Na, Curt, alles klar?“

„Wo habt ihr denn die beiden Miezen aufgegriffen?“, fragte der andere Typ, der Manny hieß. Er musterte die Mädchen und murmelte: „Gar nicht so übel.“

„Die kommen vom feinen North Hills“, sagte Adam. Er kniff Terry in die Schulter und fügte hinzu: „Heute mischen sie sich mal unters gemeine Volk.“

Manny und Curt tauschten wissende Blicke aus. Terry wäre am liebsten unter den Tisch gerutscht.

„Zieht euch doch einen Stuhl ran, und setzt euch", sagte Ray.

„Wir müssen gehen", sagte Curt. „Geht ihr zu Eddie heut' Abend?"

„Kann sein, dass wir nachher mal vorbeischauen", sagte Adam.

„Also bis nachher dann", sagte Curt. „Und bringt die zwei Süßen mit."

Curt und Manny gingen. Die Band fing wieder an zu spielen. Aus den Boxen dröhnte es so laut, dass an Unterhaltung nicht zu denken war. Ray zog Jill am Ärmel und schrie: „Komm tanzen!"

Er zerrte sie bis ans andere Ende des Raums hinter sich her. Jill blickte sich Hilfe suchend nach Terry um.

Terry sah ihnen beim Tanzen zu. Ray hielt die Augen geschlossen, tanzte wie geistesabwesend und stieß dabei hin und wieder mit Jill zusammen. Jill bewegte sich ziemlich halbherzig hin und her. Sie schien sich alles andere als wohlzufühlen.

Adam legte seinen Mund an Terrys Ohr und rief: „Nettes Paar die beiden, was?"

Als der Song zu Ende war, wollte Jill die Tanzfläche verlassen. Doch Ray packte sie am Arm und zerrte sie zurück. Er presste sie fest an sich. Die Musik war laut und schnell, aber Ray ignorierte das und zwang sie, mit ihm langsam zu tanzen.

Jill versuchte krampfhaft, sich ihm zu entwinden. Terry beobachtete die Szene und wurde allmählich unruhig, als Ray ihre Freundin noch fester umklammerte. An ein Entrinnen war nicht zu denken.

Ein paar von den Kerlen auf der Tanzfläche schauten ihm zu und lachten. Keinem fiel es ein, Jill zu helfen.

Auch Adam sah zu und fing an zu lachen.

Terry wurde wütend. Ray benahm sich wie ein Scheusal – und Adam fand das auch noch lustig!

Jill setzte sich mit aller Kraft zur Wehr. Sie versuchte, Ray eine runterzuhauen, aber er hielt ihr die Arme fest.

„Adam!", rief Terry. „Geh jetzt rüber, und sag ihm, er soll aufhören!"

Adam zuckte gleichgültig mit den Schultern. „Was geht mich das an", gab er zurück.

Damit war für ihn die Sache erledigt. Terry konnte nicht mehr unbeteiligt dasitzen und zusehen. Wenn Adam Jill nicht zu Hilfe kam, dann eben sie. Außerdem war es ihre Schuld, dass Jill in diesen Schlamassel geraten war.

Wütend sprang Terry auf und stürmte auf die Tanzfläche. „Lass sie los!", schrie sie Ray an.

Jill fing jetzt an zu weinen. Aber Ray grinste nur. Das machte Terry nur noch zorniger.

Sie versuchte mit aller Gewalt, Rays Arme von Jill zu lösen. Inzwischen hatten alle aufgehört zu tanzen, um das Schauspiel zu beobachten.

Ray ließ nicht locker. Jill kreischte hysterisch. Terry bemühte sich, die beiden auseinanderzubringen, während alles um sie herum lachte. Je mehr sie sich abmühte, desto lauter lachten diese Mistkerle.

Fünf von ihnen bildeten jetzt einen Kreis um Terry, Jill und Ray. Ray ließ Jill schließlich los, doch nun packten die anderen Typen Jill und Terry am Arm.

„Nehmt eure Hände weg!“, schrie Terry.

Sie wehrte sich, so gut sie konnte. Doch immer mehr von diesen Kerlen kamen jetzt heran.

Die Band hörte auf zu spielen. Die Musiker legten ihre Instrumente nieder und schlossen sich dem Handgemenge an. Terry spähte um sich. Außer ihr und Jill war kein einziges Mädchen mehr da.

Ihre einzige Hoffnung war Adam, eine schwache Hoffnung allerdings.

Sie sah ihn allein am Tisch sitzen und funkelte zornig zu ihm hinüber.

Er stand auf und bewegte sich auf die Menge zu.

„Gott sei Dank, er kommt uns zu Hilfe“, dachte Terry. „So schäbig ist er dann wohl doch nicht.“

Adam blieb hinter der Horde stehen und rief: „He, geht ja vorsichtig mit den Mädels um.“

Terry merkte, wie ihre Arme losgelassen wurden. „Diese Kerle scheinen Respekt zu haben vor Adam. Sie lassen uns gehen“, dachte sie erleichtert.

Aber dann grinste Adam und fuhr fort: „Die sind von North Hills, müsst ihr wissen. Wenn ihr denen die Klamotten zerknittert, werden ihre Papas kommen und euch anzeigen.“

Alles brach in Gelächter aus. Terry war sprachlos. Wie konnte er bloß!

Sie blickte zu Jill hinüber, die jetzt so heftig weinte, dass sie kaum noch Kraft hatte, sich zu wehren. Zwei Typen hielten ihre Arme fest.

Terry wurde von Panik ergriffen.

„Wir müssen hier raus!“, dachte sie. „Schnell, bevor noch was Furchtbares passiert!“

Was passieren konnte, daran dachte sie lieber nicht.

Adam stellte sich jetzt vor Terry hin und nahm ihr Gesicht in seine Hände. „Terrys Papa ist Richter“, sprach er in die Menge. „Sie wird *alles* tun, um ihn nicht zu enttäuschen. Habe ich recht, Terry?“

Ihr Gesicht brannte vor Zorn und Scham, heiße Tränen traten ihr in die Augen. „Ich hasse dich, Adam!“, rief sie. „Ich hasse dich!“

Dabei wusste sie ganz genau, dass Adam das nicht erschüttern konnte. Und sie wusste auch, dass sie ihm total ausgeliefert war, egal, wie er auf ihren Zorn reagierte.

Ray beugte sich zu Jill hinunter, um sie zu küssen, während einer seiner Freunde sich über sie lustig machte. „Was macht denn *dein* Papi so, Prinzessin?“

Die Spötteleien und Beleidigungen wurden immer lauter. Keiner lachte jetzt mehr.

Terry sah, dass Adam, Ray und all die anderen Kerle um sie herum sie mit scharfen, ernsten Blicken anstarrten.

Terry hatte jetzt die Arme frei, aber sie konnte nicht entkommen. Sie war umzingelt.

Jemand schubste sie gegen Jill. Die beiden Mädchen hielten sich gegenseitig fest vor Angst, während die Kerle immer näher rückten.

Jills Gesicht war ganz nass geweint und rot. Ihre Lippen zitterten, sie bebte am ganzen Körper. Terry nahm sie schützend in den Arm.

„Lasst uns gehen!“, rief Terry. Sie versuchte, mutig aufzutreten. „Lasst uns gehen, ich warne euch!“

Die Kerle achteten nicht darauf, sondern rückten noch näher heran. Ihre Blicke waren fest und Furcht einflößend.

Ray stierte Terry lüstern an, seine Ohrringe blitzten auf. Terry spürte seinen heißen Atem in ihrem Gesicht.

„Warum so eilig, ihr Süßen?“, sagte er. „Es ist doch noch früh am Tag, die Party fängt doch jetzt erst richtig an.“

9

Terry fing an zu schreien und wie wild in alle Richtungen zu treten.

Jill schlug mit den Armen um sich und versuchte, sich einen Fluchtweg zu bahnen.

Jemand packte Terrys Arme von hinten. Sie drückte sich gegen ihn und trat Ray in die Brust. Er fiel rückwärts gegen zwei andere Kerle und riss sie mit sich zu Boden. Einer von ihnen krachte mit dem Kopf gegen die Tischkante.

Der andere rappelte sich wieder auf und versetzte Ray vor Wut einen heftigen Stoß. Terry und Jill setzten sich mit allen Mitteln zur Wehr, aber sie waren inmitten der drängelnden Horde gefangen.

Terry schrie auf, als Adam jemandem einen Kinnhaken versetzte. Ein anderer stieß einen Tisch um.

Bald war eine richtige Schlägerei im Gange. Terry packte Jill an der Hand und zerrte sie aus der Mitte des Gerangels heraus.

„Komm schnell … lauf!“, schrie sie ihr zu.

Sie rannten los und stürzten blindlings hinaus auf die Straße.

Terry hielt erst an, als sie ihr Auto erreicht hatten. Atemlos sprangen sie in den Wagen, schlugen die Türen zu und verriegelten sie.

Zitternd steckte Terry den Schlüssel ins Zündschloss, ließ den Motor aufheulen und preschte mit quietschenden Reifen davon.

Übers Lenkrad gebeugt brauste sie los und hielt erst

an einer roten Ampel am Ende der Altstadt an. In Panik warf sie einen Blick in den Rückspiegel.

Niemand.

Niemand folgte ihnen. Sie waren in Sicherheit.

Jill lehnte sich weinend und zitternd vor Erschöpfung im Beifahrersitz zurück. Terry sagte nichts. Hauptsache, sie kamen erst mal heil nach Hause.

Sie brauste die Straße nach North Hills hinauf. Wenige Minuten später bog sie in ihre Einfahrt ein und half Jill ins Haus.

Terrys Eltern waren schon schlafen gegangen. Sie führte Jill in die Küche, setzte sie auf einen Stuhl und legte die Arme um sie.

„Schsch", machte sie, um Jill zu besänftigen. „Jill, es tut mir leid, es tut mir so leid …"

Jill weinte noch immer. Es dauerte eine Weile, bis sie aufhören und sich die Tränen trocknen konnte. Terry brachte ihr Papiertaschentücher und ein Glas Wasser.

Jill trank das Wasser aus und beruhigte sich allmählich, aber ihre Augen waren immer noch rot. „Terry", sagte sie, „wieso mussten wir uns bloß unter diese Kerle mischen?"

Terry starrte zu Boden. Sie konnte Jill nicht ins Gesicht sehen.

„Terry …" Jill ließ nicht locker.

„Es tut mir wirklich sehr leid, Jill", sagte Terry schließlich. „Dass es so ablaufen würde, damit hätte ich nie gerechnet. Ich hatte wirklich keine Ahnung …"

Ihre Stimme wurde leiser. Was sollte sie nur sagen? Sie schämte sich so. Sie hatte ihre Freundin in Gefahr gebracht.

„Ich hätte wissen müssen, dass es gefährlich wird",

dachte sie. „Adam hat eine Pistole. Er will mich erpressen. Es ist ihm egal, was mit mir passiert. Und er ist zu allem fähig, so viel weiß ich jetzt.“

Aber sie konnte doch Jill nicht die Wahrheit sagen – dass Adam ihr gedroht hatte, sie als Betrügerin zu entlarven, wenn sie nicht tat, was er wollte.

Jill würde ihr nie verzeihen, dass sie sie so benutzt hatte. Und das konnte sie ihr auch nicht übel nehmen, denn sie – Terry – wäre im umgekehrten Fall auch wütend geworden.

„Terry, ich versteh das immer noch nicht“, sagte Jill. „Ich weiß, ich sollte aus einem bestimmten Grund mit Ray ausgehen. Und ich weiß, dass zwischen dir und Adam irgendetwas ist. Aber was? Du schuldest mir eine Erklärung.“

„Sie hat recht“, dachte Terry, „ich schulde ihr eine Erklärung.“ Jill würde auch eine bekommen – nur nicht die richtige.

„Jill, es tut mir wirklich leid. Ich ... ich habe eine Wette mit Adam verloren. Dieses Treffen heute Abend war der Preis, den ich zu zahlen hatte. Ich hätte dich da nie mit hineinziehen dürfen ...“

„Was für eine Wette?“, wollte Jill wissen.

„Ach, die war so blöd, dass ich gar nicht weiß, ob ich dir das erzählen soll“, log Terry und versuchte angestrengt, sich etwas auszudenken.

„Ich hatte letzte Woche mit ihm gewettet, dass er es nicht schaffen würde, Richard beim Tennis zu schlagen“, sagte sie. „Ich war mir meiner Sache ganz sicher – das verstehst du doch bestimmt.“

Sie blickte Jill prüfend an. Ob sie ihr das abkaufte? Schwer zu sagen.

„Ich musste das eben durchziehen“, fuhr Terry fort. „Dieses Treffen heute Abend, meine ich. Aber ich hatte Angst, allein zu gehen. Deshalb hatte ich dich gebeten, mich zu begleiten. Jill, kannst du mir je verzeihen? Ich verspreche dir, dass so was nie wieder vorkommt!“

Jill legte ihrer Freundin den Arm um die Schulter. „Ich weiß doch, dass du nichts dafür kannst, was in diesem schrecklichen Club passiert ist“, sagte sie. „Du warst ja schließlich genauso in Gefahr wie ich. Natürlich verzeihe ich dir.“

Die beiden Mädchen saßen für einen Moment schweigend da und hielten sich umarmt. Terry hörte den Kühlschrank klicken und anspringen. Es lief ihr eiskalt den Rücken hinunter, als ihr bewusst wurde, dass sie nur knapp einer Katastrophe entkommen waren. Oder angenommen, ihrer besten Freundin wäre etwas passiert, dann wäre Terry schuld daran gewesen!

„Adam, dieser Mistkerl!“, dachte sie wütend. „Diesmal ist er zu weit gegangen – viel zu weit.“

Aber sie war nicht nur wütend auf Adam, sondern auch auf sich selbst. Wie hatte sie zulassen können, dass er so über sie verfügte? Was immer er von ihr verlangt hatte, sie hatte es getan.

Aber damit war jetzt Schluss!

„Mir reicht’s!“, dachte sie. „Ich lasse mich nicht länger erpressen!“

Jill stand auf, um sich noch ein Glas Wasser zu holen. „Jetzt geht’s mir schon besser“, sagte sie. „Ich glaube, ich fahre jetzt nach Hause.“

Terry begleitete Jill zu ihrem Wagen. Sie entschuldigte sich zum x-ten Mal bei Jill.

Jill sagte schließlich: „Nun hör schon auf, dich dauernd zu entschuldigen, Terry. Ich weiß ja, dass es dir leid tut. Ich weiß, dass du das alles nicht hast kommen sehen. Also, vergessen wir die Sache."

Terry lächelte und nickte zustimmend. Jill war wirklich ein Engel. Sie war die ganze Zeit so verständnisvoll – und Terry fühlte sich dadurch noch mieser.

Terry winkte Jill noch nach, als sie losfuhr. Dann kehrte sie ins Haus zurück.

Sie stellte gerade Jills Glas in die Geschirrspülmaschine, da klingelte das Telefon.

Terry sah auf die Uhr. Es war schon nach Mitternacht. Vielleicht handelte es sich um eine dringende Nachricht für ihren Vater?

Sie nahm den Hörer ab. „Hallo?"

Eine hohe Stimme flüsterte: „Du warst heut Abend mit Adam aus, stimmt's? Ja oder nein?"

Es war Sheila.

Terry wusste vor Schreck nicht, was sie sagen sollte.

„Du brauchst nicht zu antworten", sagte Sheila. „Ich weiß, was zwischen dir und Adam abläuft."

„Sheila, nichts …"

„Lüg mich nicht an, Terry! Ich weiß, dass du eine gemeine Lügnerin bist. Deswegen will ich gar nicht wissen, was du dazu zu sagen hast. Hör gut zu: Adam kann mir nichts verheimlichen. Ich weiß Bescheid über alles, was er tut. Und mir wird was einfallen, um euch beide auseinanderzubringen – und zwar *ein für alle Mal*!"

10

„Und, wie war's mit deinen Großeltern letzten Samstag?", fragte Terry.

Es war Montagnachmittag. Dan und Terry waren gerade unterwegs zur Mathestunde in der Shadyside Highschool. Terry graute davor.

„Es war ganz nett. Langweilig, aber ganz nett. Meine Großmutter hatte Geburtstag. 70 ist sie geworden", erzählte er lächelnd.

„70 schon, meine Güte!"

„Und was hast *du* am Samstagabend gemacht?"

Terry schluckte. „Ich? Och, nichts weiter, ich war bei Jill."

Zu ihrer Erleichterung blieb keine Zeit, weiter darüber zu sprechen, weil sie gerade vor dem Klassenzimmer ankamen.

Die beiden gingen hinein, und Terry setzte sich auf ihren Platz. Adam war noch nicht dort.

Jill warf Terry ein sonderbares Lächeln zu. Terry grinste zurück.

Mr Raub kam herein und machte die Tür hinter sich zu. Gleich danach ging sie wieder auf. Jill und Terry schauten auf. Terry konnte in Jills Gesicht ablesen, dass sie ebenfalls Angst hatte.

Es war Adam. Der Letzte, wie immer.

Er grinste selbstgefällig zu Terry und Jill hinüber. Schnell wandten die beiden Mädchen den Blick ab. Adam begab sich beschwingten Schrittes auf seinen Platz in der letzten Reihe.

Terry spürte, dass Dan sie anschaute. Hatte er Adams Blick bemerkt? Überlegte er jetzt, was er wohl zu bedeuten hatte?

Nach der Mathestunde ließ Terry Dan und Jill schon mal vorgehen, während sie mit langsamen Schritten hinterherkam. Bestimmt würde Adam gleich aufkreuzen.

Und tatsächlich.

Er tippte Terry von hinten auf die Schulter. Sie drehte sich um. Er wollte etwas sagen, aber sie kam ihm zuvor.

„Adam, mir reicht's jetzt!“, schimpfte sie mit unterdrückter Stimme. „Unsere kleine Abmachung ist endgültig erledigt. Von jetzt an lässt du mich in Ruhe, klar?“

Nervös wartete sie auf seine Reaktion. Würde er in Rage geraten? Würde er einfach weggehen?

Er blieb ganz ruhig und gab sich völlig unbeeindruckt von ihren Worten.

„Da hast du ganz recht, Terry“, sagte er. „Irgendwas läuft schief zwischen uns, stimmt's? An unserer ‚Beziehung‘ müssen wir unbedingt etwas ändern.“

Terry wusste nicht, was sie sagen sollte. Wieso tat er so entgegenkommend? Was hatte er vor?

„Ich hab darüber nachgedacht, Terry“, fuhr er fort. „Ich finde, wir sollten nicht noch mal zusammen ausgehen.“

Das klang zu schön, um wahr zu sein. Terry traute dem Braten nicht. Die Sache musste irgendwo einen Haken haben.

„Schön, dass wir uns einig sind“, sagte sie vorsichtig.

„Der kleine Dienst, den ich dir erwiesen habe – wir wissen wohl beide, wovon ich spreche –, der hat seinen Preis, habe ich recht? Ich meine, die meisten Leute würden eine Menge Geld dafür ausgeben. Du hingegen hast diesen wertvollen Dienst umsonst gekriegt. Das ist doch ungerecht, findest du nicht?“

Sie sagte nichts.

„Ich schätze, so ein wichtiger Test wie dieser, noch dazu mit so einem gutem Ergebnis, ist gut und gerne seine 1000 Dollar wert.“

Aha, das war es! Jetzt wollte er also Geld!

Das war doch einfach unglaublich! Sie wurde wütend, und das ließ sie ihn auch spüren.

„Hör zu!“, zischte sie und passte auf, dass niemand etwas mitbekam. „Du hast mir angeboten, den Test für mich zu machen. Und du hast mir erzählt, dass ich dafür nichts weiter tun muss, als einmal mit dir auszugehen. Ich hab aber viel mehr für dich getan als das – *viel* mehr! Aber was ich auch für dich tue, du kriegst den Hals nicht voll. Wie lange soll das noch so weitergehen?“

Adam prüfte unbekümmert seine Handlinien. „Ich kann damit aufhören, wann immer du willst, Terry“, sagte er gelassen. „Aber dann müsste ich natürlich deinem Vater alles erzählen …“

Terry ballte die Fäuste.

Er hatte sie völlig in der Hand. Wenn sie nicht tat, was er verlangte, konnte er ihr Leben zerstören!

„Also!“, sagte sie zähneknirschend. „Ich gebe dir das Geld, wenn du mir versprichst, mich dann in Ruhe zu lassen!“

„Das könnte funktionieren“, sagte er. „Lass es auf einen Versuch ankommen.“

Damit machte er sich lässigen Schrittes davon. Hilflos und kochend vor Wut starrte sie ihm nach.

„Wo soll ich denn jetzt 1000 Dollar herbekommen?“,

überlegte sie verzweifelt, während sie zu ihrem Schließfach ging.

Sie öffnete die Tür und blickte in den Innenspiegel. Etwas blitzte auf und funkelte.

Genau. Das war's!

Terry griff sich mit der Hand ans linke Ohr. Die Diamantohrringe. Sie würde sie verkaufen müssen. Sie hatte keine andere Wahl.

Sie nahm die Ohrringe ab und steckte sie in einen Umschlag. Zu dumm, dass sie die Schachtel nicht bei sich hatte ... aber so musste es auch gehen.

Nach der Schule nahm sie den Bus in die Altstadt. Dort gab es einige Antiquitätenläden. Terry erinnerte sich, dass sie mit ihrer Mutter mal in einem dieser Läden gewesen war. Mrs Phillips' Stiefmutter war damals gestorben und hatte ihr einige Schmuckstücke vermacht. Die meisten waren, wie Mrs Phillips sagte, nicht nach ihrem Geschmack, deshalb hatte sie sie einem Antiquitätenhändler verkauft.

Terry hielt die Ohrringe in ihrer Hand umklammert und besah sich die vier Antiquitätenläden, vor denen sie stand. Sie versuchte sich zu erinnern, in welchem davon sie mit ihrer Mutter gewesen war. In *den* Laden wollte sie auf jeden Fall nicht gehen. Sonst kamen ihre Eltern womöglich noch dahinter. Und außerdem wollte sie nicht wiedererkannt werden.

Bentley's, so hieß das Geschäft, in das ihre Mutter gegangen war, erinnerte sich Terry jetzt wieder. Sie entschied sich für den Laden, welcher am weitesten davon entfernt lag. Er nannte sich Corelli's Antiquitäten.

Als sie eintrat, läutete eine Türglocke. Ein großer, älterer Mann stand über einen gläsernen Verkaufstisch gebeugt. An der Wand hinter ihm hingen lauter antike Uhren, die laut tickten und surrten und allesamt die richtige Uhrzeit anzeigten.

Terry ging auf den Ladentisch zu.

„Hallo, junges Fräulein", sagte der alte Mann freundlich und richtete sich auf. Er hatte einen leichten italienischen Akzent. „Kann ich etwas für dich tun?"

Terry öffnete den Umschlag und ließ die Ohrringe auf ihre Handfläche gleiten. Dann hielt sie sie dem Mann hin.

„Jemand hat mir diese Ohrringe geschenkt", sagte sie. „Aber ich habe schon ein ähnliches Paar. Jetzt wüsste ich gern, wie viel ich dafür bekommen würde."

Der alte Mann musterte sie. „Traut er mir etwa nicht?", fragte sie sich. „Womöglich denkt er, ich hätte sie gestohlen."

Sie schaute zur Seite und tat so, als interessiere sie sich brennend für eine Engelstatue aus Marmor. Als sie sich wieder zu dem Mann umwandte, sah sie, wie er die Ohrringe gerade mit seiner Lupe prüfte.

„Diese Ohrringe sind von sehr guter Qualität", sagte er. „Ich würde sagen, ich gebe dir 700 Dollar dafür."

700. Das reichte nicht. Und Terry wusste, dass ihr Vater knapp 3000 Dollar dafür bezahlt hatte.

Sie schüttelte den Kopf. „Ich weiß, dass sie viel mehr wert sind."

Der alte Mann seufzte. „Also gut", sagte er, „900."

„1500", sagte Terry.

Der alte Mann kicherte. „Nein, liebes Kind. 1000 Dollar. Das ist mein letztes Angebot."

Der Mann machte ein entschlossenes Gesicht. Terry

war sicher, er würde nicht höher gehen. Sie biss sich auf die Lippen.

„Also gut“, sagte sie. „Dann eben 1000 Dollar.“

Der Mann nahm die Ohrringe an sich und zählte gemächlich zehn Hundertdollarnoten ab. Terry stopfte das Geld in den Umschlag und verstaute es sorgfältig in ihrem Rucksack. Dann fuhr sie nach Hause zurück.

Den Rest des Nachmittags verbrachte sie in ihrem Zimmer und versuchte, Hausaufgaben zu machen. Aber sie konnte sich nicht konzentrieren.

Sie holte den Umschlag mit dem Geld aus dem Rucksack und öffnete ihn, nahm das Geld heraus und starrte es an.

1000 Dollar. 1000 Dollar hielt sie da in der Hand! Und die sollte sie Adam geben!

Wofür eigentlich?

Für eine gute Note in ihrem Leistungstest. Als Starthilfe für Princeton – vielleicht. Dafür, dass ihr Vater glücklich war. Dafür, dass niemand etwas erfahren würde.

Aber war ihr das alles wirklich 1000 Dollar wert?

„Ja“, dachte sie schließlich. „Es war sogar noch viel mehr wert.“

Ihr Vater kam spät von der Arbeit nach Hause. In letzter Zeit kam er immer so spät. Jeden Tag, wenn er das Gerichtsgebäude verließ, lagen schon Reporter, Fotografen und sensationsgieriges Volk auf der Lauer. Der Henry-Austin-Fall erregte die Gemüter immer mehr.

So kam es, dass Familie Phillips das Abendessen später einnahm als gewöhnlich. Der Richter legte Wert darauf, dass die Familie wenigstens zum Abendessen beisammen war. Er verlangte sozusagen, dass Terry und ihre Mutter mit dem Essen auf ihn warteten.

An diesem Abend war es schon nach acht, als Mrs Phillips Terry endlich zum Essen rief. Terry war schon halb verhungert und sauste nach unten ins Esszimmer.

Ihr Vater hatte bereits am Kopfende des Tisches Platz genommen. Terry ging zu ihm hin und gab ihm einen Begrüßungskuss. Dann setzte sie sich auf ihren Platz.

„Und, wie geht's mit deinem Fall voran, Papa?“, fragte sie.

Er runzelte die Stirn. „Wie viele Falten er hat“, dachte Terry.

„Ganz gut, würde ich sagen“, antwortete er. „Die Anklage ist ziemlich handfest.“

„In allen Zeitungen heißt es, dass er wahrscheinlich schuldig gesprochen wird“, sagte Mrs Phillips. „Das muss ein schrecklicher Mensch sein. Der reinste Sadist.“

„Ja“, stimmte der Richter zu. „Die Tatsachen, die in diesem Prozess zutage getreten sind, sind wirklich besorgniserregend.“

Er seufzte. Dann wurde das Essen aufgetragen, und Terry ließ sich den Fisch schmecken.

„Lasst uns lieber von etwas anderem reden“, schlug Mr Phillips vor. „Was macht euer Frühlingstanz?“, fragte er seine Frau.

„Unsere Besprechung heute war einfach schrecklich“, antwortete Mrs Phillips. „Rita Weston mag ja ausgebildete Designerin sein, aber wenn es um Blumengestecke geht, ist ihr Geschmack unter aller Kanone …“

Terry klappte die Ohren zu. Sie konnte es nicht ausstehen, wenn ihre Mutter mit ihren blöden Versammlungen daherkam.

Gedankenverloren schaute sie nach einer Weile auf, um nach der Butter zu langen, als sie merkte, dass ihre Eltern sie anstarrten.

„Terry, hast du nicht gehört, was dein Vater gesagt hat?“, fragte Mrs Phillips. „Er hat dir eine Frage gestellt.“

„Ach. Tut mir leid, Papa. Worum geht's?“

Sie wandte ihm direkt das Gesicht zu, damit er auch merkte, dass sie ihm zuhörte. Sein Gesicht war rot angelaufen.

„Deine Ohrringe, Terry“, rief er aus. „Wo sind deine Ohrringe?“

11

Terry legte erschrocken ihr Buttermesser weg. Was sollte sie ihm denn jetzt antworten? Jedenfalls nicht die Wahrheit, so viel stand fest. Sie musste sich etwas einfallen lassen.

„Ach Papa", sagte sie. „Das war vielleicht ein Schock heute. Ich trug die Ohrringe in der Schule, wie immer. Aber als ich mich nach dem Sportunterricht umzog, merkte ich plötzlich, dass einer fehlte."

Ihr Vater erblasste und legte die Gabel nieder. Er tupfte sich mit der Serviette den Mund ab und schien zu überlegen. Mrs Phillips zuckte nicht mit der Wimper. Dann fragte er:

„Und, hast du den Ohrring wiedergefunden?"

Terry konnte seinen schmerzlichen Gesichtsausdruck kaum ertragen.

„Keine Sorge, Papa, er ist wieder aufgetaucht", behauptete sie. „Ich habe Stunden verzweifelt danach gesucht, bis ich ihn dann schließlich im Ärmel meines Sweatshirts wiedergefunden habe. Er muss beim Umziehen abgegangen sein."

Ihr Vater machte ein erleichtertes Gesicht und fing an weiterzuessen.

„Als ich genauer hinsah, stellte ich fest, dass sich an dem Ohrring hinten etwas gelöst hatte. Deswegen ist er so leicht abgegangen. Auf dem Heimweg von der Schule bin ich dann bei einem Juwelier vorbeigegangen und habe ihm die Ohrringe zum Reparieren gebracht."

„Das hättest du zuerst mir sagen müssen, Terry. Dann

hätte ich sie dorthin zurückgebracht, wo ich sie gekauft habe. Zu welchem Juwelier bist du denn gegangen?“

Zu welchem Juwelier? Oje! Sie zermarterte sich den Kopf. Irgendein Name musste ihr doch einfallen! Da erinnerte sie sich an den Laden im Einkaufszentrum, vor dessen Schaufenster sie neulich mit Dan gestanden und die Halsketten bewundert hatte.

„Ich hab sie zu dem Laden im Einkaufszentrum gebracht – wie heißt er denn gleich? *Geglitzer*, ja genau, so heißt er!“

Mr Phillips verzog das Gesicht. „Also, Terry, wenn das mal kein Fehler war, dorthin zu gehen. *Geglitzer*, so nennt sich doch kein ordentlicher Juwelier! Meinst du denn, der taugt was?“

„Klar, Papa, der weiß bestimmt, was er tut. Mach dir keine Sorgen.“ Terry wünschte, sie könnte sich nur halb so sorglos fühlen, wie sie tat.

„Wann sind die Ohrringe denn fertig?“, wollte ihr Vater wissen. „Ich hole sie für dich ab. Du brauchst sie nicht zu bezahlen. Schließlich habe ich sie dir geschenkt.“

„Nein, nein, lass nur, Papa. Du und Mama, ihr habt zurzeit genug am Hals. Außerdem bin ich öfter mal im Einkaufszentrum. Es macht mir nichts aus, sie abzuholen.“

Nervös beobachtete sie ihren Vater und hoffte inständig, dass er ihr ihre Ausreden und Lügen abnahm.

Je mehr Fragen er stellte, desto mehr Lügen musste sie ihm auftischen. Und mit jeder Lüge verstrickte sie sich noch mehr. Sie wollte, dass er ihr glaubte, aber mit jeder weiteren Lüge, auf die er hereinfiel, wuchsen ihre Schuldgefühle.

Mr Phillips ging dazu über, sich wieder vollständig seinem Essen zu widmen. Sie konnte also davon ausgehen, dass er keine Lust mehr hatte, weiter über die Ohrringe zu reden.

„Also gut, Terry", sagte er abschließend, während er vorsichtig eine Fischgräte entfernte. „Ich gebe dir das Geld für die Reparatur. Sag mir einfach, wie viel es ausmacht."

„Das mach ich, Papa. Danke."

Ihr wurde immer elender zumute. Jetzt wollte er ihr noch mehr Geld geben! Aber sie würde es nicht ablehnen. Sie wusste, dass sie es vielleicht brauchte – vielleicht schon sehr bald.

Als Terry am nächsten Morgen vom Sportunterricht zurückkehrte, kam sie vor der Cafeteria an einer Gruppe Jugendlicher vorbei.

Die meisten von ihnen waren ihr Jahrgang, aber sie kannte sie nicht besonders gut. Sie besuchten andere Schulen als Terry.

Mit einer Ausnahme – Adam. Er stand in der Mitte der Gruppe und hatte den Arm um ein mageres, bleichgesichtiges Mädchen mit Sommersprossen und rotem Haar gelegt. Es war Sheila.

Terry hatte die beiden nie mehr zusammen gesehen, seit sie und Adam sich das erste Mal getroffen hatten. Der Anblick war fast wie ein kleiner Schock für sie. Warum, konnte sie nicht sagen.

Sie hatte doch immer gewusst, dass Sheila Adams Freundin war – und Sheila hatte dafür gesorgt, dass Terry das auch ja nicht vergaß. Aber in Terrys Gedanken war der Adam, den sie kannte, nicht derselbe wie Sheilas Freund. Ihr Adam ging nicht mit Sheila aus, sondern mit ihr, Terry.

Er war ein intelligenter Bursche, nur dass er im falschen Milieu gelandet war. Er wollte aus seinem Leben mehr herausholen als seine Freunde. Er war einer, der immer aufs Äußerste ging und der eine Art verwegenen Charme besaß. Einer, der Terry Dinge zeigen konnte, die sie in ihrer heilen Luxuswelt nie kennengelernt hätte.

Plötzlich wurde Terry bewusst, dass der Adam, den sie zu kennen glaubte, nur in ihrer Vorstellung existierte. Sie hatte sich ein falsches Bild von ihm gemacht. Das war nicht der wahre Adam.

Dies dort war der wahre Adam – der Typ da, der mit offenem Hemd vor der Cafeteria stand, umklammert von seiner Freundin, dieser halben Portion. Der Typ, der umgeben war von diesen Mädchen in engen Jeans und mit purpurrot gefärbten Fingernägeln und von diesen Kerlen, die sich mehr für den Motorraum eines Autos interessierten als für die Gefühle eines Mädchens. Der wahre Adam hatte versucht, ihr mit einem blutigen Herzen Angst einzujagen, sie zu erpressen und zu benutzen, wie es ihm gerade passte.

Sie beeilte sich, an der Gruppe vorbeizukommen, ohne dass Adam sie bemerkte. Sie warf noch einmal einen Blick zurück, um sicherzugehen. Adam schaute gerade lachend in eine andere Richtung und hatte sie anscheinend nicht bemerkt.

Aber dann fiel ihr Blick auf Sheila, die Adam eng umschlungen hielt.

Sheila blitzte Terry hochmütig und hasserfüllt mit ihren grünen Katzenaugen an.

„Du wirst den Kürzeren ziehen, du feine Madame", schien sie mit ihrem Blick auszudrücken.

Terry machte sich schnell davon.

Nach der Schule steckte Terry den Umschlag mit den Hundertdollarnoten in ihren Rucksack und ging zur *Ecke*. Sie wusste, dass Adam an diesem Nachmittag dort arbeitete.

Terry setzte sich an die Theke. Adam kam sogleich auf sie zu. „Ich hoffe, du hast mir was mitgebracht", sagte er.

Sie antwortete nicht, sondern zeigte ihm den Umschlag und schleuderte ihn über den Tisch.

Er nahm ihn an sich, öffnete ihn aber nicht.

„Es sind 1000 Dollar in bar", sagte Terry. „So, wie du es verlangt hast."

Er steckte den Umschlag in seine Tasche. „Ich zähle später nach", sagte er. „Aber ich hoffe in deinem Interesse, dass nichts fehlt."

„Es fehlt nichts", sagte Terry in entschiedenem Ton. „So, und jetzt erwarte ich von dir, dass du aus meinem Leben verschwindest, dass du mich in Ruhe lässt und dass du nie wieder ein Wort an mich richtest!"

Sie versuchte, ihn mit ihrem Blick einzuschüchtern. Aber er ließ sich nicht im Geringsten beeindrucken.

„He! Bedient denn hier keiner?", rief ein Mann vom anderen Ende der Theke herüber.

Terry ließ nicht locker. „Adam! Hast du gehört, was ich gesagt habe?"

„Man ruft mich", sagte Adam gleichgültig und ging weg.

Terry packte ihren Rucksack und eilte nach draußen.

„So, jetzt habe ich ihm 1000 Dollar gegeben", dachte sie. „Wehe, wenn er damit noch immer nicht zufrieden ist. Wehe!"

Nachdem Terry ihm das Geld gegeben hatte, sah sie Adam nicht mehr, außer im Matheunterricht. Aber auch da ignorierte er sie und tat, als kenne er sie gar nicht, genauso wie zuvor – vor dem Test, vor den Verabredungen, vor den letzten schrecklichen Wochen.

Am Freitagnachmittag nach der Schule atmete Terry schließlich auf.

„Es klappt", dachte sie. „Adam hat mich jetzt drei Tage in Frieden gelassen. Endlich gibt er Ruhe. 1000 Dollar hat es mich gekostet, aber jetzt bin ich ihn endlich los."

„Gary wollte von mir wissen, was wir am Samstagabend gemacht haben", erzählte Jill. „Ich hab schnell das Thema gewechselt, aber was ist, wenn er mich noch mal fragt? Soll ich ihm die Wahrheit sagen?"

Jill und Terry unterhielten sich vor der Bibliothek. Das Wochenende stand vor der Tür. Jill hatte sich für den Abend mit Gary verabredet.

„Sag ihm lieber nichts", schlug Terry vor. „Du kennst ihn noch nicht gut genug. Du weißt nicht, wie er reagiert, wenn er erfährt, dass du mit so einem Widerling wie Ray weg warst."

„Aber ich will ihn nicht anlügen", erwiderte Jill ihrer Freundin.

„Du brauchst ja nicht gleich zu lügen", sagte Terry. „Erzähl ihm einfach, wir wären zusammen in einen Club in der Altstadt gegangen, um uns eine Band anzuhören. Mehr braucht er doch nicht zu wissen."

Als Dan hinzukam, warf Terry Jill schnell einen Blick zu, der ihr sagen sollte: „Pst – kein Wort jetzt mehr davon!“ Dann lächelte sie Dan entgegen.

„Hallo, ihr beiden“, sagte Dan.

„Ich muss gehen“, sagte Jill schnell. „Wir sehen uns dann später, Terry.“

„Tschüss, Jill.“

Terry und Dan verließen zusammen das Schulgebäude und gingen Richtung Parkplatz.

„Hast du heute Abend schon was vor?“, fragte Dan.

„Nein, nichts“, sagte Terry leichten Herzens. „Ich bin frei wie ein Vogel.“

„Dann komm doch zu mir“, schlug Dan vor. „Wir könnten uns einen Film ausleihen und ihn zusammen anschauen.“

„Au ja, gute Idee.“

„Was für ein Gefühl!“, dachte sie. „Endlich keine Lügen mehr und keine Ausflüchte.“

Sie hatte ihren Freund wieder! Und sie hatte ihr Leben wieder! Sie war überglücklich darüber und konnte es kaum fassen.

Nach dem Abendessen zog sie sich um, bevor sie zu Dan fuhr. Nichts Besonderes. Einen hübschen, knielangen Rock und einen gelben Pulli. Ihr blondes Haar schmückte sie mit einem blauen Band.

„Endlich kann ich wieder anziehen, was ich will!“, dachte sie fröhlich. „Ich muss mich nicht diesen Rowdys anpassen, sondern ich kann wieder ich selbst sein!“

Dann fuhr sie zu Dan, der eine Meile entfernt von ihr wohnte. Er öffnete ihr die Tür, und sie gab ihm einen Kuss. Er sah gut aus in seinen Shorts und dem blauen Polohemd. „Bei ihm fühle ich mich sicher“, dachte sie.

Sie ging ins Wohnzimmer, um Dans Eltern zu begrüßen. Mr und Mrs Mason mochten Terry sehr gern. Dann ging sie mit Dan hinunter in sein Zimmer.

„Ich hab *Batmans Rückkehr* ausgeliehen und *Wayne's Welt*", sagte er. „Welchen Film möchtest du sehen?"

„*Batman* auf jeden Fall", sagte Terry. Sie kannte den Film zwar bereits, aber was machte das schon. „Ich bin nicht in der richtigen Stimmung für was Komisches."

„Wirklich nicht?", fragte Dan und sah sie prüfend an. „Gibt es einen Grund dafür?"

„Wie meinst du das?", fragte sie verwundert. „Einen Grund wofür?"

„Einen Grund, warum du nicht in der richtigen Stimmung für was Komisches bist."

„Aber nein", sagte sie. „Mir ist einfach *Batman* lieber im Moment. Was ist denn daran so merkwürdig?"

„Ach, nichts", sagte Dan schnell. Er bückte sich, um den Film einzulegen. „Natürlich nichts."

Er setzte sich neben sie aufs Sofa und legte einen Arm um ihre Schulter, während er mit der anderen Hand die Fernbedienung betätigte. Sie kuschelte sich eng an ihn heran und versuchte, sich zu entspannen.

„Was meinte er bloß?", fragte sie sich. Doch als der Film anfing, dachte sie nicht länger darüber nach.

Während des Films ertappte Terry ihren Freund mehrmals dabei, wie er sie heimlich von der Seite beobachtete. Er wollte wohl sehen, ob sie sich irgendwie auffällig benahm.

„Vielleicht ist er sich nicht sicher, ob er mir trauen kann", überlegte sie, als der Film zu Ende war und sie sich über ein Schälchen Schokoladeneis hermachten. „Immerhin habe ich ihm ja zweimal hintereinander einen Korb gegeben. Wahrscheinlich will er sich einfach nur vergewissern, ob zwischen uns wieder alles in Ordnung ist."

Während ihr diese Gedanken durch den Kopf gingen, schaute sie auf und lächelte ihn an. Sie jedenfalls fand, dass alles bestens war zwischen ihnen. Nach ihren Erfahrungen mit Adam würde sie bestimmt nie wieder auf die Idee kommen, Dan wegzulaufen.

Zum Beweis stellte sie das Eisschälchen hin und gab ihm einen dicken Schokoladenkuss. Dan ließ vor Überraschung seinen Löffel fallen.

Sie schmusten auf dem Sofa, bis Terry hörte, wie die alte Standuhr oben im Flur zwölf schlug.

„Ich gehe jetzt besser", sagte sie sanft. „Du kennst ja meinen Vater."

„Allerdings", sagte Dan. Er gab ihr noch einen Kuss, dann erhob er sich vom Sofa und half ihr aufstehen. Er begleitete sie zum Auto.

„Fahr vorsichtig", bat er.

Sie küssten sich zum Abschied, dann schlug er die Autotür zu und schaute ihr nach, als sie losfuhr.

Terry schaltete gleich das Radio ein und summte zu der leisen Musik, während sie sich mit ihrem Wagen durch die stillen Straßen von North Hills schlängelte. Sie kannte den Weg zu Dan und zurück schon fast im Schlaf, so oft war sie ihn schon gefahren. Selbst im Dunkeln, wie jetzt, schien sich das Auto wie von selbst um die vielen Kurven zu bewegen.

Plötzlich wurde sie von einem grellen Lichtschein geblendet. Sie blickte in den Rückspiegel und sah dicht hinter sich ein Auto mit eingeschaltetem Fernlicht.

„Wie ich das hasse", dachte sie ärgerlich. Sie fuhr

langsamer, um das Auto vorbeizulassen, aber es schien nicht überholen zu wollen.

Sie gab wieder etwas Gas. Auch das Auto im Rückspiegel beschleunigte, blieb aber hinter ihr.

Sie kurbelte das Fenster herunter und winkte das Auto vorbei. Der Fahrer reagierte nicht. Er blieb ihr auf den Fersen.

Sie fuhr schneller; auch der hinter ihr gab Gas.

„Was soll denn das?“, dachte sie. „Der fährt mir noch hinten rein!“

Je schneller sie fuhr, desto schneller wurde ihr Hintermann. Ihr Herz fing an zu rasen.

Wer war das? Was wollte der denn von ihr?

Sie fuhr über eine Brücke und dann eine steile Straße hinauf. Unterhalb lag der Fluss. Ihr Tacho zeigte jetzt 80 Meilen pro Stunde an. Das Auto hinter ihr schien jetzt fast an ihres anzustoßen.

Noch schneller konnte sie nicht fahren. Sie hatte jetzt schon kaum mehr die Kontrolle über ihren Wagen.

Dann hörte sie ein metallenes Geräusch. Sie geriet in Panik: Das Auto fuhr auf und stieß sie nach rechts.

„Nein!“, schrie Terry.

Der Verfolger schrammte ihren linken Kotflügel – er wollte sie von der Straße stoßen!

„Nein!“

Der andere Wagen nahm etwas Abstand, dann versetzte er ihr den nächsten Stoß. Sie schlingerte nach rechts.

Als Terry einen Blick zur rechten Seite warf, sah sie hinter einer niedrigen Leitplanke den Abhang – und darunter den Fluss.

Sie drückte verzweifelt das Gaspedal durch, um den

anderen abzuhängen. Aber er holte sie ein und stieß sie an, immer wieder …

Wer war das bloß? Der wollte sie wohl umbringen!

Sie schaute in den Rückspiegel, aber bei dem grellen Licht konnte sie nichts erkennen.

Das musste Adam sein.

Die Hände krampfhaft am Lenkrad, spürte sie jeden Aufprall. Das Herz schlug ihr bis zum Hals.

Die Straße machte jetzt eine Linkskurve, und der Fluss geriet außer Sichtweite. „Gott sei Dank“, dachte sie. Sie gab Gas und ließ das andere Auto hinter sich – aber nicht lange.

Es wechselte jetzt auf die rechte Seite. Mit einem lauten Krachen rammte es ihren Wagen.

„Nein!“

Er trieb sie jetzt auf die andere Straßenseite in den Gegenverkehr.

Terry erschrak zu Tode, als sie Scheinwerfer auf sich zukommen sah. Ein anderer Wagen kam direkt auf sie zu.

Der Verfolger hörte nicht auf, sie anzustoßen und immer weiter nach links zu drängen.

„Ich … ich verliere die Kontrolle!“

Ihr Auto wurde wieder vorwärtsgestoßen.

Verzweifelt versuchte sie, das Lenkrad in ihre Gewalt zu bekommen.

Zu spät!

Sie schrie auf, schloss die Augen und wartete auf den Zusammenprall.

12

Mit einem gewaltigen Ruck wurde sie in ihrem Sitz erst nach vorn, dann zurückgeschleudert. Zum Glück war sie angeschnallt.

Als Terry begriff, dass sie ihren Wagen zum Stehen gebracht hatte, ließ sie den Kopf aufs Lenkrad sinken, schloss keuchend die Augen und wartete ab, bis sie etwas ruhiger geworden war.

Schließlich öffnete sie die Augen und schaute sich um. Das entgegenkommende Auto war ausgeschert und auf der gegenüberliegenden Straßenseite zum Stehen gekommen. Ihr Verfolger schien sich davongemacht zu haben.

Sie hörte, wie eine Autotür zugeschlagen wurde. Dann kamen Schritte über die Straße auf sie zu.

Sie blickte auf.

Ein Mann klopfte an ihr Fenster – ein gut aussehender Mann in den Dreißigern. Sie kurbelte das Fenster herunter und sah ihn an.

„Ist alles in Ordnung?", fragte er und blinzelte herein.

Terry nickte. „Es … es tut mir leid", stotterte sie. „Aber der Wagen hinter mir … der ist mir fast reingefahren."

Der Mann runzelte die Stirn. „Das sollten Sie der Polizei melden", sagte er.

„Ja, das werde ich", log sie.

„Was ist mit Ihrem Wagen? Hat er was abgekriegt?"

„Ich glaube nicht", antwortete Terry zitternd. „Zumindest werde ich damit nach Hause fahren können. Ich wohne ganz in der Nähe.“ Dann fragte sie: „Was ist mit Ihnen? Sind Sie verletzt?“

„Nein, alles in Ordnung. Starten Sie doch mal, dann sehen wir ja, ob Ihr Wagen noch fährt.“

Terry nickte. Sie blieb noch eine Minute sitzen und starrte, immer noch außer Atem, vor sich hin. Zum Glück war ihr Auto in einem dichten Gebüsch neben der Straße gelandet und nicht an einem Baum oder Telegrafenmast. Das wäre schlimm ausgegangen.

Sie startete den Anlasser und fuhr langsam rückwärts aus dem Gebüsch heraus. „Ich glaube, es ist alles in Ordnung“, sagte sie zu dem Mann. „Vielen Dank für Ihre Hilfe.“

Er winkte ihr noch nach und ging dann kopfschüttelnd zu seinem Wagen zurück.

Vorsichtig fuhr sie nach Hause. Dabei behielt sie den Rückspiegel fest im Auge vor Angst, der Verfolger könnte wieder auftauchen. Aber er war weg.

Als sie in ihre Einfahrt einbog, fielen ihre Scheinwerfer auf eine Gestalt, die neben der Garage stand und anscheinend auf sie wartete.

Es war Adam.

Sie hielt an, stieg aus und schlug die Autotür zu.

„*Du* warst das!“, schrie sie aufgebracht. „Ich hab’s gewusst! Wolltest du mich umbringen oder was?“

„Was ist los?“, fragte Adam verwirrt. „Wovon sprichst du überhaupt? Ich will dich doch nicht umbringen. Wie kommst du denn auf so was?“

„So, und wieso hast du mich dann verfolgt?“, rief Terry. „Wieso warst du …“

„Ich war die ganze Zeit hier und habe auf dich gewartet“, unterbrach er sie. „Ich brauche mehr Geld.“

Sie starrte ihn fassungslos an.

Sagte er etwa die Wahrheit? Sollte es tatsächlich jemand anders gewesen sein, der sie verfolgt hatte?

„Mehr Geld habe ich nicht“, sagte sie. „Ich habe dir 1000 Dollar gegeben! Das war alles, was ich hatte.“

„Du kannst aber an mehr Geld herankommen, Terry. Denk mal drüber nach. Du hast doch eine Menge wertvoller Sachen.“

Er deutete auf das luxuriöse Haus. „Euer Haus muss doch vollgestopft sein mit Zeug, das sich verkaufen lässt. Ich wette, da gibt's einiges, was deine Eltern noch nicht mal vermissen würden.“

„Du spinnst wohl!“, rief Terry. „Ich kann doch meine Eltern nicht bestehlen!“

„Warum nicht?“, erwiderte Adam gelassen und packte sie am Arm. „Du hast dich schon auf einen Betrug eingelassen. Und du hast deinen Vater und deinen Freund angelogen. Da kommt's ja wohl auf Diebstahl auch nicht mehr an.“

Sie kochte vor Wut.

„Ich gebe dir Zeit bis morgen Abend“, sagte er und ließ ihren Arm los. „Dann kommst du zu mir und bringst mir noch mal 1000 Dollar. Wenn nicht, dann wird dein Vater Sonntag früh von mir hören.“

Damit ließ er sie stehen, ging zu seinem Wagen, den er am Straßenrand geparkt hatte, und fuhr davon.

Terry stand vor dem Haus und hielt sich die Hände vors Gesicht.

Es war hoffnungslos. Adam würde sie nie in Ruhe lassen. Ihr Leben lag in seiner Hand, und sie konnte nichts dagegen tun.

„Umbringen könnte ich ihn!“, dachte sie. Vor ihrem

geistigen Auge packte sie seine Pistole und erschoss ihn. Er griff sich an die Brust. Dann fiel er zu Boden, mitten in seine eigene Blutlache hinein.

„Mein Gott“, dachte sie, entsetzt über ihre eigene Fantasie. „Dreh ich jetzt total durch?“

Aber sie wusste, es gab keinen anderen Ausweg.

13

Am nächsten Morgen waren Richter Phillips und seine Frau auf die Hochzeit eines Cousins in Waynesbridge eingeladen.

„Es wird spät werden, bis wir wieder zurück sind“, sagte Mrs Phillips zu Terry. „Im Kühlschrank findest du etwas zum Abendessen. Falls etwas sein sollte, weißt du ja, wo du uns erreichen kannst. Ich hab die Nummer neben das Telefon gelegt.“

„Okay, Mama.“

Terry winkte ihren Eltern noch nach, als diese das Haus verließen, und war froh, dass sie nicht mitgehen musste zu dieser Hochzeit. So konnte sie in Ruhe darüber nachdenken, wie es jetzt mit Adam weitergehen sollte. Ihre Eltern hätten sie doch dauernd mit irgendwelchen Fragen genervt.

Um elf Uhr läutete es an der Haustür. Terry machte auf. Zu ihrer Überraschung stand Dan draußen. Er machte ein ernstes Gesicht.

„Hallo, Terry“, sagte er. „Kann ich reinkommen und dich einen Moment sprechen?“

Sie trat zur Seite, um ihn hereinzulassen. „Na klar. Was ist los?“, fragte sie. „Ist was passiert?“

„Möglicherweise“, sagte er. „Das will ich eben herausfinden.“

Terry deutete auf das Arbeitszimmer ihres Vaters und sagte: „Lass uns hier reingehen.“

Sie lehnte sich an den Schreibtisch, während sich Dan ihr gegenüber in einen der Ledersessel setzte.

„Ich wollte dir gestern Abend etwas sagen", fing er an, „aber ich habe es nicht über mich gebracht."

„Was denn?", fragte Terry.

„Nun ja", sagte er. „Ich hab mit Jill gesprochen." Ihr Magen drehte sich um vor Schreck. Was hatte Jill ihm denn erzählt?

„Sie macht sich Sorgen um dich", erklärte Dan. „Und ich auch. Ich dachte, vielleicht weiß sie, was mit dir los ist und warum du dich in letzter Zeit so merkwürdig benimmst. Deshalb habe ich mich an sie gewandt. Ich traf sie heute früh im Club."

Terrys Gesicht zuckte nervös. „Ja, und …?"

„Sie hat mir ein paar seltsame Dinge erzählt. Zum Beispiel, dass du behauptet hast, du hättest dich am Rasierapparat geschnitten, aber da wäre überhaupt kein Schnitt zu sehen gewesen, noch nicht mal eine Schramme. Und du hättest auch kein Pflaster draufgeklebt …"

Terry warf einen Blick auf ihre Hand. Das blutige Herz – sie hatte es schon fast vergessen.

„Und dann die Sache mit eurer Verabredung mit Adam und Ray …"

„Oh nein!", entfuhr es Terry. „Dan ist gekommen um mit mir Schluss zu machen", dachte sie bestürzt. „Er ist hinter die Sache mit Adam gekommen."

Aber Dan machte gar kein böses Gesicht. Im Gegenteil, er stand auf und legte seine Hand tröstend auf Terrys Arm.

„Terry, ich glaube, ich weiß, was los ist. Jill habe ich nichts davon gesagt, denn es könnte ja sein, dass ich mich irre …"

Nein, dachte Terry, er konnte unmöglich wissen, was wirklich los war. Wie denn auch?

„Du hast Adam dazu überredet, den Mathetest für dich zu machen, stimmt's?", fragte Dan leise. „Und jetzt erpresst er dich."

Er *war* dahintergekommen! Irgendwie hatte er sich alles zusammengereimt. „Er kennt mich zu gut", dachte Terry.

Vor diesem Moment hatte Terry sich die ganze Zeit gefürchtet. Trotzdem war sie jetzt irgendwie erleichtert.

Endlich wusste jemand, dem sie vertrauen konnte, die Wahrheit!

Wie hatte sie sich danach gesehnt, nicht mehr lügen zu müssen!

Terry ließ den Kopf auf seine Brust sinken. Dann erzählte sie ihm die ganze Geschichte.

Dan streichelte sie, während sie ihm alles bis ins Kleinste anvertraute. Als sie fertig war, schaute sie mit Tränen in den Augen zu ihm auf. „Du musst mich für ein Monster halten", sagte sie. „Bestimmt willst du jetzt nichts mehr mit mir zu tun haben."

Aber er blickte sie sanftmütig an.

„Nein, Terry", sagte er. „Ich lehne dich wegen dieser Sache nicht ab. Du hast einen Fehler gemacht – das ist alles."

Doch dann trat er zurück und sein Gesichtsausdruck verhärtete sich. Er fing an, auf und ab zu laufen, und sagte schließlich: „Aber ich traue diesem Mistkerl Adam nicht. Was er dir da angetan hat! Du bist ja kurz vor einem Nervenzusammenbruch!"

So hatte Terry das noch gar nicht gesehen. Sicher, Adam hatte sich ihr gegenüber grausam benommen, aber irgendwie hatte sie immer das Gefühl, dass sie es verdiente.

„Hör zu, Terry", sagte Dan. „Du darfst Adam auf keinen Fall mehr Geld geben."

„Das ist unmöglich!", rief Terry entsetzt. „Ich muss es ihm geben!"

„Nein, du musst dich wehren, Terry. Du kannst das nicht so weiterlaufen lassen."

„Das werde ich auch nicht", sagte sie. „Ich finde schon einen Weg, damit er Ruhe gibt."

„So, und wie? Wie willst du das anstellen?"

„Das weiß ich noch nicht", sagte Terry. „Aber das Geld muss ich ihm geben. Er ist so skrupellos. Wenn er nicht kriegt, was er will … ich möchte nicht wissen, wozu er dann fähig ist!"

„Sieh mal, Terry", sagte Dan. „Solange du ihm Geld gibst, so lange wird er nicht aufhören, mehr zu verlangen. Irgendwann muss Schluss sein damit!"

„Ich weiß, aber was bleibt mir denn übrig? Ich ertrage das nicht länger, Dan. Ich ertrage ihn nicht und das, was er mir antut, auch nicht. Er hat mein Leben in der Hand und lässt mich nicht mehr los!"

Sie ging um den Schreibtisch herum und öffnete eine Schublade. Sie holte etwas hervor und legte es auf den Schreibtisch. Es war schwer und schwarz. Sie nahm es in die Hand.

Eine Pistole.

„Wenn ich den Mumm dazu hätte", sagte Terry, „dann würde ich ihn erschießen."

Dan hob schützend die Hände vors Gesicht.

„Terry, was tust du denn da? Leg das Ding weg! Terry! Terry …"

14

Terry ließ die Pistole sinken, aber im Geiste hätte sie Adam am liebsten auf der Stelle erledigt.

„Terry, was soll das?“ Dan wurde ganz blass vor Schreck. „Woher hast du die Pistole?“

„Sie gehört meinem Vater“, sagte Terry. „Ich habe sie mal entdeckt, als er nicht da war. Er weiß nichts davon.“

„Leg sie weg!“, rief Dan. Er entriss ihr die Pistole und legte sie zurück in die Schreibtischschublade. „Das ist doch keine Lösung! Damit machst du alles nur noch schlimmer.“

Terry zitterte. „Ich weiß einfach nicht mehr, was ich tun soll, Dan“, sagte sie. „Ich sitze in der Falle. Es gibt kein Entkommen.“

Er nahm sie in den Arm und tröstete sie. „Es muss doch einen Ausweg geben“, sagte er. „Mach dir keine Sorgen. Gib ihm auf keinen Fall mehr Geld. Ich werde mir was einfallen lassen.“

Terry lehnte sich an Dans Schulter. Wie gut, dass er da war! Sie hatte nie bemerkt, wie stark er war, aber trotz seiner Stärke und seiner Gefasstheit konnte sie sich nicht vorstellen, wie er ihr da heraushelfen wollte. Sie wusste doch, dass es keinen Ausweg gab!

Als Dan gegangen war, lief Terry in ihr Zimmer hinauf. Sie nahm ihren Schmuckkasten aus der Frisierkommode und kippte den Inhalt aufs Bett. Dann stöberte sie darin herum und legte alles beiseite, was möglicherweise von Wert war.

Sie raffte die Teile zusammen – Goldketten, Colliers,

Armreife und Ohrringe, stopfte sie in eine braune Papiertüte und fuhr damit in die Altstadt.

„Dan meint es sicher gut“, dachte sie, während sie nach einem Parkplatz suchte. „Aber er kennt Adam nicht. Wenn Adam mir etwas mehr Zeit gibt, dann fällt uns vielleicht was ein. Aber zuerst einmal muss ich zusehen, dass ich das Geld für ihn herbeischaffe.“

Dass Adam wirklich gefährlich werden konnte, das wusste sie ja jetzt seit dieser kriminellen Verfolgungsjagd. Und seit der bedrohlichen Situation bei *Benny's* und der Sache mit diesem widerlichen blutigen Tierherz.

„Adam wird mit der Zeit immer gefährlicher“, dachte sie schaudernd. „Ich will lieber nicht wissen, was er als Nächstes vorhat.“

Sie nahm ihre Papiertüte und ging damit zu Corelli's Antiquitätenladen.

Mr Corelli erkannte sie sofort. Er lächelte und nickte ihr zu.

Sie leerte den Schmuck auf den Ladentisch. Der alte Mann runzelte die Stirn.

„Diese Schmuckstücke sind nicht von so guter Qualität wie die Ohrringe“, sagte er mit seinem italienischen Akzent, während er alles sorgfältig prüfte. Terry beobachtete ihn ungeduldig.

Mr Corelli legte ein paar von den Goldketten und Armreife beiseite. „Ich gebe dir 200 Dollar für diese hier“, sagte er.

200 Dollar! Terry brauchte doch aber 1000! Sie versuchte, ihre Enttäuschung zu verbergen.

„Und was ist mit den anderen Stücken?“, fragte sie. „Die können Sie doch bestimmt auch verkaufen.“

Der Mann schüttelte den Kopf. „Nein. Nur diese hier. 200 Dollar, mein Fräulein."

Terry merkte, dass er diesmal nicht mit sich handeln ließ. Aber vielleicht würde sich Adam ja damit für ein paar Tage zufrieden geben, bis ihr eine andere Möglichkeit einfiel, an Geld zu kommen. Das musste einfach vorerst reichen.

„Okay, abgemacht", sagte sie.

Mr Corelli händigte ihr das Geld aus. Sie stopfte es in die Papiertüte und ging.

Die restlichen Schmuckstücke bot sie den anderen Antiquitätenhändlern in der Straße an, aber keiner wollte sie haben.

Terry war den Tränen nahe. Was sollte sie bloß tun? Es war schon fünf Uhr. Sie hatte keine Ahnung, wie sie in so kurzer Zeit noch 800 Dollar zusammenkratzen sollte.

Wie würde Adam reagieren, wenn sie ihm bloß 200 brachte? Würde er sie annehmen? Oder würde er wieder wütend werden?

Voller Angst und Zorn machte sie sich auf den Weg durch die engen Gassen der Altstadt und fuhr die Fear Street hinab bis zu Adams Haus. Sie stieg aus und hielt die Papiertüte fest umklammert. Dann holte sie tief Luft und ging auf die Haustür zu.

Es war bereits dunkel, als Terry wieder in ihre Straße einbog. Nachdem sie Adams Haus verlassen hatte, war sie wie betäubt durch die Gegend gefahren.

In welche Richtung wusste sie gar nicht, es war ihr aber eigentlich auch egal.

In ihrem Kopf gab es nur einen einzigen Gedanken: Ist dieser Albtraum jetzt vorüber? Endgültig vorbei?

Als sie in die Einfahrt zu ihrem Haus einbog, sah sie, dass ihre Eltern noch nicht zurückgekommen waren.

Aber irgendjemand stand da gegen die Haustür gelehnt.

Terrys Herz pochte. Sie stieg aus dem Auto und ging auf die Gestalt zu. „Dan!“, rief sie erleichtert aus.

„Wo warst du denn?“, wollte er wissen.

Sie antwortete nicht, sondern schaute weg und fragte sich, wieso er noch mal gekommen war. Sie schloss die Haustür auf und beide gingen hinein.

„Was ist los?“, fragte er. „Hast du Adam getroffen?“

Sie wollte es ihm nicht sagen und sann nach einer Ausrede, nach irgendetwas Glaubhaftem.

Es kam nicht dazu, denn es läutete an der Tür.

Verwundert ging Terry aufmachen, Dan folgte ihr.

Als sie öffnete, standen zwei streng dreinschauende Polizisten vor ihr.

„Sind Sie Terry Phillips?“, fragte der eine.

Terry starrte die beiden mit offenem Mund an und nickte.

„Wir möchten Ihnen ein paar Fragen stellen.“

„Worum geht es denn?“, schaltete sich Dan ein.

Der andere Polizist räusperte sich. „Jemand hat auf Adam Messner geschossen“, sagte er. „Er ist tot.“

15

Terry war starr vor Entsetzen. Die Polizisten traten ein und schlossen die Tür hinter sich.

„Können wir uns hier drinnen unterhalten?“, fragte der eine und deutete auf das Arbeitszimmer. „Wir haben nur ein paar kurze Fragen.“

„Natürlich“, sagte Dan. Er führte Terry und die Polizisten hinein, und sie setzten sich.

Terry war heilfroh, dass Dan da war und die Sache in die Hand nahm. Er war so ruhig und gefasst. Was hätte sie darum gegeben, ebenso gelassen zu sein! Stattdessen fing sie schon an zu zittern, bevor die Polizisten überhaupt loslegten.

„Miss Phillips“, sagte der Erste. „Wir wollen Sie nicht lange aufhalten. Haben Sie Adam Messner gekannt?“ Er klappte seinen Notizblock auf und hielt seinen Stift einsatzbereit.

Terry nickte. „Ja. Er ging auf die Shadyside Highschool. Er war mit mir im Mathematikunterricht.“

Der andere Polizist fragte: „Haben Sie Adam heute gesehen, Miss Phillips?“

„Nein“, log Terry. Ihre Gedanken rasten hin und her. „Ich kenne Adam, aber wir waren nicht befreundet. Außerhalb der Schule habe ich ihn nie getroffen.“

„Eine Nachbarin von ihm hat uns aber erzählt, sie hätte Ihr Auto heute Nachmittag vor seinem Haus stehen sehen“, sagte der Polizist.

Terry schüttelte den Kopf. „Nein, da muss sie sich geirrt haben“, sagte sie. „Ich habe Adam heute nicht gesehen. Ich war die ganze Zeit hier mit Dan, wir haben zusammen gelernt. Stimmt's, Dan?"

Dan schaute sie misstrauisch an.

„Das stimmt", bestätigte er schließlich. „Wir waren den ganzen Tag hier."

„Und wo sind Ihre Eltern, Miss Phillips?"

„Auf einer Hochzeit in einer anderen Stadt. Sie kommen erst spät zurück."

Die Polizisten warfen sich einen flüchtigen Blick zu, dann standen sie auf. Der Erste klappte seinen Notizblock wieder zu.

„Nun gut", sagte er. „Danke, Miss Phillips. Ich hoffe, wir haben Sie nicht allzu sehr beunruhigt. Möglich, dass wir später wegen weiterer Fragen noch mal auf Sie zukommen müssen. Aber im Augenblick reicht das."

Terry begleitete die beiden Polizisten hinaus. Sie schloss die Tür hinter ihnen und lehnte sich mit einem Seufzer dagegen.

„Aber du *warst* doch heute bei Adam, hab ich recht?", fragte Dan, der ihr in den Flur gefolgt war. „Warum hast du gelogen?"

Terry überlegte. „Die Polizisten brauchen nichts über meinen Ärger mit Adam zu wissen", sagte sie schließlich. „Sonst kommen sie vielleicht noch dahinter, warum er mich erpresst hat. Aber ich habe ihn nicht umgebracht, Dan, ich schwör's dir!"

Dan starrte sie nur an.

„So habe ich Dan ja noch nie gesehen", dachte Terry. „So kalt. Was hat das zu bedeuten?"

Sie ging mit festen Schritten auf ihn zu und packte ihn bei den Schultern. „Ich war's nicht, Dan!", beschwor sie ihn. „Du musst mir glauben!"

Aber sie sah ihm an, dass er ihr nicht glaubte, und sie konnte ihm das auch nicht übel nehmen.

Warum sollte er ihr überhaupt noch irgendetwas glauben? Schließlich hatte sie in letzter Zeit nichts anderes getan als gelogen und betrogen.

„Ich gehe jetzt nach Hause, Terry“, sagte Dan abweisend.

„Rufst du mich denn nachher mal an?“, fragte sie. „Ich werde hier bestimmt noch eine ganze Weile alleine sein. Ich … ich hab irgendwie Angst.“

Er starrte sie mit ernstem Blick an. „Sicher, Terry. Ich ruf dich später an. Hab keine Angst.“ Aber seinen Worten fehlte jede Wärme.

Er ging, ohne ihr einen Abschiedskuss zu geben.

Als Terry schließlich allein war, wusste sie nicht, was sie tun sollte, und fing an, von einem Zimmer zum anderen zu marschieren. Sie ging nach oben, dann nach unten, wieder nach oben und wieder nach unten. Gedanken voller Panik und Verzweiflung überstürzten sich in ihrem Kopf und ließen die Erinnerung an die Ereignisse der letzten Woche wieder aufleben.

Sie ballte die Hände zur Faust und versuchte vergeblich, diesen einen bestimmten Gedanken zu verdrängen.

Adam ist tot. Endlich ist er aus meinem Leben verschwunden – für immer.

Der Spuk ist vorüber.

Für einen kurzen Augenblick fühlte Terry sich erleichtert. Aber das hielt nicht lange an, und sie wurde wieder von Angst erfasst.

Adam war tot – und die Polizei wusste, dass es zwischen ihm und ihr eine Verbindung gab.

„Was ist bloß aus mir geworden?“, rief sie laut in die

leeren Räume. „Mein Leben war doch so einfach. Wie konnte es nur zu so einem Chaos kommen?“

Eine Stunde lang lief sie so auf und ab. Schließlich unterbrach das Klingeln des Telefons ihre quälenden Gedanken.

„Das wird Dan sein“, dachte sie erfreut. „Er will mir bestimmt sagen, dass es ihm leid tut, dass er an mir gezweifelt hat, und er will sich vergewissern, ob auch alles in Ordnung ist …“

Sie nahm den Hörer ab. „Dan?“

Es war eine andere Stimme. Sie flüsterte: „Terry, ich weiß, was du getan hast.“

16

„Wer *ist* denn da?“, fragte Terry und packte den Telefonhörer mit beiden Händen. „Mit wem spreche ich denn?“

Sie hörte ein Klicken, dann eine Weile nichts, dann wieder mehrmals hintereinander das Klicken. Schließlich kam nur noch das Freizeichen.

Terry legte mit zitternden Händen auf. Sie bekam es mit der Angst zu tun.

Wer konnte das bloß gewesen sein? Ihr kam nur eine Person in den Sinn – Sheila.

Terry fing wieder an umherzulaufen. „Was soll Sheila denn wissen können?“, fragte sie sich schaudernd. „Hat Adam ihr vielleicht etwas erzählt – womöglich sogar alles?“

Sie wurde von Panik ergriffen. Sheila hatte sie bestimmt beobachtet, hatte überall herumgeschnüffelt, um sie dann fertigzumachen. Vielleicht hatte Sheila auf eigene Faust etwas herausgefunden?

In diesem Augenblick kamen ihre Eltern die Einfahrt heraufgefahren. Terry lief schnell nach oben und stieg ins Bett. Sie konnte ihnen jetzt unmöglich gegenübertreten. Ihr Vater würde ihr ihre Panik bestimmt ansehen.

Ein paar Minuten später kam Mr Phillips in ihr Zimmer, um nach ihr zu sehen, doch Terry lag still im Bett und stellte sich schlafend.

Terry blieb den ganzen Sonntag in ihrem Zimmer. Ihren Eltern erzählte sie, sie fühle sich nicht wohl. Sie hatte die Nacht zuvor kaum geschlafen und kam auch jetzt nicht zur Ruhe. Wieder wanderte sie im Zimmer auf und ab wie eine Gefangene in ihrer Zelle.

Als sie am Montagmorgen aufstand, um zur Schule zu gehen, war sie noch immer völlig erschöpft. Aber sie raffte sich dennoch auf.

Das Beste wird sein, so hatte sie überlegt, sich ganz normal zu verhalten. So zu tun, als wäre alles in bester Ordnung.

Doch kaum hatte sie das Schulgebäude betreten, wurde ihr klar, wie sinnlos das war.

Sie lächelte wie immer ihren Freundinnen zu und grüßte fröhlich in die Runde, aber niemand reagierte. Ihre Freundinnen wandten sich ab – von den anderen wurde sie nur angestarrt. Offenbar hatte es sich in ganz Shadyside herumgesprochen, dass Adam ermordet worden war.

Ihre Mitschüler brachen ihre Unterhaltungen ab, sobald sie sich ihnen näherte. Und kaum war sie an ihnen vorbei, hörte sie Geflüster hinter sich. Sie schnappte nur ein paar Worte auf, aber die reichten ihr auch:

„*Polizei.*“

„*Adam.*“

„*Umgebracht.*“

Terry beschleunigte ihren Schritt, als sie den Flur entlangging, und versuchte, niemandem ins Gesicht zu sehen.

Dann erblickte sie Jill, ihre beste Freundin. Terry lief auf sie zu. Aber als Jill sie erblickte, erschrak sie und trat ein paar Schritte zurück. Dann drehte sie sich um und rannte weg.

Terry rief ihr noch nach: „Jill! Wo wollst du denn hin? Warte doch!“

Jill blieb nicht stehen. Terry begann, ihr nachzulaufen, doch dann hielt sie inne.

Schließlich konnte sie Jill ihr Verhalten nicht verübeln, nach allem, was Terry ihr zugemutet hatte. Aber sie war doch ihre beste Freundin …

Es schien, als hätte sie sich über Nacht in ein Monster verwandelt. Niemand war auf ihrer Seite, noch nicht einmal Jill. Sie hatte niemanden mehr – niemanden außer Dan.

Sie musste Dan finden. Sie musste jemanden finden, der an sie glaubte. Jemanden, der ihr helfen würde.

Wahrscheinlich war er oben bei seinem Schließfach. Sie lief die Treppe hinauf und den Flur entlang. Da stand er. Er war allein.

Sie rannte zu ihm hin. „Dan!", rief sie.

Er wandte sich nach ihr um. Ein Blick in sein Gesicht entmutigte sie mit einem Schlag.

Er lächelte nicht, und er hatte dunkle Ränder unter den Augen. „Hallo, Terry", murmelte er leise.

Dann begann er, nervös von einem Fuß auf den anderen zu treten. Anscheinend fühlte er sich unbehaglich in ihrer Gegenwart.

Terry versuchte, sein abweisendes Verhalten zu ignorieren. Sie musste jetzt unbedingt mit jemandem sprechen! „Dan", sagte sie. „Warum hast du mich denn gestern nicht mehr angerufen?"

Er wandte den Blick ab. „Ich konnte nicht, Terry. Es tut mir leid."

Terry war verwirrt. „Jetzt hat wohl sogar er mich im Verdacht", dachte sie fassungslos. „Er wird nervös in meiner Gegenwart, genau wie alle anderen!"

Aber Dan war doch ihre letzte Hoffnung! Sie fasste

ihn am Arm. „Bitte!“, flehte sie ihn an. „Nicht du auch noch!“

Sie rüttelte an seinem Arm, damit er ihr wenigstens in die Augen sah.

Aber er starrte nur auf den Fußboden. „Ich weiß nicht, was ich sagen soll, Terry.“

„Wie ist das nur möglich?“, dachte Terry verzweifelt.

„Jetzt ist Dan auch noch gegen mich.“

17

Irgendwie stand Terry den Rest des Tages durch. Wie, wusste sie selbst nicht. Nachdem sie von Dan weggegangen war, kapselte sie sich einfach ab. Sie behielt ihre Gedanken für sich und sprach niemanden mehr an. Die Blicke der Leute und ihr Geschwätz versuchte sie zu ignorieren.

Sie lief die ganze Zeit durch die Gegend wie eine Schlafwandlerin.

Nach ein paar Tagen wurde es besser, und man starrte sie in der Schule nicht mehr so an. Es redete zwar immer noch niemand mit ihr, aber immerhin weigerte sich keiner mehr, im Unterricht neben ihr zu sitzen.

Wenn zu Hause das Telefon klingelte, schrak sie jedes Mal zusammen vor lauter Angst, es könnte eine weitere Drohung sein. Aber die Anrufe waren nie für sie. Jill meldete sich nicht und Dan auch nicht. Auch Sheila rief nicht mehr an.

„Vielleicht renkt sich ja jetzt alles wieder ein", dachte Terry. „Vielleicht wird mein Leben langsam wieder normal. Die Leute in der Schule werden irgendwann nicht mehr an Adam denken. Und Dan wird wieder zur Besinnung kommen und zu mir zurückkehren.

Vielleicht ist ja das Schlimmste jetzt überstanden", dachte Terry.

Eines Abends wollte Mrs Phillips ihren Mann unbedingt auf eine ihrer Wohltätigkeitsveranstaltungen mitschleifen. In einem paillettenbesetzten, silberfarbenen

Abendkleid stolzierte sie die Treppe herab und ging ins Wohnzimmer, wo Terry vor dem Fernseher saß. Ihre Diamantohrringe baumelten ihr fast bis auf die Schulter.

„Macht es dir auch nichts aus, heute Abend allein zu bleiben, Terry?“, fragte sie.

„Nein, nein, keine Sorge“, antwortete Terry, ohne den Blick vom Fernseher abzuwenden.

Mrs Phillips seufzte und warf einen Blick nach oben. „Was bloß dein Vater wieder so lange macht?“ Dann rief sie ihn: „John! Wenn du dich nicht beeilst, kommen wir noch zu spät!“

Kurz darauf erschien Mr Phillips im Smoking und rückte noch seine Fliege zurecht.

„Müssen wir denn unbedingt immer die Ersten sein bei diesen Empfängen?“, murrte er.

„Es bleibt mir keine Wahl, Liebling“, antwortete seine Frau. „Ich bin nun mal die Vorsitzende, da muss ich als Erste da sein, um alle Gäste zu begrüßen.“

„Nächstes Mal gehst du bitte ohne mich“, sagte Mr Phillips.

„Aber, John …“

Er blieb noch kurz in der Wohnzimmertür stehen, um sich von Terry zu verabschieden.

„Es wird nicht spät werden“, sagte er zu ihr. „Ob es deiner Mutter passt oder nicht, ich werde dafür sorgen, dass wir rechtzeitig wieder da sind. Mir steht morgen eine Menge Arbeit bevor.“

„Okay, Papa“, sagte Terry.

„Hast du auch keine Angst, so allein zu bleiben im Haus?“, fragte er.

„Das habe ich sie schon gefragt“, fuhr Mrs Phillips

ungeduldig dazwischen. „Sie hat Nein gesagt. Also, komm jetzt."

„Ruf doch Jill an, und frag sie, ob sie nicht Lust hat, dir Gesellschaft zu leisten", schlug Terrys Vater vor. „Aber denk dran, wenn es klingelt und du weißt nicht, wer es ist, dann mach nicht auf!"

Terry sagte nichts. Es hatte doch gar keinen Sinn, Jill oder Dan oder sonst irgendjemand anzurufen. Es würde ja doch keiner kommen.

„Sie kann gut auf sich selbst aufpassen", bemerkte Terrys Mutter. „Gute Nacht, Liebes. Und bleib nicht zu lange auf."

„Tschüss", sagte Terry.

Sie atmete erleichtert auf, als die Tür hinter ihnen ins Schloss fiel. In letzter Zeit fühlte sie sich nur wohl, wenn sie allein war.

Sie schob sich eine Tiefkühlpizza in die Mikrowelle und setzte sich dann damit vor den Fernsehapparat. So viel wie in den letzten Tagen hatte sie noch nie ferngesehen. Was sollte sie auch sonst anfangen?

Nach ein paar Stunden fing Terry an, sich zu langweilen. Sie fühlte sich müde, dabei war es erst kurz nach neun. Zu früh, um zu Bett zu gehen. Sie streckte sich mit der Fernbedienung auf dem Sofa aus, um zu sehen, ob es nicht doch irgendeine interessante Sendung gab.

Plötzlich ging der Fernsehapparat aus, und das Licht flackerte. Dann war es dunkel.

„He – was ist denn jetzt los?", fragte Terry laut.

Es war stockfinster um sie herum.

Terry setzte sich auf und lauschte. War da nicht ein Geräusch?

Bumm.

Was war das?

Ihr klopfte das Herz bis zum Hals.

Dann hörte sie es wieder – *bumm*, und dann folgte ein scharrendes Geräusch.

Jemand schlich im Haus herum! Unten im Keller.

„Ich muss um Hilfe rufen“, dachte sie und wurde von Panik ergriffen.

Terry stand auf und tastete sich in die Küche.

Sie stieß mit der Hand gegen das Telefon, und es fiel herunter.

Vorsichtig bückte sie sich, griff nach der Telefonschnur, hob den Hörer vom Boden auf und hielt ihn ans Ohr.

Die Leitung war tot.

Verzweifelt drückte sie die Tasten.

Stille. Nichts rührte sich.

Sie ließ den Hörer sinken, als sie von der Kellertreppe her ein Knarren vernahm. Da, ein Schritt! Noch einer! Jemand kam die Treppe herauf!

Entsetzt wich Terry zurück in den Flur. Die Schritte kamen immer weiter die Treppe herauf.

Terry stieß gegen einen kleinen Tisch. Mit lautem Gepolter kippte er um. In Panik schubste sie ihn beiseite und tastete sich auf Zehenspitzen weiter zurück.

Da ging die Kellertür auf.

„Wer ist da?“, flüsterte Terry.

Jetzt hörte sie jemanden auf sich zukommen. Den Flur entlang. Näher. Immer näher.

„Wer ist da?“, rief sie jetzt mit zitternder, fremd klingender Stimme.

Keine Antwort. Nur die Schritte. Näher und immer näher.

Terry stieß mit dem Rücken gegen die Wand. Sie drückte sich dagegen, als wollte sie sie durchbrechen.

Die Schritte näherten sich immer mehr.

Da sagte eine Stimme:

„Pass auf, sonst brichst du deinem Vater das Herz.“

18

Adam?

Nein! Das war unmöglich. Adam war ja tot. Aber wer konnte das sonst sein?

„Adam?“, rief sie.

Keine Antwort. Ein Schritt. Und noch einer.

Sie bemühte sich, in der Finsternis des fensterlosen Flurs etwas zu erkennen.

Adam? Nein. Nein. Unmöglich. War es Sheila? Terry glitt an der Wand entlang bis zur Tür des Arbeitszimmers. Sie schlich rückwärts hinein.

Die Schritte folgten ihr. Der Einbrecher stand jetzt in der Tür. Sie konnte erkennen, dass er eine Maske trug.

„Ich sitze in der Falle“, dachte Terry bebend vor Angst. „Ich bin gefangen. Gleich wird er mich … umbringen!“

Ihre Knie gaben nach, während sie sich auf den Schreibtisch ihres Vaters zubewegte.

Da fiel ihr etwas ein. Die Pistole!

Sie stolperte um den Schreibtisch herum, während sich die Schritte langsam auf sie zubewegten.

Der Einbrecher hatte sie fast erreicht.

Sie tastete nach der Schublade und riss sie auf.

Mit zitternden Händen suchte sie nach der Pistole. Wo war sie bloß?

Sie war nicht mehr da.

19

Der Unbekannte sprang auf sie zu.

Terry stürzte, der andere torkelte grunzend hinter ihr her und drängte sie gegen die Wand.

Sie versuchte zu schreien, aber er packte sie an der Kehle und hielt ihr mit der anderen Hand den Mund zu.

Jetzt wusste Terry, dass es nicht Sheila war. Die Person war viel größer und stärker.

Es war ein Mann.

Ein Mann mit riesengroßen Händen.

Sie versuchte verzweifelt, sich zu befreien, aber er umklammerte ihren Hals und drückte ihr die Kehle zu.

Terry schnappte nach Luft, aber es kam nur ein quiekender Laut heraus. „Ich ... ich kriege keine Luft mehr!“, dachte sie panisch.

Sie würgte.

„Du hast Glück gehabt“, flüsterte der Mann. „Ich wollte dich von der Straße in den Abgrund stoßen, aber du bist mir entwischt. Diesmal wird dir das nicht gelingen. Diesmal wird die Botschaft ihr Ziel erreichen ...“

Er packte noch fester zu.

Terry war dem Ersticken nah.

Sterne tanzten vor ihren Augen. Er war dabei, sie zu erwürgen!

Die Sterne wurden heller, immer heller, bis sie nichts mehr sah.

Schließlich wurde Terry von einem grellen Licht verschluckt.

Ein schwacher, heulender Ton durchbrach die Stille.

Das Heulen wurde schrill und lauter, immer lauter.

Zu dem grellen Licht kamen aufblitzende rote Lichter. Sirenen. Sirenen! Die Polizei!

Plötzlich lockerte der Mann seinen Griff. Mit einem lauten Röcheln schnappte Terry nach Luft. Das Blut fing wieder an zu zirkulieren, und sie begann zu schreien.

Die Sirenen waren jetzt so ohrenbetäubend laut, als kämen sie vom Hauseingang.

Der Mann ließ Terry los.

Ihr war schwindelig. Entsetzlich schwindelig, und sie sank zu Boden.

Sie hörte etwas krachen. Dann schwere Schritte.

Der Eindringling wollte wegrennen. Da hörte Terry jemanden rufen: „Keine Bewegung!"

Eine andere Stimme rief: „Ich hab ihn!"

Terry setzte sich auf. Um sie herum schien sich alles im Kreise zu drehen. Der Schein einer Taschenlampe wurde von der Wand reflektiert. Dann traf er ihr Gesicht.

„Hey. Ist alles in Ordnung?"

Terry blinzelte. Jemand half ihr aufstehen. Ein Polizist fragte sie mit besorgter Miene: „Können Sie mich hören, Miss? Sind Sie verletzt?"

Terry schüttelte unsicher den Kopf. Sie wollte etwas sagen, doch ihre Kehle schmerzte.

„Alles okay", brachte sie mühsam heraus.

„Können Sie gehen?"

Sie nickte und sah mit leerem Blick in sein besorgtes Gesicht.

Der Polizist stützte sie und brachte sie in den Flur hinaus.

Dort standen noch mehr Polizisten. Sie hatten den

Einbrecher eingekreist und ihm Handschellen angelegt. Er hatte immer noch die Maske vor dem Gesicht.

Terry sah zu, wie einer der Polizisten ihm die Maske abnahm.

Terry trat zögernd einen Schritt nach vorn. Der Polizist richtete jetzt seine Taschenlampe auf das Gesicht hinter der Maske.

Terry blieb vor Schreck der Mund offen stehen.

20

Der Mann war etwa 45 Jahre alt, hatte rotblondes Haar und eine stämmige Figur. Mit seinem roten, zerfurchten Gesicht und den dunklen Augenbrauen schaute er Terry böse an.

„Kennen Sie diesen Mann, Miss Phillips?", fragte der Polizist.

Terry schüttelte den Kopf. „Ich habe ihn noch nie gesehen", sagte sie. „Wer ist das? Ich … ich verstehe das nicht …"

Aber er musste sie kennen, denn er hatte ja zu ihr gesagt: „Pass auf, sonst brichst du deinem Vater das Herz."

Warum? War *er* es gewesen, der ihr dieses blutige Herz in die Tennistasche gesteckt hatte?

Und er hatte auch gesagt, dass er sie die Straße hinunterstoßen wollte. Dann war es also doch nicht Adam gewesen und Sheila ebenso wenig.

Es musste dieser Mann gewesen sein. Dieser … dieser Fremde.

Aber warum hatte er das getan? Wer war er?

Da hörte Terry eine vertraute Stimme. „Was geht hier vor? Wo ist meine Tochter?"

Es war ihr Vater. Ihre Eltern waren nach Hause gekommen.

„Hier bin ich, Papa!", rief sie. Sie lief auf ihn zu und klammerte sich an ihn. Dann kam ihre Mutter und nahm sie in die Arme.

„Terry, was ist passiert?", fragte sie.

Einer der Polizisten trat auf sie zu. „Richter Phillips?",

sagte er. „Wir sind wegen eines Einbruchs angerufen worden. Es hieß, jemand hätte die Alarmanlage an Ihrer Kellertür ausgelöst. Wir sind sofort losgefahren. Als wir einen Schrei hörten, haben wir die Tür aufgebrochen und diesen Mann hier ertappt.“ Er zeigte auf den Einbrecher. „Er hat Ihre Tochter angegriffen.“

Terrys Vater nahm sie fest in den Arm. „Ist alles in Ordnung?“, fragte er. „Hat er dich verletzt?“

Terry schüttelte den Kopf.

Zwei Polizisten wollten den Einbrecher abführen. Doch Mr Phillips hielt sie auf.

„Warten Sie einen Moment“, sagte er. „Ich möchte mir diesen Mann mal genauer ansehen.“

Einer der Polizisten leuchtete dem Einbrecher mit der Taschenlampe ins Gesicht. Der warf Mr Phillips einen zornigen Blick zu, sagte aber nichts.

„Ich erkenne ihn“, sagte der Richter. „Ich habe Fotos von ihm gesehen. Er arbeitet für Henry Austin.“

Terry schaute ihren Vater erstaunt an. Henry Austin! „Was habe *ich* denn mit dem zu tun?“, fragte sie sich.

„Wir nehmen ihn mit aufs Revier zur Vernehmung, Herr Richter“, sagte der Polizist. „Wir werden Sie verständigen, sobald wir etwas herauskriegen, was für Sie wichtig sein könnte.“

Einer der Polizisten ging in den Keller, um den Strom wieder einzuschalten. Das Licht ging wieder an, und der Fernseher plärrte los. Terry machte ihn aus.

Als die Polizisten gegangen waren, setzte sich Terry mit ihren Eltern im Wohnzimmer aufs Sofa. Ihr Vater versuchte, sie zu trösten.

„Papa“, sagte Terry. „Ich versteh das nicht. Was wollte dieser Kerl denn hier?“

„Er gehört zu Henry Austins Bande“, erklärte er. „Ich denke, er hat dich dazu benutzt, auf mich Druck auszuüben. Er wollte mir drohen, damit ich Henry Austin laufen lasse.“

Terry war ganz verwirrt. „Wie meinst du das?“

„Austin befürchtet, dass die Geschworenen ihn für schuldig befinden. Deshalb versucht er, mich einzuschüchtern. Er will mich zwingen, ihn freizusprechen. Liebes, es tut mir so leid für dich. Ich habe schon oft Drohungen erhalten. Aber dass es jemand auf *dich* abgesehen haben könnte, auf die Idee bin ich nie gekommen. Ich würde dich doch niemals absichtlich in Gefahr bringen.“

Terry nickte. Jetzt wurde ihr einiges klar, Dinge, die vorher einfach keinen Sinn ergeben hatten.

Ihr Vater betrachtete besorgt ihren Hals. „Bist du sicher, dass alles in Ordnung ist, Terry? Dein Hals ist ganz rot.“

Sie fasste sich an den Hals. Er schmerzte, aber ins Krankenhaus wollte sie deswegen nicht.

„Es tut wirklich nur ein bisschen weh, Papa“, sagte sie. „Aber ich fühle mich ziemlich schwach. Ich glaube, ich gehe nach oben und lege mich ein wenig hin.“

„Mach das, Liebes. Ich komme später und sehe nach dir. Jetzt muss ich erst mal den Staatsanwalt verständigen.“

Terry stieg langsam die Treppe hinauf in ihr Zimmer und schloss die Tür hinter sich. Dann legte sie sich aufs Bett, um nachzudenken.

Die ganze Zeit war sie davon ausgegangen, dass Adam ihr das blutige Herz in die Tasche gelegt hatte. Jetzt wusste sie, dass nicht er es gewesen war, sondern dieser

Kriminelle, der für Henry Austin arbeitete. Und dass er derjenige war, der sie von der Straße stoßen wollte, hatte er ja auch zugegeben.

Henry Austin wollte Papa einschüchtern, indem er *mir* Angst eingejagt hat, ging es Terry durch den Kopf. Er wollte ihm damit zu verstehen geben: Entweder du lässt Austin frei, oder deine Tochter muss sterben.

Normalerweise hätte Terry ihrem Vater das mit dem Herz und der gefährlichen Verfolgungsjagd erzählt, aber diesmal hatte sie nichts gesagt, weil sie angenommen hatte, dass Adam dahintersteckte.

„Ich habe mir ja sogar eingebildet, dass Adam es war, der mich vorhin angegriffen hat!“, dachte sie kopfschüttelnd. „Wie kann man nur so blöd sein!“

Am nächsten Morgen kam ein Kriminalbeamter ins Haus. Richter Phillips begrüßte ihn und bat ihn in sein Arbeitszimmer.

Als er sich nach einer einstündigen Unterredung wieder verabschiedet hatte, rief Mr Phillips seine Frau und seine Tochter zu sich ins Zimmer, um ihnen Bericht zu erstatten.

Mrs Phillips war sehr aufgeregt, und der Richter versuchte, sie zu beruhigen.

„Der Einbrecher ist gestern Abend eingehend vernommen worden“, sagte Mr Phillips. „Sie haben eine ganze Menge aus ihm herausbekommen. Jetzt sitzt er in Untersuchungshaft. Der Beamte hat mir versichert, dass wir nichts mehr zu befürchten haben.“

Er schaute seine Frau an, die weinend dasaß und kein Wort herausbrachte. Sie schüttelte nur fassungslos den Kopf.

Mr Phillips seufzte.

„Hat er zugegeben, dass er für Henry Austin gearbeitet hat?“, fragte Terry.

Ihr Vater nickte. „Ja, und Austin weiß auch, dass sein Komplize geschnappt worden ist. Jetzt, wo die Polizei ihn dingfest gemacht hat, wird Austin wohl auf weitere Einschüchterungsversuche verzichten. Er schadet sich damit nur selbst.“

Terrys Mutter schluchzte immer noch. Sie konnte sich einfach nicht beruhigen. Mr Phillips nahm zärtlich ihre Hand.

„Schatz“, sagte er. „Das Verfahren steht kurz vor dem Ende. Wenn es erst mal vorbei ist, kommt alles wieder in Ordnung. Mach dir keine Sorgen, das wird schon wieder. Ich verspreche es dir.“

Mrs Phillips wurde ruhiger. Sie trocknete sich die Tränen und nickte.

„Ich vertraue dir, Liebling“, sagte sie.

Sie erhob sich mühsam und verließ das Zimmer. Terry stand ebenfalls auf.

„Terry“, sagte ihr Vater. „Wenn du etwas brauchst, du weißt, ich bin jederzeit für dich da.“

„Danke, Papa.“

Als Terry aus dem Zimmer ging, warf sie noch einen Blick zurück, bevor sie die Tür hinter sich zumachte. Sie sah, wie ihr Vater die Pistole aus seiner Aktentasche nahm und sie wieder in die Schreibtischschublade legte.

„Aha, deshalb habe ich die Pistole nicht gefunden“, dachte sie. „Papa hatte sie bei sich.“

Mit der Zeit bekam Terry das Gefühl, dass endlich keine Gefahr mehr drohte. Der Ganove saß im Gefängnis. Adam war tot. Die Polizei hatte ihr keine Fragen mehr gestellt in Bezug auf den Mord. In der Schule hatten sich die Gemüter beruhigt, und es kamen auch keine mysteriösen Anrufe mehr.

Und noch etwas ließ Terry aufatmen. Ihr Vater gab sich jede erdenkliche Mühe, damit sie sich sicher fühlte. Er hatte zwar immer noch sehr viel Arbeit am Hals, trotzdem kümmerte er sich mehr um sie als sonst. Mehrmals täglich erkundigte er sich danach, wie es ihr ging.

„Er fühlt sich schuldig", dachte Terry bei sich. Ohne den Fall Austin, für den ihr Vater zuständig war, wäre sie nicht überfallen worden. Wie auch immer, sie genoss es, dass er ihr so viel Aufmerksamkeit schenkte, und es ging ihr wirklich viel besser.

„Ich hatte recht", dachte sie erfreut. „Langsam wird mein Leben wieder normal."

Drei Tage später klingelte das Telefon, während Terry gerade für die Schule lernte. Sie nahm den Hörer ab.

„Hallo?"

„Rate mal, wer dran ist, Terry. Ich bin es. Sheila."

„Sheila …" Terry war so verdattert, dass sie nicht wusste, was sie sagen sollte. Ihr Gefühl der Sicherheit schmolz im Nu dahin.

„Ich brauche Geld, Terry", sagte Sheila. „500 Dollar dürften reichen."

„Wie bitte? Wovon sprichst du überhaupt?", fragte Terry. „Wieso sollte ich dir Geld geben?"

„Nun spiel bloß nicht die Unschuldige. Du weißt genau, wovon ich spreche. Du hast Adam dafür bezahlt, dass er den Mund hält, und jetzt bezahlst du mich dafür."

„Was? Wieso sollte ich?"

„Das kann ich dir sagen. Weil ich Bescheid weiß. Ich

weiß alles über dich und Adam. Adam hat mir alles erzählt. Und außerdem weiß ich, dass *du* ihn umgebracht hast."

Terry blieb das Herz stehen. „Ich … ich …"

„Schon gut, Terry. Leugnen hat überhaupt keinen Zweck. Ich war es, die Adams Leiche gefunden hat. Und ich war es auch, die die Polizei gerufen hat. Ich weiß, dass du ihn erschossen hast. Und ich habe den Beweis."

21

Sheila wollte beweisen, dass Terry Adam umgebracht hatte? Wie das denn?

„Sag mir, was für einen Beweis du hast“, forderte Terry mit zitternder Stimme.

Sheila lachte. „Oh nein, Terry. So einfach geht das nicht. Ich gebe nichts umsonst preis. Aber keine Sorge, ich tu dir nichts, vorausgesetzt, du triffst dich morgen Abend mit mir. Ich warte hinter Adams Haus auf dich. Am Waldrand der Fear Street. Und bring das Geld mit.“

„Wo soll ich denn 500 Dollar herkriegen?“

„Du wirst schon einen Weg finden. Bis jetzt hast du schließlich immer einen gefunden“, gab Sheila gelassen zurück.

Terry schluckte. Sheila schien tatsächlich Bescheid zu wissen.

„Du gibst mir das Geld“, sagte Sheila. „Und ich liefere dir dafür den Beweis.“

Damit legte sie auf. Terry war wie benommen.

Von wegen, ihr Leben wurde langsam wieder normal. Da hatte sie sich wohl zu früh gefreut. Es sah ganz so aus, als ginge die Schikane von vorne los.

Der Gedanke, Sheila allein zu treffen, behagte ihr überhaupt nicht. Sie hatte Angst davor, noch mal zu Adams Haus zu gehen und die schrecklichen Erinnerungen an ihn wieder auszugraben.

Aber sie hatte keine andere Wahl. Sie musste herausfinden, von welchem Beweisstück Sheila gesprochen hatte. Sie musste es unbedingt zurückhaben.

Terry schaute sich in ihrem Zimmer um. Wo sollte sie bloß das Geld hernehmen? Ihren wertvollen Schmuck hatte sie bereits verkauft – und der hatte nur die Hälfte der Summe eingebracht, die Sheila verlangte. Was sollte sie nur tun?

Verzweifelt durchwühlte sie ihren Schrank. Kleider, Schuhe – lauter nette Sachen, aber nichts, womit man 500 Dollar herausschinden konnte, schon gar nicht so kurzfristig. Ihre Mutter besaß einen Pelzmantel … „Nein", sagte sie sich. „Das mache ich auf keinen Fall. An Mutters oder Vaters Sachen gehe ich nicht ran. Das würden sie mir nie verzeihen. Das hier ist mein Problem, und das muss ich auch selbst lösen."

Sie blickte sich in ihrem Zimmer um und musterte jeden Gegenstand. Sie durfte nichts übersehen, was von Wert war.

„Wenn ein Dieb bei mir einbrechen würde", überlegte sie, „was würde er dann mitgehen lassen?"

Ihr Blick fiel auf ihre Musikanlage – CD-Spieler, Verstärker, Plattenspieler und Tonbandgerät. Klar, das war's!

Es war eine sehr teure Anlage, die ihr ihre Eltern zum 16. Geburtstag geschenkt hatten. Selbst gebraucht war sie wahrscheinlich immer noch eine Menge wert.

Aber ihrem Vater würde es bestimmt nicht entgehen, wenn die Anlage fehlte. Was sollte sie dann als Erklärung vorbringen?

„Ich könnte ihm sagen, sie hätte mich vom Lernen zu sehr abgelenkt", überlegte sie. „Und ich hätte zu viel Zeit mit Musikhören vertan."

Sie stellte sich vor, dass ihr Vater daraufhin ein ernstes Gesicht machen, aber dann verständnisvoll nicken würde.

„Ja", dachte sie. „Das könnte klappen."

Am nächsten Tag packte sie die komplette Anlage in einen Karton. Den hievte sie in den Kofferraum ihres Autos und fuhr damit zu Marvin's An- und Verkauf, der mit gebrauchten Elektronikgeräten handelte.

Sie schleppte den Karton in den Laden. Dort gab es jede Menge Stereoanlagen, Computer, Zubehör und alte Schallplatten und Tonbänder.

Ein Mann mittleren Alters in Jeans und Weste nahm ihre Anlage in Augenschein.

„Wie alt ist die Anlage?", fragte er.

„Erst ein Jahr", sagte sie. Zum Beweis zog sie einen Zettel aus ihrer Tasche. „Hier ist die Quittung. Meine Eltern haben sie vor einem Jahr neu gekauft." Zum Glück hatte sie daran gedacht, die Quittung aus dem Ordner ihrer Eltern mitzunehmen.

„Hoffentlich gefällt sie ihm", bat sie innerlich. „Bitte, bitte!"

„Und es funktioniert auch alles einwandfrei?"

Terry nickte mit Nachdruck. „Ja, bestens. Die ist wirklich super!"

„Und warum willst du sie dann verkaufen?"

Sie zögerte. „Äh, ein Notfall", sagte sie dann. „Ich brauche das Geld."

Diesen Grund ließ der Mann gelten. Er bot ihr 300 Dollar dafür.

„Bitte", flehte sie ihn an. „Ich brauche unbedingt 500! Ich gehe hier nicht eher weg, bis Sie mir 500 Dollar dafür geben."

Der Mann machte ein erstauntes Gesicht.

„Sehen Sie", sagte Terry und hielt ihm die Quittung unter die Nase. „Sehen Sie doch, wie viel mein Vater dafür bezahlt hat! Und das ist erst ein Jahr her! Das ist doch ein Schnäppchen für Sie!"

Er warf noch mal einen Blick auf die Quittung und runzelte die Stirn.

„Also gut. Du kriegst 500."

„Vielen Dank!" Terry hätte ihn am liebsten umarmt, doch sie begnügte sich damit, ihn anzustrahlen.

Als es Nacht geworden war, fuhr sie langsam die Fear Street entlang. Es war eine dunkle, mondlose Nacht mit langen, sich bewegenden Schatten. Die Fear Street sah jetzt noch unheimlicher aus als sonst. Die alte Simon-Fear-Villa tauchte vor ihr auf wie eine ausgebrannte Ruine. Nebelschwaden stiegen aus den Überresten des Hauses empor, sodass es aussah, als wäre es eben erst abgebrannt. Terry wusste, dass der Brand schon Jahre zurücklag, aber sie hatte das Gefühl, als ob in den Ruinen noch etwas lebte, irgendein gruseliger Geist, der durch die ganze Straße spukte.

„Wenn ich hier weg bin, dann werde ich nie wieder einen Fuß in diese Gegend setzen", schwor sich Terry.

Sie fuhr an der alten Villa vorüber und parkte ihr Auto in der Nähe von Adams Haus. Als sie auf das Haus zueilte, klopfte ihr das Herz bis zum Hals.

Die Fenster waren dunkel. Kein Auto stand in der Einfahrt. Niemand war zu Hause.

Terry überkam plötzlich ein Anflug von Schuldgefühl, als sie an der Haustür vorüberging. Ein schwarzer Kranz hing davor.

Sie schlich über den Hof durch ein verwildertes Gartenstück bis zum Waldrand. Ganz in der Nähe lag der Friedhof. Terry fragte sich, ob Adam wohl dort begraben worden war. Schaudernd schob sie den Gedanken von sich.

Der Nebel wurde im Wald noch dichter. Terry konnte kaum die Hand vor Augen sehen. Die Bäume sahen aus wie finstere Kolosse, die Dampf ausströmten.

Es war windstill, nichts bewegte sich, alles schien wie tot. Nur das leise Tröpfeln des Taus, der von den Bäumen aufs Moos fiel, war zu hören.

„Sheila?", sagte Terry leise.

Keine Antwort.

Terry bekam eine Gänsehaut. Sie lehnte sich gegen einen Baum. Mit dem Geld in der Tasche blieb ihr nichts anderes übrig, als zu warten.

In der Nähe schrie eine Eule. Terry hörte Flügelgeflatter, dann ein Knacken wie von einem abgebrochenen Ast. Dann das Rascheln verdorrter Blätter.

Schritte.

Die Schritte kamen von hinten. Terry fuhr herum und blinzelte durch den Nebel. Sie hörte jemanden kommen, konnte aber nichts erkennen.

Da trat Sheila plötzlich aus der Dunkelheit heraus.

Sie kam entschlossenen Schrittes auf Terry zu, eine Zigarette in der Hand.

„Das Geld!", sagte Sheila im Befehlston und streckte ihr die andere Hand entgegen.

Terry griff in ihre Tasche. Doch dann hielt sie inne.

„Wo ist das Beweisstück?", fragte sie.

Sheila ließ sich nicht abschrecken. „Erst das Geld."

Terry holte das Geldbündel heraus und reichte es Sheila.

Sheila lächelte. Sie trat zwei Schritte zurück und zählte das Geld sorgfältig nach.

„Es fehlt nichts“, sagte Terry ungeduldig.

„Wir werden ja sehen“, erwiderte Sheila.

Es fehlte tatsächlich nichts. Sheila stopfte das Geld zufrieden in ihre Tasche.

„So“, sagte Terry. „Jetzt her mit dem Beweisstück!“

Sheila zog etwas aus ihrer Tasche heraus und ließ es vor Terrys Nase baumeln. Es schimmerte im schwachen Licht.

„Das hab ich in Adams Wohnzimmer gefunden – direkt neben seiner Leiche“, sagte sie. Ihre Stimme klang grausam und anklagend. Mehr sagte sie nicht.

Es war eine Goldkette mit Medaillon. Terry nahm sie Sheila aus der Hand und schaute sie sich genau an.

Mit wachsendem Entsetzen erkannte Terry die Kette wieder.

Sie öffnete das Medaillon mit zitternden Händen und erschrak, als sie die Inschrift las:

„Für Terry.“

22

„Hallo, Dan. Ich bin's, Terry."

„Ach, Terry, du?" Dan schien sich über Terrys Anruf zu wundern.

Es war am Sonntag nach ihrem Treffen mit Sheila. Terry spielte mit der Goldkette, während sie mit Dan sprach. Wie schön sie im Sonnenlicht glitzerte!

„Mein Leben ist ein einziges Chaos, Dan", klagte Terry. „Schlimmer kann es nicht mehr werden, egal ob mein Vater mir auf die Schliche kommt oder nicht. Es hat keinen Zweck mehr, alles weiter zu verheimlichen."

„Terry, wovon sprichst du?" Dan klang wirklich so, als wüsste er nicht, worum es ging.

„Ich werde mit meinem Vater sprechen – heute noch", sagte Terry. „Ich werde ihm alles erzählen."

„Hast du dir das auch gut überlegt, Terry?", fragte Dan.

Terry klang fest entschlossen. „Ja, das habe ich. Du findest es doch auch richtig, wenn ich ihm die ganze Wahrheit sage, oder?"

„Ja. Natürlich", sagte Dan schnell. „Das ist das einzig Richtige. Es wird eine Erleichterung für dich sein."

„Ja, bestimmt", sagte Terry. „Ich hoffe bloß, dass Papa nicht den Verstand verliert. Dan, ich brauche moralische Unterstützung. Ich brauche jemanden, der mir dabei helfen kann, das hinter mich zu bringen. Könntest du nicht heute vorbeikommen? Papa mag dich, und wenn du dabei bist, bin ich vielleicht mutiger und kann das besser durchstehen."

Dan sagte nichts.

„Bitte, Dan!“

„Natürlich, Terry“, sagte er schließlich. „Ich helfe dir gern. Sag mir, wann ich kommen soll.“

„Danke, Dan. Dann komm bitte nach dem Mittagessen hierher, okay? Nach dem Essen hat Papa immer bessere Laune.“

„Okay. Sagen wir gegen zwei.“

„Ich werde hier sein. Dan, danke, dass du die ganze Zeit zu mir gehalten hast. Das hat mir sehr geholfen – wirklich.“

„Für dich würde ich alles tun, Terry. Das weißt du doch.“

Als Dan zwei Stunden später an der Tür klingelte, wartete Terry schon auf ihn. Sie öffnete ihm, nahm ihn an der Hand und führte ihn ins Haus.

„Danke“, flüsterte sie und drückte seine Hand. „Papa ist in seinem Arbeitszimmer“, sagte Terry nervös.

„Bist du bereit?“, fragte er sie.

Sie nickte.

Die Tür des Arbeitszimmers war geschlossen. Terry klopfte vorsichtig an.

„Herein“, rief Mr Phillips.

Terry machte zögernd auf. Sie trat nicht ein, sondern steckte vorsichtig den Kopf zur Tür herein. „Papa, hast du viel zu tun?“

„Es geht“, sagte ihr Vater. „Kommt ruhig herein.“

Terry nickte Dan zu. Sie traten ein und schlossen die Tür hinter sich.

„Hallo, Mr Phillips“, begrüßte Dan den Richter.

Terry räusperte sich. „Äh, Papa, ich muss mit dir reden. Ich … ich muss dir etwas Wichtiges sagen.“ Ihre Stimme klang hell und schrill.

Sie schaute zu Dan auf und fing an zu zittern. Er lächelte ihr ermutigend zu.

„Ich hab was Schlimmes angestellt, Papa“, stammelte Terry. „Um ehrlich zu sein, ich hab eine ganze Menge schlimmer Dinge angestellt. Es fing an mit dem Matheleistungstest …“

Sie konnte nicht weiterreden und musste schlucken. „Tut mir leid, Papa. Es fällt mir schwer zu reden.“

Ihr Vater sagte nichts. Er hielt den Blick auf sie gerichtet und hörte zu.

„Der Mathetest ist ein Betrug gewesen, Papa. Ich meine, beim zweiten Mal habe ich ihn nicht selbst gemacht. Jemand ist für mich eingesprungen.“ Sie machte eine kurze Pause.

„Wer hat ihn für dich gemacht?“, fragte er.

„Adam Messner. Er ist nach Waynesbridge gefahren und hat sich für mich ausgegeben. Er hat den Test an meiner Stelle gemacht.“

Terry senkte den Blick. Ihre Hände zitterten.

Der Richter machte ein ernstes Gesicht und runzelte die Stirn. „Dann war es also Adam, der den Test mit 730 Punkten bestanden hat, nicht du?“

Terry nickte. Sie blickte zu Dan, aber er wich ihrem Blick aus.

„Das ist aber noch nicht das Schlimmste“, fuhr Terry fort. „Ich muss dir noch etwas gestehen, Papa. Etwas viel Schlimmeres.“

Mr Phillips saß schweigend da und wartete ab, was sie zu sagen hatte.

Terry holte tief Luft.

„Ich hab's getan, Papa. Ich hatte keine andere Wahl. Er hat mich erpresst."

Mr Phillips starrte sie entsetzt an. „Was hast du getan, Terry?"

„Ich habe Adam Messner umgebracht."

23

Terry warf einen Blick zu Dan. Er starrte sie mit offenem Mund an.

Es dauerte eine ganze Weile, bis er sich von dem Schreck erholt hatte. Er ging auf Richter Phillips zu und blieb vor seinem Schreibtisch stehen.

„Mr Phillips“, sagte er. „Sie können Terry doch da heraushelfen, oder? Ich meine, sie ist doch Ihre Tochter. Sie kriegen das hin, oder? Sie muss doch nicht ins Gefängnis?“

Mr Phillips’ Gesichtszüge wurden ganz schlaff. Er sagte nichts. Seine Augen hatten jeden Glanz verloren.

„Terry hat das ganz bestimmt nicht mit Absicht getan, Sir“, stieß Dan hervor. „Es war Notwehr, könnte man sagen, hab ich recht? Man kann ihr doch keinen Mord anhängen!“

Der Richter schüttelte den Kopf. „Das wird das Gericht zu entscheiden haben. Bei der Verhandlung.“

„Nein!“, rief Dan. „Mr Phillips, Sie müssen ihr helfen! Sie sind doch Richter. Es liegt in Ihrer Hand, dass sie schonend behandelt wird!“

„Sie hat ein Leben ausgelöscht“, sagte der Richter matt. „Das ist ein schreckliches Verbrechen. Dafür wird Terry büßen müssen. Sie ist meine Tochter, und ich liebe sie, aber ich werde sie bei solch einer Tat auf keinen Fall bevorzugt behandeln.“

Er machte eine Pause. Dann seufzte er tief. Terry wartete ab, was er jetzt vorhatte.

„Es hat keinen Zweck, es aufzuschieben“, sagte er.

„Es tut mir leid, Terry. Aber ich muss es tun, ich habe keine andere Wahl."

Er nahm den Telefonhörer ab und wollte die Nummer der Polizei wählen.

Dan drückte seine Hand auf die Gabel. „Warten Sie", sagte er. „Ich kann das nicht zulassen."

Der Richter legte den Hörer nieder und blickte Dan an.

„Terry hat Adam nicht getötet", platzte Dan heraus.

„Was soll das heißen?", sagte Mr Phillips fragend. „Sie hat es doch selbst zugegeben."

„Nein", sagte Dan. „Sie hat es nicht getan. Ich weiß nicht, warum sie behauptet, sie sei es gewesen."

„So, so", sagte Mr Phillips. „Wer ist es denn dann gewesen?"

Dan räusperte sich. „Ich war's."

Terry schluchzte laut auf, lief auf Dan zu und schlang ihre Arme um seinen Hals. Dan machte sich sachte von ihr los und ließ sich in den Ledersessel sinken.

„Was soll denn das alles? Würdest du mir das bitte erklären, Dan", sagte Mr Phillips.

„Ich … ich habe ihn umgebracht", stammelte Dan.

„Jetzt mal von Anfang an. Bitte", sagte Mr Phillips und faltete die Hände auf dem Schreibtisch.

„Adam hat Terry zur Verzweiflung gebracht", fing Dan an. „Er hat sie erpresst und bis zum Äußersten ausgenutzt. Ständig hat er ihr damit gedroht, die Sache mit dem Betrug auszuplaudern. Er hat ihr das Leben zur Hölle gemacht. Sie litt entsetzlich darunter, ich konnte es einfach nicht mehr mit ansehen."

Dan starrte zu Boden. „Und ich hatte auch Angst um sie. Um sie und um mich. Ich befürchtete, Adam könnte irgendwann derart von Terry Besitz ergreifen, dass sie von mir nichts mehr wissen will. Ich wusste, dass er darauf aus war."

Terry merkte, wie ihr heiß wurde. Es war ja tatsächlich fast so weit gekommen.

„Ich bat Terry, Adam nicht noch mehr Geld zu geben. Ich bat sie, sich von ihm fernzuhalten. Aber sie hatte Angst vor ihm, aus gutem Grund. Und nur mit Geld war er zum Stillschweigen zu bewegen.

Ich dachte, wenn ich mit Adam spreche, dann lässt er vielleicht von ihr ab. Zumindest versuchen musste ich es doch. Also fuhr ich am Samstag in die Fear Street, um ihn aufzusuchen.

Als ich bei seinem Haus ankam, sah ich Terry gerade wegfahren. Sie musste gerade bei ihm gewesen sein. Mir war klar, dass sie ihm nun doch wieder Geld gegeben hatte. Das machte mich rasend.

Ich parkte hinter der nächsten Ecke, damit Terry mich nicht sah. Dann wartete ich, bis sie außer Sichtweite war. Ich ging zu Adams Haus und klingelte.

Ich hatte mir nicht überlegt, wie ich vorgehen wollte. Ich war einfach nur wütend auf ihn. Er war dabei, Terrys Zukunft zu zerstören – und meine auch. Denn für mich stand fest, dass Terry und ich zusammengehören."

Er schluckte und sah Terry an. Sie saß ihm gegenüber und hörte zu. Jetzt nickte sie, um ihm Mut zu machen.

„Dass Adam sich nicht gerade über meinen Besuch freuen würde, hatte ich mir schon gedacht. Trotzdem ließ ich mich nicht abwimmeln. Ich sagte ihm, er solle aufhören, Terry zu erpressen, und sie in Ruhe lassen.

Doch er grinste mich nur an. Er tat ganz cool, aber ich

merkte, dass er innerlich kochte vor Wut. Das kriegte ich dann auch zu spüren.

Er sagte: ‚Du hast mir gar nichts zu befehlen. Ich gehe mit Terry, und das hat seinen guten Grund – du verstehst schon. Und wann die Sache beendet ist, bestimme ganz allein ich. Also, verzieh dich, und geh zu deinem Country Club, Kleiner.‘

Da verlor ich vollends die Beherrschung. Die Vorstellung, dass du, Terry, diesem Kerl ausgeliefert bist, machte mich wahnsinnig.

Dann geriet alles außer Kontrolle. Ich sagte: ‚Heute hast du sie zum letzten Mal gesehen, ist das klar? In Zukunft lässt du die Finger von ihr!‘

Daraufhin ging er ein paar Schritte zurück. Er zog eine Schublade auf, holte eine Pistole heraus und richtete sie auf mich. Ich dachte, ich traue meinen Augen nicht.

Ich war total überrumpelt und wusste nicht mehr, was ich tat. Ich warf mich auf ihn und rang ihm die Pistole ab.

Ein Schuss ging los, Adam krümmte sich plötzlich und stürzte zu Boden.

Ich starrte meine Hand an, in der ich die Waffe hielt. Irgendwie musste sich ein Schuss gelöst haben.

Als ich zu Adam hinabschaute, lag er am Boden. Überall war Blut.

Dann – geriet ich in Panik. Ich ließ die Pistole fallen und rannte weg, nur noch weg.“

Dan verbarg das Gesicht in seinen Händen. Terry und ihr Vater waren starr vor Schreck. Es war totenstill im Raum bis auf das Flattern der Vorhänge am offenen Fenster und das Brummen eines Rasenmähers irgendwo in der Ferne.

Dan hob den Kopf. Er holte tief Luft und erzählte weiter.

„Ich war so in Panik, dass ich keinen klaren Gedanken mehr fassen konnte. Ich wusste nicht, wohin und was tun. Irgendwie bin ich dann hier gelandet. Mein Instinkt sagte mir, dass ich dich sehen musste, Terry.

Aber es war niemand zu Hause. Also wartete ich. Es war schon spät, als du endlich kamst. Ich wollte dir sagen, was passiert war, Terry. Wirklich, das hatte ich vor.

Aber dann kam die Polizei. Ich dachte, sie hätten es auf mich abgesehen, aber stattdessen verhörten sie dich. Bestimmt hatte ich Fingerabdrücke auf der Pistole hinterlassen. Aber dann dachte ich, dass sie vielleicht nach dem Kampf mit Adam so verschmiert waren, dass die Polizei sie nicht identifizieren konnte."

Er machte eine Pause und schluckte.

„Und dann hast du mir ein Alibi verschafft, Terry", sprach er weiter. „Du wolltest nicht, dass die Polizei etwas über dich und Adam erfährt, und hast deshalb behauptet, du hättest den ganzen Tag mit mir gelernt. Du hattest ja keine Ahnung, dass ich auch bei ihm gewesen war. Mit deiner Aussage hast du mich geschützt, ohne es zu wissen.

Mir war klar, wenn ich den Mord an Adam zugebe, dann kommt alles über dich heraus. Die Sache mit deinem Betrug spricht sich dann überall herum. Und das wolltest du ja mit allen Mitteln verhindern. Dann überlegte ich, dass man uns vielleicht gar nicht auf die Schliche kommt. Vielleicht uns beiden nicht."

Terry schaute zu ihrem Vater hinüber. Er hielt den Blick auf Dan gerichtet.

„Aber ich hätte nie zugelassen, dass du mir zuliebe die

Schuld auf dich nimmst, Terry", sagte Dan mit Nachdruck. „Als ich sah, in was für Schwierigkeiten du dich bringen würdest, musste ich die Wahrheit sagen. Ich würde nie etwas tun, was dir schadet."

Mr Phillips lehnte sich in seinem Sessel zurück und starrte Terry an. Sie stand auf und umarmte Dan.

„Siehst du, Papa", sagte sie. „Ich hatte recht. Ich hab dir gesagt, dass er das Richtige tun würde. Ich wusste, Dan würde gestehen."

24

Dan wusste nicht, wie ihm geschah. „Was? Woher willst du das gewusst haben?“

Terry stand auf und zog etwas aus ihrer Hosentasche heraus. Es war die Kette mit dem Medaillon.

„Hey“, sagte Dan und nahm die Kette in die Hand. „Wo hast du die denn gefunden?“

„Sheila Coss hat sie mir gegeben“, sagte Terry. „Sie hat sie in Adams Haus gefunden – neben seiner Leiche.“

Dan fasste sich an die Stirn. „Die muss mir aus der Hosentasche gefallen sein, als ich mit Adam kämpfte.“

„Ich hab sie gleich erkannt, als Sheila sie mir gezeigt hat“, sagte Terry. „Das ist doch die Kette aus dem Schaufenster des Juweliergeschäfts.“

Dan hatte sie damals gefragt, welches Schmuckstück sie am schönsten fände, und Terry hatte auf das Medaillon gezeigt.

Sie lächelte Dan an. „Du hast meinen Namen eingravieren lassen, stimmt’s?“

Dan machte ein langes Gesicht.

„Als ich das Medaillon erkannte, wusste ich, dass du bei Adam gewesen warst, Dan“, erklärte Terry. „Da wurde mir klar, dass ich die ganze Sache nicht länger aufrechterhalten kann. Gestern am späten Abend habe ich meinem Vater dann alles gestanden. Das mit dem Betrug, mit der Erpressung, den Lügen – alles. Und ich habe ihm auch gesagt, dass ich weiß, dass du etwas mit Adams Tod zu tun hast.“

Mr Phillips nickte. „Ich war gestern schon drauf und dran, die Polizei zu rufen“, sagte er. „Aber Terry hielt mich davon ab und meinte, du würdest zu gegebener Zeit schon das Richtige tun. Daraufhin haben wir diese kleine Szene hier ausgeheckt, um dich zu testen und zu sehen, wie weit du gehen würdest, um deine Haut zu retten.“

Nach einer kurzen Pause fuhr er fort: „Du hast den Test bestanden, Dan. Ich glaube dir, was du uns eben erzählt hast, und dass du nicht vorhattest, Adam zu töten. Wir müssen aber trotzdem die Polizei davon unterrichten.“

Dan machte ein besorgtes Gesicht. „Armer Dan“, dachte Terry. „Nur wegen mir steckt er jetzt in solchen Schwierigkeiten.“

Sie beugte sich zu ihrem Vater vor und fragte: „Was passiert denn jetzt mit ihm, Papa?“

„Ich weiß nicht. Aber ich denke, wir können glaubhaft machen, dass Adams Tod ein Unfall war oder zumindest, dass Dan in Notwehr gehandelt hat. Außerdem hat Adam die Pistole zuerst auf Dan gerichtet. Ich werde mein Möglichstes tun für Dan.“

Terry ging um den Schreibtisch herum und gab ihrem Vater einen Kuss. „Danke, Papa.“

Dan stand auf und gab dem Richter die Hand. „Danke, Sir. Vielen Dank.“

Den Rest des Tages ging alles drunter und drüber. Richter Phillips fuhr mit Terry und Dan zum Polizeirevier, wo jeder seine Aussage machte und zahllose Fragen beantworteten musste. Der Richter besorgte Dan einen ausgezeichneten Rechtsanwalt.

Mrs Phillips war natürlich entsetzt darüber, dass ihre Tochter in einen solchen Skandal verwickelt war.

„Alle Zeitungen werden unseren Namen in den Schmutz ziehen!“, schimpfte sie schluchzend beim Abendessen. „Hoffentlich werfen sie uns nicht auch noch aus dem Club!“

Terry rollte mit den Augen. Mr Phillips versuchte, seine Frau zu beruhigen. „Mach dir deswegen keine Sorgen, Schatz“, sagte er. „Kein Mensch wird es wagen, uns aus dem Club zu werfen. Wer sollte denn sonst ihre ganzen Feste organisieren?“

Nach dem Essen ging Terry in ihr Zimmer hinauf und zog sich um. Sie wollte zu Dan fahren, ihm Gesellschaft leisten und einfach noch mal über alles sprechen.

Sie bürstete sich gerade das Haar, als es an ihrer Tür klopfte. „Herein“, sagte sie.

Ihr Vater trat ein.

„Hallo, Liebes. Kann ich mich einen Moment zu dir setzen?“

Terry nickte. Ihr Vater setzte sich neben sie aufs Bett. Er räusperte sich und zerrte an seinem Kragen, als wäre er ihm zu eng. Er schien sich äußerst unwohl in seiner Haut zu fühlen. So kannte ihn Terry gar nicht.

„Ich möchte mich bei dir entschuldigen, Terry“, fing er an. „Ich hatte keine Ahnung, dass du dich in der Schule so unter Druck fühlst, und ich denke, das ist wohl hauptsächlich meine Schuld. Ständig habe ich von Princeton gesprochen und nach deinen Prüfungsergebnissen gefragt. Dabei wollte ich dir doch nur zeigen, wie viel Vertrauen ich zu dir habe. Ich hatte einfach keine Ahnung, dass ich dich überfordere. Es tut mir sehr leid.“

Terry lächelte ihn liebevoll an. Er lächelte zurück und legte den Arm um sie.

„Wenn dich wieder mal etwas quält oder du etwas auf dem Herzen hast, dann komm einfach zu mir, und sag es mir. Bitte“, sagte er.

„Mach ich, Papa“, sagte Terry. „Versprochen.“

Terry und Dan saßen in seinem Zimmer auf dem Fußboden, ein Schachbrett zwischen sich. Dan setzte seine Dame.

„Schach!“, sagte er.

Terry murrte. „Das gibt’s einfach nicht! Du schlägst mich beim Schach!“

„Das kommt bloß daher, weil du diesmal nicht gemogelt hast“, sagte Dan. „Was ist bloß los? Du mogelst doch sonst *immer* beim Schachspiel!“

Terry setzte ihren Bauern. „Ich glaube, ich habe meine Lektion gelernt“, sagte sie.

Dan starrte aufs Spielbrett und grinste. Dann setzte er seine Dame noch einmal und sagte: „Schachmatt!“

Über den Autor

„Woher nehmen Sie Ihre Ideen?“
Diese Frage bekommt R. L. Stine besonders oft zu hören. „Ich weiß nicht, wo meine Ideen herkommen“, sagt der Erfinder der Reihen *Fear Street* und *Fear Street Geisterstunde*. „Aber ich weiß, dass ich noch viel mehr unheimliche Geschichten im Kopf habe, und ich kann es kaum erwarten, sie niederzuschreiben.“
Bisher hat er mehrere Hundert Kriminalromane und Thriller für Jugendliche geschrieben, die in den USA alle Bestseller sind.
R. L. Stine wuchs in Columbo, Ohio, auf.
Heute lebt er mit seiner Frau Jane und seinem Sohn Matt unweit des Central Parks in New York.

R. L. STINE

FEAR STREET®

Sie taucht wie aus dem Nichts auf. Und sie macht Becka das Leben zur Hölle. Honey verfolgt Becka auf Schritt und Tritt. Sie schleicht sich in ihr Haus, durchwühlt ihr Zimmer und bedroht sie mit einer Pistole. Und sie erzählt allen, sie sei Beckas beste Freundin. Da wird Becka plötzlich bewusst, was Honey wirklich will. Sie will nicht nur Freundschaft, sie will mehr. Sie will Beckas Leben …

Wie ausgelöscht ist Marthas Erinnerung an den kalten Novembertag vor einem Jahr. Etwas Schreckliches muss damals passiert sein. Ihre Freunde haben sich von ihr zurückgezogen. Und Martha zeichnet wieder und wieder das Gesicht eines Jungen – eines toten Jungen. Auch Becka findet sich in einem Albtraum wieder. Honey verfolgt sie auf Schritt und Tritt. Und was sie will, ist nicht nur Freundschaft …

DAS BÖSE IST UNTER UNS

- Ahnungslos
- Der Angeber
- Der Aufreißer
- Der Augenzeuge
- Besessen
- Eifersucht
- Eingeschlossen
- Die Falle
- Falsch verbunden
- Jagdfieber
- Mondsüchtig
- Mörderische Krallen
- Mörderische Verabredung
- Die Mutprobe
- Prüfungsangst
- Rachsüchtig
- Risiko
- Schuldig
- Schulschluss
- Das Skalpell
- Der Sturm
- Teufelskreis
- Die Todesklippe
- Tödliche Liebschaften
- Tödlicher Beweis
- Die Tramperin
- Das Verhängnis
- Im Visier
- Die Wette